Anne Barns

Bratapfel am Meer

Roman

Harper
Collins

HarperCollins®

FSC
MIX
Papier
FSC® C019821

4. Auflage September 2020
Originalausgabe

Dieses Werk wurde vermittelt durch die
Literarische Agentur Thomas Schlück GmbH, 30161 Hannover

Umschlaggestaltung: Hauptmann & Kompanie Werbeagentur AG, Zürich
Umschlagabbildung: Ortis, Galaktic / Shutterstock
Satz: GGP Media GmbH, Pößneck
Printed in Germany
Dieses Buch wurde auf FSC®-zertifiziertem Papier gedruckt.
ISBN 978-3-7457-0037-4

www.mira-taschenbuch.de

LICHTER AUS

Guten Morgen, gute Zeiten
Wir haben uns lange nicht gesehen
Und all die tausend Kleinigkeiten
Müssen heute Schlange stehen
Du hast gesagt, so ist das Leben
Es geht nicht immer geradeaus
Und wenn du gehst, dann kommt das Beben
Und macht hier alle Lichter aus

Jedes Mal, wenn wir uns sehen
Bleiben alle Uhren stehen
Bitte sag mir, dass du da bist
Dass du einfach auf mich wartest

Jedes Mal, wenn ich hier steh,
Tut es weh wieder zu gehen
Bitte sag mir, dass du da bist
Dass du einfach auf mich wartest

Guten Morgen, Gute Zeiten
Ihr wart schon lange nicht mehr hier
Gibt keinen Grund mehr, sich zu streiten
Was passiert ist, ist passiert

Du hast gesagt, für jedes Ende
Kommt irgendwo ein Neubeginn
Ich leg mein Herz in deine Hände
Bis ich dann wieder bei dir bin

1. Kapitel

Es gibt Dinge, die ich für immer mit meiner Großmutter verbinden werde. Sie war es, die mir Radfahren beigebracht hat. Von ihr habe ich gelernt, wie man Kirschen entkernt. Und sie hat mir gezeigt, wie man den weltbesten aller Stollen backt, ohne Hefe, ohne Gehzeiten, und er schmeckt sofort nach dem Backen.

Ich schütte Zitronat und Orangeat in den Mixer, gebe zwei Eier dazu und püriere alles zu einer homogenen Masse. Im Originalrezept werden die kandierten Zitrusschalen in gehackter Form zum Teig gegeben. Aber als Kind mochte ich es gar nicht, auf die relativ festen kleinen Teilchen zu beißen. Deswegen hat Oma immer den kleinen Kniff angewendet, sie vorher zu pürieren. Genau wie die Zwiebeln, die sie so in die Fleischklopse gemogelt hat, denke ich, und ein Lächeln huscht über mein Gesicht.

Seit heute Nachmittag läuft der Backofen auf Hochtouren. Die Küche sieht aus wie ein Schlachtfeld. Etliche Schüsseln, Löffel, Messbecher, leere Eierschachteln, halb volle Mehl- und Zuckerpackungen, leere Backpulvertüten und andere Verpackungsreste stapeln sich auf der Arbeitsplatte. Eine Mehlspur verläuft vom Küchentisch über den Fußboden bis zur Spüle. Und an den Fliesen kleben Teigspritzer. Wie ich das wieder geschafft habe, weiß ich nicht.

Egal, denke ich und schütte die Eiermischung in die Schüssel mit den restlichen Zutaten. *Das Geschirr kann warten, das Leben nicht!* So steht es auf dem Blechschild, das ich letztens in einem kleinen Geschenkladen entdeckt habe und unbedingt kaufen musste. Jetzt hat es einen Ehrenplatz, dort, wo bis vor sechs Monaten noch Jörns Smoothie-Maker stand. Beide gehören mittlerweile der Vergangenheit an. Ein kleiner Stich fährt durch mein Herz. Es wird noch eine Weile dauern, bis ich endgültig darüber hinweg bin. Aber immerhin breche ich inzwischen nicht mehr unkontrolliert in Tränen aus. Ich straffe die Schultern. Positiv denken, Caro. Das Single-Dasein hat auch seine Vorteile. Und außerdem steckt in jeder Krise auch eine Chance, wie man so schön sagt. Noch einmal schaue ich auf das Blechschild, nehme mir felsenfest vor, mich nie wieder auf einen Mann mit Ordnungstick einzulassen, und greife genussvoll mit beiden Händen in den Teig.

Beim Kneten beobachte ich die dicken Schneeflocken, die schon seit heute Morgen schwerfällig vom Himmel fallen. Auf den Straßen liegt zentimeterhoch Schnee. Irgendwo in der Nähe schippt ein Nachbar die Straße. Ein Geräusch, das man die letzten Tage häufiger hört. Gut, dass ich erst im neuen Jahr wieder mit Schippen dran bin, denke ich. Und dass ich unbedingt jemanden finden muss, der das für mich erledigt, wenn ich Frühdienst habe.

Im Wohnzimmer, das sich direkt an die offene Küche anschließt, läuft meine Weihnachtsplaylist. Gerade im Moment höre ich meine Lieblingsversion von »Ave Maria«. Wie immer breitet sich dabei eine wohlige Gänsehaut auf meinem Körper aus. Ich weiß nicht, warum, aber irgendwie berührt mich der Song ganz besonders, wenn Nina Hagen ihn mit ihrer tiefen und ganz speziellen Stimme singt.

Da der Teig noch zu feucht ist, schütte ich etwas Mehl dazu. Schließlich knete ich Haselnüsse und Datteln unter, fülle die Masse in eine Stollenform und stelle sie in den Ofen.

Ich wische mir die Hände ab, lasse mich auf einen der Küchenstühle sinken und schaue zur Uhr. Kurz vor sieben, jeden Moment müsste Jörn hier auftauchen, um mir Einstein zu bringen. Kaum habe ich den Gedanken zu Ende gedacht, klingelt es zweimal ganz kurz hintereinander. Ich atme tief ein, zähle bis fünf, und prompt klingelt es zum dritten Mal. Manche Dinge ändern sich nie. Geduld war noch nie Jörns Stärke. Ich stehe auf, öffne die Tür und warte.

»Da bist du ja, du alter Ganove.« Mein Herz geht auf, als der Bobtail die Treppe herauf- und auf mich zugestürmt kommt. Er wackelt vor Freude mit dem ganzen Körper und springt an mir hoch. »Unten bleiben«, schimpfe ich. »Du bist ganz nass.« Ich schnappe nach dem Handtuch, das ich extra bereitgelegt habe, und rubbele Einstein ab.

»Hi!«, ertönt da eine dunkle Männerstimme.

Ich schaue auf und sehe Jörn in der Tür stehen. »Hallo.«

»Wir mussten leider etwas weiter weg parken.« Jörn schnuppert durch die Luft. »Gut riecht es hier. Was backst du?«

»Momentan ist Stollen im Ofen. Aber vorher habe ich schon Apfelbrot und ein paar Lebkuchen gebacken.«

»Mmh«, macht Jörn. »Das klingt gut.«

»Ist es«, entgegne ich knapp.

Jörn fährt sich durchs Haar, auf dem gerade die letzten Schneeflocken schmelzen. »Ach, Scheiße, Caro.«

Alarmiert horche ich auf. In seiner Stimme klingt ein etwas höherer Ton mit, er klingt wehleidig. »Ist was mit Einstein?«

Er ist schon über zehn Jahre alt, seine linke Hüfte macht nicht mehr so mit, und in der letzten Zeit hat er schlecht gefressen.

»Nein. Es ist nur so, dass …« Er winkt ab. »Ach, schon gut.«

Ich zögere einen Moment, bevor ich einen Schritt zur Seite gehe. »Komm doch kurz rein.« Ich wuschele Einstein noch einmal durch das Fell. »Und du, ab mit dir, in dein Körbchen. Da wartet etwas Leckeres auf dich.«

Einstein schießt los. Wie immer rutscht er mit seinen Pfoten etwas weg, als er über die glatten Fliesen rennt, und ich nehme mir vor, endlich ein paar Teppichläufer zu besorgen.

Jörn geht hinter mir her in die Küche und lässt seinen Blick über das Chaos schweifen. »Du kannst dir nicht vorstellen, wie sehr ich das hier alles vermisse.« Er lächelt wehmütig. »Dein Stollen ist der beste, den ich je gegessen habe.«

»Ich schreibe Fiona gerne das Rezept auf.« Den Sarkasmus in meiner Stimme versuche ich gar nicht erst zu unterdrücken.

»Ja, du hast ja recht«, sagt Jörn. »Ich kann verstehen, dass du immer noch sauer bist. Ich habe es nicht anders verdient, aber …« Er lächelt schief und zuckt mit den Schultern.

»Wie kommst du darauf, dass ich immer noch sauer bin?«, frage ich. »Das würde heißen«, ich lächle zuckersüß, »dass du mir noch was bedeutest.«

»Autsch!«, sagt Jörn.

Das war gemein und so nicht ganz richtig. Ich habe jetzt ein halbes Jahr Zeit gehabt, um mich zu entlieben, aber es ist mir immer noch nicht ganz gelungen. Doch das muss ich Jörn nicht unbedingt auf die Nase binden. Mir liegt eine Entschuldigung für meine Bemerkung auf den Lippen, die ich mir jedoch im letzten Moment verkneife. Gerade noch rechtzeitig erscheint das Bild vor meinem inneren Auge, bei dem mir auch jetzt wieder die Galle hochkommt: Jörn und Fiona in inniger Umarmung und mit verschmolzenen Mündern im Vereinshaus unseres Sportvereins. Der Schmerz sitzt immer noch tief.

Ich betrachte meinen Noch-Mann einen Moment, schließlich seufze ich, gehe zum Kühlschrank, hole eine Flasche Apfelschorle heraus, gieße zwei meiner nigelnagelneuen Bechergläser damit voll und reiche ihm eins davon.

Jörn dreht das Glas in seinen Händen. »Deine Lieblingsfarbe. Blau.« Er lächelt schief und sieht sich noch einmal um. »Es ist wirklich schön hier. Die Küche passt zu dir.«

Ich ignoriere die Tatsache, dass Jörn sich plötzlich an meine Lieblingsfarbe erinnert, und betrachte ihn etwas genauer, während wir trinken. Mein Noch-Mann hat abgenommen und dunkle Ringe unter den Augen. Jörn stand seine Verfassung schon immer ins Gesicht geschrieben. Er sieht müde und traurig aus. Ob etwas mit seinen Eltern nicht stimmt? Sein Vater hat vor zwei Jahren einen Herzschrittmacher eingesetzt bekommen. Und seine Mutter kommt mit ihrem Diabetes nicht zurecht.

»Was ist los?«, frage ich.

Jörn zuckt mit den Schultern. Ich beobachte über den Gläserrand hinweg, dass seine Augenlider flattern. Irgendwas ist da passiert, da bin ich mir sicher.

»Fiona hat mich verlassen.«

Ich hätte nicht trinken sollen, nachdem ich Jörn die Frage gestellt habe. Sofort verschlucke ich mich und schaffe es gerade noch rechtzeitig bis zum Waschbecken, in das ich die Schorle pruste.

Als ich mich wieder aufrichte, zieht sich mein Oberbauch kolikartig zusammen.

»Scheiße«, fluche ich, krümme mich vor Schmerzen und schnappe nach Luft.

Jörn ist sofort zur Stelle.

Er legt seinen Arm um meine Schulter. »Was ist los? Muss ich einen Arzt rufen?«

»Quatsch«, ich schiebe seinen Arm von mir weg. »Das war ein Zwerchfellkrampf. Ich habe mich verschluckt und dabei zu viel Luft eingeatmet. In zwei Minuten geht es mir wieder gut.«

Jörn dreht sich um, geht zum Küchenschrank, zieht die zweite Schublade von oben auf, holt eine Serviette heraus und reicht sie mir. »Du bist ganz nass im Gesicht.«

»Nicht schlecht! Du stehst heute zum dritten Mal hier bei mir in der Küche und weißt, wo ich die Servietten aufbewahre.« Ich tupfe mir über das Gesicht. »Ich zieh immer noch eine Schublade nach der anderen auf, wenn ich irgendwas suche.«

»In unserer Wohnung hast du sie auch in der zweiten Schublade aufbewahrt. In die darüber hast du die Teelichte gepackt und darunter …« Er denkt einen Moment nach und lächelt. »… die Geflügelschere, den Nussknacker und andere Dinge, die wir nicht so oft gebraucht haben.«

»Stimmt.« Ein Lächeln huscht über mein Gesicht. Zum ersten Mal, seitdem Jörn hier ist, ist es echt. »Und wenn ich sie mal benutzen wollte, wusste ich trotzdem nicht, wo ich sie finde.«

»Ja, ich weiß.« Auch Jörn lächelt, aber seine Augen sind traurig.

Ich fühle kurz in mich hinein. Normalerweise müsste ich jetzt eine gewisse Schadenfreude verspüren, aber stattdessen ist es tatsächlich Mitleid, das in mir aufkeimt. Wahrscheinlich Berufskrankheit, denke ich. Ich bin immerhin Krankenschwester.

Da sagt Jörn: »Jetzt weiß ich, wie du dich gefühlt hast, als ich dich verlassen habe.«

Einen Moment lang fehlen mir die Worte. Aber schließlich sprudeln sie doch aus mir heraus. »Nein, weißt du nicht! Wir beide kennen uns seit acht Jahren, drei davon waren wir verheiratet. Wir haben gemeinsam eine Eigentumswohnung gekauft. Wir hatten vor, Kinder zu kriegen und gemeinsam alt zu werden. Bis dass der Tod uns scheidet, Jörn. Fiona und du, ihr hattet ein Dreivierteljahr, wenn ich die ersten drei Monate mitrechne, in denen ihr heimlich miteinander gevögelt habt.« Ich atme tief durch. »Nein, Jörn, du hast keine Ahnung, wie ich mich gefühlt habe – und immer noch fühle.«

»Ja, du hast natürlich recht, tut mir leid.« Jörn fährt sich durchs Haar. »Das war doof von mir.«

Ich nicke grimmig. »Gibt es was Neues vom Notar? Ist die Finanzierung genehmigt worden?«

»Genau darüber wollte ich eigentlich mit dir reden. Ich überlege, ob ich die Wohnung behalte und dich stattdessen ausbezahle.«

»Ist nicht dein Ernst! Jetzt, wo wir endlich Käufer gefunden haben?«

Jörn reibt sich über sein glattrasiertes Kinn. »Doch. Ich überlege, ob ich sie weiterfinanziere. Die dreißigtausend, die du durch den Verkauf erhalten hättest, überweise ich dir dann natürlich. Wäre das in Ordnung für dich?«

»Ja«, sage ich, ohne weiter darüber nachzudenken. »Es wäre für Einstein viel schöner. Dann hätte er weiterhin seinen geliebten Garten, wenn er bei dir ist.«

»Das stimmt.« Jörn grinst spitzbübisch. Die Grübchen in den Wangen und das Funkeln in seinen Augen habe ich immer geliebt. »Du hättest ihn mal sehen müssen, als er gestern Morgen über den Schnee gestürmt ist. Er hatte Spaß ohne Ende.«

»Stimmt das, Einstein?«, rufe ich, stelle aber im nächsten Moment fest, dass ich auch leise hätte fragen können. Denn der treue Bobtail steht schon im Durchbruch zwischen Wohnzimmer und Küche und wedelt mit dem Schwanz. Es hat ein paar Tage gedauert, bis er verstanden hat, dass die Küche keine Tür hat, aber er trotzdem nichts darin zu suchen hat. Aber nun hält er sich daran.

Ich öffne die Dose mit den Leckerchen, die immer griffbereit auf der Arbeitsplatte steht, und hole gerade einen Streifen getrocknetes Hähnchen heraus, da ertönt der Standardklingelton meines Handys.

»Die Klinik ruft«, sagt Jörn, und wahrscheinlich hat er recht. Allen Personen, mit denen ich häufiger telefoniere, habe ich personalisierte Klingeltöne zugeordnet. Jörn habe ich mittlerweile auch auf den Standardton gesetzt, nachdem ich ihm kurzzeitig eine weniger nette Variante verpasst hatte. Aber Jörn steht direkt neben mir. Er ist es also nicht, der mich gerade anruft. Ich drücke ihm das Leckerchen in die Hand und greife nach meinem Handy, das unter dem Fenster auf der Arbeitsplatte liegt. Auf dem Display blinkt tatsächlich die Nummer der Klinik auf.

»Fischer«, melde ich mich.

»Hallo, Caro, Lena hier.« Sie seufzt, und ich weiß in dem Moment, was kommt. »Gaby hat sich krankgemeldet.«

»Frühdienst?«

»Ja«, sagt Lena. »Tut mir echt leid.«

»Blödsinn, dafür kannst du doch nichts.«

»Du übernimmst also?«

»Natürlich.« Wie so oft in den letzten Jahren.

»Danke.« Lena atmet erleichtert auf. »Hier steppt mal wieder der Bär. Wir haben sieben Beatmungen. Deiner alten Dame geht es aber besser. Sie hat sich stabilisiert. Morgen kommt sie auf die normale Station – wenn nichts mehr dazwischenkommt.«

»Das ist gut.«

»Na gut, dann wünsch ich dir einen schönen und vor allem ruhigen Abend. Denk daran, dass die Straßen morgen früh wahrscheinlich glatt sind.«

»Und du komm gleich heil nach Hause. Bis dann«, verabschiede ich mich, trenne die Verbindung und lege das Handy wieder auf die Arbeitsplatte.

»Soll ich noch mal auf Einstein aufpassen?«, fragt Jörn. »Ich könnte ihn jetzt gleich wieder mitnehmen, dann müsstest du ihn nicht in aller Früh bei mir absetzen.«

»Morgen ist der letzte Schultag vor den Ferien. Ist da nicht immer eure kleine gemütliche Weihnachtsfeier nach dem Unterricht? Da bist du erst gegen fünf zu Hause, ich gegen halb drei.«

Jörns Gesichtsausdruck gleicht wieder dem eines verwundeten Rehs. »Ich melde mich krank. Mir geht es wirklich nicht so gut.«

»Mit der Diagnose Liebeskummer?«, frage ich.

»Nein, mit der Diagnose, dass ich den Fehler meines Lebens gemacht habe, als ich mich auf Fiona eingelassen habe. Du warst das Beste, was mir je passiert ist, und ich habe es vermasselt.«

»Sagst du jetzt, nachdem Fiona dir den Laufpass gegeben hat.«

»Sie ist gegangen, weil sie glaubt, dass ich dich immer noch liebe und noch nicht bereit bin für eine neue Beziehung.«

Jörn sieht mich an und wartet auf meine Reaktion. Ich jedoch warte darauf, was als Nächstes kommt, und schweige.

Er räuspert sich. »Und damit hat sie ja nicht unrecht. Genau genommen habe ich nie aufgehört, dich zu lieben. Du kannst dir nicht vorstellen, wie sehr ich das alles bereue.« Er lächelt schief. »Ich bin echt ein Idiot. Ich hab's versaut.«

»Ja, das hast du.« Auf Jörns Liebesbekenntnis gehe ich nicht ein. Das muss ich erst mal sacken lassen. »Sei mir nicht böse, wenn ich dich jetzt rausschmeiße«, sage ich stattdessen. »Aber du hast ja gehört, dass ich morgen ganz früh raus muss.« Ich deute mit dem Kopf zur Arbeitsplatte. »Und das Chaos muss ich auch noch beseitigen.«

»Soll ich dir vielleicht helfen?«, bietet Jörn sich sofort an.

»Nein, lass mal.« Ihm muss es wirklich schlecht gehen. Früher hat er sich immer gedrückt, wenn es ums Putzen ging. »Das machst du, indem du morgen auf Einstein aufpasst. Aufräumen kann ich allein.«

»Na gut«, sagt Jörn und setzt wieder den wehleidigen Gesichtsausdruck auf.

Als wir rüber ins Wohnzimmer gehen, um Einstein zu holen, der wieder in seinem Körbchen liegt, bleibt Jörns Blick am Esstisch hängen. Dort habe ich meine Elisenlebkuchen und das Apfelbrot zum Auskühlen auf Gittern stehen.

»Mh«, macht er und deutet mit dem Kopf auf die Lebkuchen. »Die sehen aber lecker aus. Weiße Schokolade. Was steckt darunter?«

»Pistazien, Mandeln, püriertes Zitronat«, erkläre ich. »Die mit der dunklen Schokolade sind mit Walnüssen, Haselnüssen und püriertem Orangeat, und in denen mit Vollmilch stecken Haselnüsse, Mandeln und gehackte Belegkirschen. Willst du welche mitnehmen?«

Ein Lächeln breitet sich auf Jörns Gesicht aus. »Da sage ich auf keinen Fall Nein.«

Ich gehe zum Schrank. Wo ich die Butterbrottüten aus Papier aufbewahre, weiß ich. Die brauche ich fast jeden Tag.

Zehn Minuten später klappt die Wohnungstür zu. Mein Noch-Mann ist samt Hund, sechs Lebkuchen und einem halben Apfelbrot wieder verschwunden.

2. Kapitel

Aus dem Lautsprecher ertönt Norah Jones' Version von »Silent Night«. Es wäre mir lieber gewesen, Jörn hätte seine Gefühle für sich behalten. Es macht es noch schwerer zu verstehen, warum er unsere Ehe wegen einer Frau wie Fiona beendet hat. Ich konnte sie noch nie leiden. Auf mich wirkte sie immer aufgesetzt mit ihrer ewig guten Laune. Aber Jörn war der Spaß wichtiger als meine ehrlichen Gefühle. Und letztendlich hat er sich durch ihr attraktives Äußeres blenden lassen, da bin ich mir sicher.

Scheiße, denke ich. Jetzt kämpfe ich doch wieder gegen die Tränen an, obwohl ich schon seit sechs Wochen nicht mehr geheult habe und sozusagen »clean« bin. Übermorgen ist Heiligabend. Es ist das erste Jahr, in dem ich mich für alle drei Weihnachtstage freiwillig zum Dienst gemeldet habe.

»Reiß dich zusammen, Caro!«, sage ich laut zu mir selbst, krempele die Ärmel meines Pullovers hoch und mache mich an die Arbeit.

Es ist schon nach neun, als ich endlich fertig bin. Ich habe aufgeräumt, meinen rot-grün gestreiften Flanellpyjama und dicke Wollsocken angezogen und sitze mit einer dampfenden Tasse Kakao im Schneidersitz auf meiner Couch. Auf dem Esstisch steht jetzt auch ein großer Stollen, den ich gleich nach dem Backen mehrmals mit Butter eingepinselt und mit einer dicken Schicht Puderzucker bestäubt habe. Gut, dass ich noch nicht fertig war, als Jörn vorhin hier war. Doof, wie ich bin, hätte ich ihm wahrscheinlich auch davon die Hälfte mitgegeben.

Eigentlich ist mir nach einem guten Glas Rotwein zumute, vielleicht sogar nach einer ganzen Flasche oder nach etwas noch Stärkerem, wie einem ordentlichen Schuss Rum oder Whiskey im Kakao. Aber zumindest in dieser Hinsicht bleibe ich stets konsequent. Wenn ich am nächsten Tag arbeiten muss, trinke ich nicht. Die Verantwortung, die auf mir lastet, ist groß. Ein Fehler kann jedem passieren, aber ich würde mir niemals verzeihen, wenn er mir fahrlässig unterlaufen würde, weil ich mir am Abend davor den Kopf leicht getrunken habe.

Stattdessen greife ich zu meinem Handy und schreibe eine Nachricht an meine Freundin. Ein Gespräch mit Jana wirkt besser als jeder Schwips.

Ich habe es schon wieder getan, tippe ich in mein Telefon, setze einen entsetzt dreinblickenden Smiley dahinter und drücke auf Senden.

Auf meine Freundin ist Verlass. Nur knapp eine Minute später geht mein Handy, und die Stimmen von Fanta Vier und Clueso erfüllen den Raum. *Wir sind zusammen groß, wir sind zusammen alt, komm, lass 'n bisschen noch zusammenbleiben …*

»Sag nichts! Ich weiß, was passiert ist. Du hast ihn ganz sicher mit Weihnachtsplätzchen versorgt«, legt Jana sofort los.

»Du hast es erfasst«, gebe ich zerknirscht zu.

»Mensch, Caro! Beim letzten Mal hast du ihm einen Topf Linsensuppe mitgegeben. Und davor war es, lass mich überlegen, ein Stück Baumkuchen. Okay, der war für seine

Mutter, die ihn so gerne isst. Sie kann nichts dafür, dass ihr Sohn dich betrogen und verlassen hat. Wobei ich mir dabei nicht so sicher wäre, denn immerhin ist sie seine Mutter und hat ihn erzogen. Über die Linsensuppe haben wir schon gesprochen. Wir waren uns einig, dass du einfach schlecht nein sagen kannst und dass du sie ihm stattdessen hättest über den Kopf schütten müssen.« Sie seufzt. »Wie hat der Blödmann sich die Plätzchen erschlichen? Und jetzt sag mir bitte nicht, weil er auf Einstein aufgepasst hat. Es ist zwar dein Hund, aber dein Ex hängt auch an ihm und darf genau genommen froh sein, dass du ihm den Racker ab und an überlässt.«

»Irgendwie hat er mir leidgetan. Fiona hat ihn verlassen«, sage ich, nachdem meine Freundin ihren Dampf abgelassen hat.

»Scheiße!«, ist die prompte Antwort. Jana schnalzt mit der Zunge. »Aber war doch irgendwie allen klar, dass das nicht lange hält. Hat sie einen anderen?«

»Weiß ich nicht. Jörn hat gesagt, sie sei gegangen, weil er noch zu sehr an mir hängen würde.«

»Ja, klar, wie sehr, hat er ja eindrucksvoll bewiesen. Sag bloß, du glaubst den Scheiß.«

»Nein, aber es hat mich ehrlich gesagt ganz schön ins Schleudern gebracht, als er gesagt hat, er habe nie aufgehört, mich zu lieben.«

»Und das fällt ihm taktisch klug ein, nachdem seine neue Ische ihn abgeschossen hat. Nur mal so zur Erinnerung für dich, damit du gar nicht erst auf falsche Gedanken kommst: Dein Ehemann hat dich betrogen. Du hast die Größe gehabt, ihm das zu verzeihen, und hast ihm angeboten, mit dir eine Ehetherapie zu machen. Die Bedingung war, dass er sie nicht wiedersieht. Er hat zugestimmt. Dir ging es die ganze Zeit schlecht, weil du im Gefühl hattest, dass er sie trotzdem noch trifft. Einen Tag vor dem ersten Therapietermin hat er dir dann eröffnet, er würde nicht mitkommen, weil die doofe Kackbratze ihm doch mehr bedeutet, als er angenommen hat. Anstatt ihn rauszuschmeißen, hast du deine Sachen gepackt und bist vier Monate bei mir eingezogen. In der Zeit hast du die ersten beiden Monate entweder gearbeitet oder geheult. Den dritten Monat hast du gearbeitet und nur noch manchmal geheult. Den vierten Monat hast du gearbeitet und nur noch selten geheult, weil du stattdessen wütend warst. Das war der Monat, der mir am besten gefallen hat. Mittlerweile ist es ein halbes Jahr her, du hast eine wunderschöne eigene Wohnung, bist relativ gelassen, heulst nicht mehr und fängst an, die Situation auch mal positiv zu sehen.« Jana schnaubt laut. »Du weißt, dass ich mir nichts mehr wünsche, als dich glücklich zu sehen. Aber ich denke nicht, dass dir das mit Jörn gelingen wird. Ich mag ihn, er ist an sich ein netter Kerl. Aber unabhängig von dem Scheiß, den er gebaut hat, und dass es verdammt schwer sein wird, wieder Vertrauen aufzubauen, sehe ich da noch einen ganz anderen großen Haken.« Jana legt eine kleine bedeutungsvolle Pause ein. »Jörn hat dich nie wirklich verstanden.«

»Danke, genau das wollte ich hören.«

»Ich weiß, gern geschehen.« An Janas Tonfall kann ich hören, dass sie gerade grinst. »Habe ich schon erwähnt, dass es ihm recht geschieht und der Vollhorst es nicht besser verdient hat?«

»Nein, hast du nicht. Aber jetzt, wo du es sagst, sehe ich es auch so.« Ich schüttele unwillkürlich den Kopf. »Vorhin habe ich tatsächlich einen Anflug von Mitgefühl in mir gespürt. Er sah echt traurig aus.«

»Das ist einer der Gründe dafür, warum ich dich so sehr liebe, Caro. Du fühlst mit und vergisst dabei dich selbst. Oder …« Sie schnalzt mit der Zunge. »Oder du bist weit mehr darüber weg, als dir klar ist. Du liebst ihn nicht mehr.«

»Meinst du?« Ich lasse Janas Worte einen Moment nachklingen. Habe ich mich tatsächlich entliebt?

»Ja! Und jetzt zu den wichtigen Dingen«, sagt Jana da und lacht. »Sind die Lebkuchen gut?«

»Natürlich sind sie das. Willst du probieren?«

»Was für eine Frage! Morgen zum Frühstück? Ich bringe Brötchen mit – und Handschuhe. Wir könnten auf der Wiese vor deinem Haus einen Schneemann bauen – oder eine Schneefrau mit dicken Brüsten. Weißt du noch, wie entsetzt eure Nachbarin war, als sie aus dem Fenster gesehen hat und unser wunderschönes Doppel-E-Modell im Garten deiner Eltern entdeckt hat?«

»Klar. Das werde ich nie vergessen. Meine Mutter war damals auch nicht gerade begeistert. Vielleicht hätten wir unserer Schneedame nicht den BH meiner Oma anziehen sollen«, sage ich und grinse.

»Ich bin mir sicher, wir hätten mehr Ärger bekommen, wenn wir ihr dazu noch den Joint in den Mund gesteckt und angezündet hätten«, feixt Jana, »so, wie du das vorhattest, meine Liebe.«

»Sweet sixteen, das waren noch Zeiten.« Ich seufze tief auf. »Damals war die Welt noch in Ordnung.«

»Das ist sie doch heute auch wieder. Bisher haben wir noch jede Krise gemeinsam überstanden. Wir sind beide gesund. Und wenn alle Stricke reißen, haben wir immer noch uns. Wenn wir alt sind, ziehen wir gemeinsam in eine Seniorinnen-WG, bauen jeden Winter Schneefrauen mit Mördermöpsen und fangen wieder an zu kiffen.«

»Guter Plan.«

»Absolut! Und, was ist jetzt mit morgen, frühstücken wir? So gegen zehn?«

»Das geht leider nicht. Ich habe vorhin einen Anruf aus der Klinik bekommen, eine meiner Kolleginnen ist krank. Ich werde ihren Dienst übernehmen.«

Es ist einen Moment still am anderen Ende der Leitung. »Gesund ist das auf Dauer aber nicht, Caro. Das weißt du, oder? Du musst dich auch mal ausruhen. Ich kann ja verstehen, dass du dich in Arbeit gestürzt hast, um Jörn zu vergessen. Aber jetzt musst du wirklich wieder anfangen, mehr an dich zu denken. Nicht, dass du mir am Ende noch zusammenklappst. Ich brauch dich noch.«

»Ich weiß, aber momentan ist der Krankheitsstand leider sehr hoch. Alle kämpfen mit irgendwelchen Infekten. Meine Kolleginnen springen auch so oft ein. Wenn man den Dienst auf der Station mit nur einer Kraft weniger schaffen muss, schlaucht das alle. Es ist also effektiver, wenn nur eine in den sauren Apfel beißt. Und das bin in dem Fall ich.« Außerdem hat es sich über all die Jahre so eingespielt. Die Überstunden gehören einfach dazu. »Nach Weihnachten habe ich eine Woche Urlaub. Da werde ich einfach mal die Seele baumeln lassen.«

»Du solltest trotzdem noch mal über eine berufliche Veränderung nachdenken. Du hast doch schon oft gesagt, dass dich die Arbeitssituation dort zu sehr belastet. Was ist mit

Berufsschule? Du könntest in die Ausbildung gehen und angehende Krankenschwestern unterrichten«, schlägt Jana vor. Sie ist Lehrerin, wie Jörn. Auch er hat mir immer mal wieder nahegelegt, in die Ausbildung zu wechseln.

»Ich bin gerne Krankenschwester. Unterrichten kann ich mir, zumindest im Moment, nicht vorstellen.«

»Dann wechsele von der Intensivstation auf eine normale. Oder du studierst doch noch Medizin. Du hast inzwischen auf jeden Fall mehr als genug Wartesemester.«

»Super, dann bin ich fast vierzig, bis ich mit meiner Ausbildung komplett fertig bin. Davon mal ganz abgesehen, geht es mir als Ärztin auch nicht besser. Da schiebst du genauso viele Überstunden und Nachtdienste.«

»Dann wirst du eben Landärztin. Letzens habe ich gehört, dass dringend Mediziner gesucht werden. Unser Hausarzt hier sieht schon ziemlich alt aus. Der hört bestimmt bald auf. Davon mal ganz abgesehen, gibt es momentan rund um Bocholt fünfzehn Niederlassungsmöglichkeiten, die sofort besetzt werden könnten. Und das Studium wird irgendwie gefördert, weil so viele Landärzte fehlen. Darüber habe ich vor Kurzem erst einen Bericht gelesen.«

»Du kennst dich ja gut aus«, stelle ich fest und schmunzele. Seit Jörn Geschichte ist, versucht Jana immer mal wieder, mich davon zu überzeugen, in ihre Nähe zu ziehen. Sie hat damals nicht gezögert, als sie nach dem Referendariat eine Stelle in Bocholt angeboten bekommen hat. Aber irgendwie hängt mein Herz an Oberhausen. Außerdem wohnen meine Eltern und meine Großeltern mütterlicherseits hier.

»Davon mal ganz abgesehen, bist du nicht zu alt für einen Neuanfang. Erstens ist man das nie, und zweitens wärst du gerade mal sechsunddreißig, wenn du zehn Semester Studienzeit rechnest. Denk wenigstens noch mal darüber nach, Caro. Du bringst deine Erfahrung als Intensivkrankenschwester mit und wärst ganz sicher eine fantastische Ärztin. Das wolltest du doch früher immer.«

»Du meinst, als wir noch Schneedamen mit Übergrößen-BHs gebaut haben.«

»Ja, und noch einige Jahre danach. Aber irgendwie bist du dann in deinem Job hängen geblieben. Apropos Job. Gut, dass morgen mein freier Tag ist und somit die Schulferien für mich schon früher beginnen. Ich muss noch ein paar Geschenke besorgen und hätte mich morgen nach dem Frühstück bei dir ins Centro gewagt, die letzten Weihnachtseinkäufe erledigen. Was hältst du davon, wenn wir aus dem Frühstück ein Kaffeetrinken machen? Dann geh ich erst einkaufen und wäre dann so gegen halb vier bei dir. Passt das?«

»Ja, das ist eine schöne Idee«, sage ich.

Da klingelt plötzlich jemand an der Tür.

»Wer ist das denn?«, fragt Jana. »Jörn?«

»Keine Ahnung. Bleib dran, ich nehm dich mit.«

»Es ist Frau Matuschyk, eine Nachbarin aus dem Erdgeschoss«, sage ich, nachdem ich durch den Türspion gesehen habe.

»Guten Abend.« Die alte Dame lächelt mich zaghaft an. »Ich störe Sie nur ungern, aber als wir uns gestern so nett in der Waschküche unterhalten haben, haben Sie mir erzählt, dass Sie als Krankenschwester arbeiten. Und jetzt ist es nämlich so, dass ich mir Sorgen um meinen Mann mache. Er klagt über Brustschmerzen, möchte aber nicht, dass ich einen Notarzt rufe.«

»Ist Ihnen noch etwas an Ihrem Mann aufgefallen?«, frage ich, während ich in meine Schlappen schlüpfe. »Hat er auch Schmerzen im linken Arm?«

»Davon hat er nichts gesagt. Aber er ist ganz blass und nassgeschwitzt.«

»Ich ruf dich später noch mal an, Jana.« Ohne weiter zu zögern, drücke ich meine Freundin weg. Herr Matuschyk sitzt auf einem Sessel und atmet schwer. Er ist, wie seine Frau gesagt hat, komplett nassgeschwitzt und kreidebleich im Gesicht.

»Guten Abend, Herr Matuschyk, ich bin Caro Fischer, die Nachbarin von ganz oben. Ihre Frau hat mich geholt, weil sie sich Sorgen um Sie macht. Ich bin Intensivkrankenschwester und wollte mal nach dem Rechten schauen. Haben Sie starke Schmerzen, Herr Matuschyk?«

»Auf meiner Brust sitzt ein Elefant. Ich bekomme keine Luft mehr. Meine Schultern tun weh und mein linker Arm auch.«

Herzinfarkt, denke ich. Er hat Todesangst. Ich greife zum Handy, rufe einen Rettungswagen und ordere dazu einen Notarzt, bevor ich mich wieder an Herrn Matuschyk wende. »Hilfe ist schon unterwegs, Herr Matuschyk.« Ich lächle ihn an, öffne die oberen Knöpfe seines Hemdes und sage zu seiner Frau: »Sind Sie so lieb und holen einen lauwarmen Waschlappen, gut ausgewrungen.« Das ist nicht notwendig, lenkt sie aber ab, und sie hat etwas zu tun.

Sie nickt und verschwindet sofort im Bad. Ich schaue auf meine Uhr, zähle dabei die Pulsschläge des Mannes und hoffe inständig, dass der Rettungswagen und der Notarzt trotz des Schneefalls schnell eintreffen werden.

»Hier.« Auch Frau Matuschyk ist kreidebleich im Gesicht, als sie mir den Waschlappen reicht. »Der Rettungswagen wird jeden Moment hier sein«, erkläre ich ihr. »Haben Sie Verwandte in der Nähe? Kinder?«

»Eine Tochter, sie wohnt in der Bottroper Straße, in Richtung Vonderort.«

»Gut, das ist ja nicht weit. Sie sollten sie anrufen und ihr sagen, dass ihr Vater gleich ins Krankenhaus gebracht werden wird. Vielleicht kann sie Sie hier abholen, und Sie fahren gemeinsam hinterher.«

Frau Matuschyk nickt wieder. Kurz darauf höre ich, wie sie im Flur telefoniert.

»Es dauert nicht mehr lang, Herr Matuschyk. Der Arzt müsste jeden Moment hier sein.« Ich tupfe ihm mit dem Waschlappen über die Stirn und lege meine Hand auf seine Schulter. »Nehmen Sie irgendwelche Medikamente ein?«

»Nein, bisher war ich immer kerngesund.«

»Das ist gut. Ich weiß, dass es Ihnen gerade schwerfällt, aber versuchen Sie möglichst ruhig zu atmen. Ich bleibe bei Ihnen und passe auf, bis der Rettungswagen da ist.«

Er nickt und greift nach meiner Hand. Ich drücke sanft zu und streiche mit dem Daumen über seinen Handrücken.

»Meine Tochter kommt sofort«, sagt Frau Matuschyk da. »Claudia ist gleich da, Erwin.«

»Schön, dann ziehen Sie sich jetzt eine dicke Jacke über, Frau Matuschyk, und stellen sich unten vor die Haustür. Winken Sie, wenn der Rettungswagen kommt. Und knipsen Sie das Licht wieder an, wenn es ausgeht, damit man Sie sofort sieht.«

Nur kurze Zeit später trifft der Notarzt fast zeitgleich mit dem Rettungswagen ein. Ich schaue auf die Uhr, sechs Minuten, das ging schnell. Erleichtert atme ich auf.

Eine knappe Viertelstunde später ist Herr Matuschyk notfallmäßig versorgt.

»Wo bringt ihr ihn hin?«, frage ich einen der Rettungssanitäter, als Herr Matuschyk auf die Trage gehievt wird.

»Ins Clemens.«

»Da arbeite ich auch. Ich habe ab sechs Uhr Dienst. Dann sehen wir uns morgen früh, Herr Matuschyk.«

»Ihr Wort in Gottes Ohr.«

Das hat bei mir noch nie funktioniert. Aber auf mein Gefühl konnte ich mich schon immer gut verlassen. »Wir sehen uns!«, wiederhole ich noch einmal. »Und seien Sie doch so lieb, und sagen Sie meinen Kolleginnen bitte liebe Grüße von mir und dass ich morgen frisch gebackenen Stollen mitbringe.«

Herr Matuschyk nickt – und lächelt, unglücklich, aber immerhin versucht er es.

»Halt die Ohren steif, alter Ganove!« Im Hausflur ist die Tür der Nachbarn aufgegangen. Ein älterer Mann mit Glatze steht in einem blauen Trainingsanzug in der Türöffnung. Dahinter sehe ich seine Frau. Auch sie habe ich schon das eine oder andere Mal in der Waschküche oder im Hausflur getroffen. Sie macht einen langen Hals, sagt aber nichts.

»Kommen Sie, Frau Matuschyk.« Ich ziehe meine Nachbarin sanft zurück in die Wohnung. »Packen Sie für Ihren Mann alles Nötige zusammen, was er für das Krankenhaus braucht. Schlafanzug, Zahnputzzeug, Hausschuhe …«

Fünf Minuten später ist die Tochter eingetroffen, und Frau Matuschyk hat eine provisorische Tasche gepackt.

»Danke.« Die Tochter reicht mir die Hand.

»Nicht dafür«, sage ich, da fällt mir plötzlich siedend heiß ein, dass ich meine Tür oben zugezogen habe. »Mist, ich habe keinen Schlüssel mitgenommen.«

»Sie können gerne hierbleiben, Schätzchen.« Frau Matuschyk lächelt mich an. »Wir haben auch ein Gästezimmer.«

»Das ist lieb, danke. Meine Eltern und meine Freundin haben einen Ersatzschlüssel. Es würde mir reichen, wenn ich so lange bleiben könnte, bis mir jemand den Schlüssel bringt.«

»Das ist doch selbstverständlich.« Meine Nachbarin zeigt auf einen großen Plätzchenteller auf dem Couchtisch. »Heute ganz frisch gebacken. Bedienen sie sich.« Ein letztes Mal lächelt sie mich an, bevor sie mit ihrer Tochter ins Krankenhaus fährt.

3. Kapitel

Ich stehe in Flanellpyjama, Wollsocken und Schlappen im Wohnzimmer meiner Nachbarn. Im Fernsehen liefern sich Sean Connery und ein paar Bösewichte gerade eine waghalsige Verfolgungsjagd. Mir ist kalt, obwohl es in der Wohnung sehr warm ist und die Heizung wahrscheinlich auf Hochtouren läuft, so wie bei meinen Großeltern immer. Ich schaue mich einen Moment um, entdecke eine hellbraune Wolldecke auf der Couch, wickle mich darin ein und rufe bei meinen Eltern an. Sie wohnen in Oberhausen. Janas Weg ist weiter. Von Bocholt bis hierher sind es etwa fünfzig Kilometer. Bei dem Wetter braucht sie jetzt bestimmt eine Stunde.

»Papa, hier ist Jana, ich habe mich ausgesperrt und sitze bei einer Nachbarin. Könnt ihr mir vielleicht meinen Schlüssel bringen?«

Es bleibt einen Moment still am anderen Ende der Leitung. »Deine Mutter ist mit ihrem Kegelclub unterwegs – und ich kann nicht mehr fahren.«

Wie jeden Abend, denke ich. Nur ein, zwei Flaschen Bier und danach ein Schnäpschen – oder auch mal ein paar mehr.

»Dann rufe ich Jana an.«

»Warte mal«, sagt mein Vater da. »Ich schick dir jemanden von Pröse vorbei. Die können ja auch mal einen Schlüssel ohne Fahrgast transportieren.«

»Gute Idee.« Der Taxianbieter befindet sich in unmittelbarer Nähe meiner Eltern. »Dann musst du das Taxi aber im Voraus bezahlen. Ich habe kein Geld dabei.«

»Mach ich gerne, Schatz. Wie lautet noch mal deine neue Adresse? Ich habe die Hausnummer vergessen.«

Typisch mein Vater, denke ich, gebe sie ihm durch, bitte ihn, sich gleich noch mal zu melden, wenn er weiß, wann das Taxi kommt, setze mich auf die Couch und lasse meinen Blick durch das Zimmer schweifen. Es ist ähnlich eingerichtet wie das meiner Großeltern. Eiche rustikal, denke ich und nehme mir ein Vanillekipferl vom Plätzchenteller. Nur kurz darauf meldet sich mein Vater.

»In fünfzehn bis zwanzig Minuten ist jemand da.«

»Danke, Papa.«

»Ich sage deiner Mutter, dass sie sich gleich noch mal melden soll, wenn sie zurück ist.«

»Dann liege ich bestimmt schon im Bett, ich habe morgen Frühdienst.«

»Ich schaue mir gerade einen James-Bond-Film an.« Diese Aussage scheint nur im ersten Moment völlig aus dem Zusammenhang gerissen. Mein Vater will mir damit sagen, dass er jetzt auflegen möchte. Ein großartiger Telefonierer war er noch nie.

»Okay, danke noch mal, Papa. Ich melde mich morgen bei Mama.«

Mein Vater ist ein guter Mensch. Er kommt nur nicht damit klar, dass er schon mit siebenundfünfzig Jahren Frührentner ist. Aber nach dem zweiten Bandscheibenvorfall musste er seinen Beruf als Fliesenleger vor einem Jahr an den Nagel hängen. Meine Mutter arbeitet in der Pflege. Wenn sie so weitermacht, ist sie die Nächste, die Rückenprobleme bekommt. Und ich wahrscheinlich auch, denke ich, vielleicht sollte ich doch mal darüber nachdenken, in die Ausbildung zu gehen. Das mit dem Studium kann ich mir momentan nicht vorstellen. Ich greife nach meinem Handy und rufe Jana an. »Hi, ich bin's wieder. Was meine Nachbarin gesagt hat, hast du ja noch gehört. Es ging ihrem Mann wirklich nicht gut. Herzinfarkt. Er ist jetzt auf dem Weg ins Krankenhaus …«

Ich erzähle meiner Freundin, was sich eben ereignet hat, und bin froh, als endlich der Taxifahrer vor der Tür steht, der mir grinsend meinen Schlüssel überreicht.

Zurück in der Wohnung der Matuschyks finde ich auf der Kommode im Flur gleich neben dem Festnetztelefon einen Block und einen Stift, mit dem ich eine Nachricht an meine Nachbarin schreibe.

Liebe Frau Matuschyk,
ich hoffe, dass es Ihrem Mann den Umständen entsprechend gut geht. Sie können jederzeit bei mir klingeln, wenn Sie etwas brauchen – auch wenn es nur ein wenig seelischer Beistand ist.
Herzliche Grüße
Ihre Nachbarin von oben, Caro Fischer
PS: Ihre Vanillekipferl schmecken köstlich. Verraten Sie mir das Rezept?

Ich lege den Zettel gut sichtbar auf den Wohnzimmertisch, knipse den Fernsehapparat aus, schließe die Tür hinter mir und gehe hoch in meine Wohnung.

Es ist halb elf, ehe ich hundemüde, aber immer noch aufgekratzt von den Ereignissen des Tages, im Bett liege.

Wie immer versuche ich vor dem Einschlafen, meine Gedanken zu sammeln und an die positiven Dinge zu denken, die mir heute passiert sind. Ich habe eine wundervolle Freundin. Frau Matuschyk hat sich wahrscheinlich gerade noch rechtzeitig dazu entschieden, Hilfe für ihren Mann zu holen. Meine neuen Lebkuchenvarianten sind einmalig lecker. Beim nächsten Gedanken zögere ich einen Moment. Jörn hat mir gesagt, er habe nie aufgehört, mich zu lieben. Ich fühle noch einmal ganz tief in mich hinein. Freue ich mich darüber? Oder habe ich mich tatsächlich endlich entliebt, wie Jana vermutet? Und steckt vielleicht doch ein Fünkchen Genugtuung oder Schadenfreude hinter dem guten Gefühl, das sein Geständnis in mir auslöst? Hat Jana recht? Hat Jörn es nicht anders verdient?

Ich kuschele mich in meine Decke und rolle mich zur Seite. Mein Bett ist einen Meter vierzig breit. Nicht zu groß für eine einzelne Person, aber breit genug, falls ich doch mal – irgendwann in ferner Zukunft – überraschend Besuch erhalte.

Die erste Nacht hat Jana hier im Bett mit mir in meiner neuen Wohnung geschlafen. Ich hatte mir die ersten drei Tage nach dem Umzug freigenommen. Da ich noch keine Gläser hatte, haben wir Wein aus Kaffeebechern getrunken, und am nächsten Morgen sind wir beide mit einem mächtigen Kater aufgewacht. Vier Wochen später hat Jana mir erzählt, dass sie vorerst keinen Alkohol mehr trinken wird, da sie schwanger ist und ich Patentante werde. Mein letzter positiver Gedanke gilt dem kleinen Menschenwesen, das unter dem Herzen meiner Freundin heranwächst.

Im Sommer fällt es mir leichter aufzustehen, wenn der Wecker morgens oder besser gesagt mitten in der Nacht klingelt. Aber das geht wahrscheinlich jedem so. Es ist halb fünf. Mein Dienst beginnt um sechs. Normalerweise brauche ich um diese Uhrzeit fünfzehn Minuten bis zur Klinik. Aber heute habe ich aufgrund des Wetters einen Puffer eingebaut. Ich strecke mich noch einmal, bevor ich aufstehe. In der Küche höre ich schon den Kaffee vor sich hin brühen. Ich habe mir einen schlichten Filterautomaten zugelegt, der über eine Zeitschaltuhr verfügt. Wenn ich zwischendurch Lust auf einen Kaffee bekomme, brühe ich ihn ganz altmodisch mit der Hand und einem Porzellanfilter auf. Die Hightech-Maschine habe ich Jörn überlassen. Mir war sie sowieso immer zu kompliziert.

Mein erster Gang geht zum Fenster. Zum Glück hat es irgendwann in der Nacht aufgehört zu schneien. Der Schnee auf der Straße ist plattgefahren. Und die größeren Hauptstraßen werden bereits geräumt sein. Das heißt, ich werde wahrscheinlich relativ gut durchkommen. Also habe ich noch etwas mehr Zeit für mich.

Ich gähne herzhaft und gehe in die Küche. Daran, dass Einstein mich morgens manchmal nicht begrüßt, habe ich mich immer noch nicht gewöhnt. Es ist schon merkwürdig, denke ich, als ich im Stehen den ersten Schluck Kaffee genieße. Mir fehlt Jörn morgens überhaupt nicht. Im Gegenteil, ich bin froh darüber, die ersten Momente des Tages ganz für mich zu genießen. Doch der Bobtail fehlt mir kolossal, sobald er auch nur ein paar Stunden aus dem Haus ist. Es ist einfach ein schönes Gefühl, ehrlich geliebt zu werden. Und auch wenn ich weiß, dass der Vergleich zwischen Menschen und

Hunden hinkt, muss ich jetzt an meine Oma denken. Sie war es, die meine Eltern dazu überredet hat, Einstein ein neues Zuhause zu geben, nachdem sein Frauchen ihn wegen einer Allergie abgeben musste. Sie haben nur eingewilligt, nachdem ich zugesichert hatte, mich um ihn zu kümmern. Damals wohnte ich jedoch in einem Einzimmerapartment und hatte nicht viel Platz. Als ich mit Jörn zusammengezogen bin, haben wir Einstein schließlich komplett zu uns genommen.

»Hunde lügen nie, wenn es um die Liebe geht«, hat Oma damals zu mir gesagt.

Ich gehe zu meiner Notiztafel, die direkt neben dem Kühlschrank hängt, und schreibe *Teppichläufer für Einstein* darauf.

Die Tasse Kaffee nehme ich mit ins Bad. Dort setze ich mich auf den Badewannenrand und trinke, während ich die Wanne voll Wasser laufen lasse. Dabei lasse ich meinen Blick über die Ansammlung bunter Flaschen gleiten, die Jana mir zum Einzug geschenkt hat. Die Bezeichnungen lesen sich wie ein Angebot aus einem Wellnesskatalog: »Zeit für Gemütlichkeit«, »Verwöhnende Auszeit«, »Ein bisschen Glück«, »Momente für mich«, »Kuschelzeit«.

Ich entscheide mich für das am sinnvollsten klingende Aromabad mit dem Namen »Energie für den Tag«. Denn das ist genau das, was ich heute brauche.

Das Wasser duftet nach Orange und Sanddorn. Ich mag den Moment, in dem ich mit dem Fuß in das wie immer viel zu heiße Bad eintauche und Gänsehaut über meinen Knöchel bis nach oben und schließlich meinen Nacken entlangkriecht. Ich ziehe das zweite Bein nach, schließe die Augen, atme tief ein und lasse mich komplett unter Wasser gleiten. Eine Wohnung ohne Wanne wäre für mich nicht infrage gekommen. Die kleine Auszeit für die Seele ist der Luxus, den ich mir fast jeden Tag gönne, wenn es die Zeit zulässt. Zehn Minuten, nur für mich.

Als ich mein Baderitual beendet habe und in Bademantel und mit Handtuchturban um den Kopf ins Schlafzimmer zum Kleiderschrank gehe, sehe ich, dass mein Handy blinkt und ich eine Nachricht bekommen habe. Sie ist von Jörn.

Guten Morgen und viel Kraft für den Tag, schreibt er. Außerdem hat er mir ein Foto geschickt. Es ist von Einstein. Er steht zwischen den beiden kleinen, im Moment mit einer Schneeschicht überdeckten Tannen, die wir im Laufe der letzten Jahre in den Garten gepflanzt haben. Wir hatten unsere Weihnachtsbäume jeweils im Topf gekauft und sie im Frühjahr in den Garten gesetzt. Dieses Jahr wäre ein dritter dazugekommen. Ursprünglich hatten wir vorgehabt, Heiligabend bei uns zu feiern, mit allen Familienangehörigen. Danach wollten wir ein paar Tage verreisen. Aber erstens kommt es eben manchmal wirklich anders, und zweitens, als man denkt.

»Idiot«, murmele ich vor mich hin. Jana hat recht. Jörn meldet sich jetzt nur, weil Fiona ihn abgeschossen hat. Und ich bin ganz bestimmt nicht die Richtige, um ihn jetzt zu trösten oder aufzufangen. Es juckt mir in den Fingern, mit einem bissigen Kommentar zu antworten, ich stecke ihn mir aber. Gar nicht oder nur sehr wortkarg zu reagieren, wurmt Jörn mehr. Ein Daumen nach oben und ein Weihnachtsmann-Smiley reichen! Ich schicke die Nachricht ab, warte, bis die beiden Häkchen blau werden, und schaue mir dabei noch einmal kurz das Foto von Einstein an. Wenigstens hat seine Vorbesitzerin ihm einen passenden Namen ausgesucht.

Seine weiß-graue Zottelmähne hat tatsächlich Ähnlichkeit mit der des Physikers. Und meine Mähne könnte auch mal wieder eine Friseurschere und etwas Farbe am Ansatz vertragen, denke ich. Momentan trage ich einen schulterlangen Bob, den ich meistens zur Seite frisiere. Meine Naturhaarfarbe ist ein aschiges Blond, das ich vom Friseur immer mal wieder mit Strähnchen aufpolieren lasse.

Ich suche meine Klamotten im Schrank zusammen und denke, dass es gut war, die Hosen aufgehoben zu haben, in die ich irgendwann nicht mehr reinpasste. Durch den Stress mit Jörn habe ich eine ganze Kleidergröße verloren. Das steht mir gut. Ich war nie wirklich schlank und bin es auch jetzt nicht. Dafür backe und genieße ich viel zu gerne. Außerdem bin ich extrem faul, wenn es darum geht, mich bewegen zu müssen. Aber die sieben Kilo weniger gefallen mir. Meine schmale Taille kommt besser zur Geltung. Und mir quillt der Hüftspeck nicht mehr so sehr über den Hosenbund. Ich klatsche mir mit der flachen Hand auf den Bauch. Zumindest körperlich habe ich mich schon lange nicht mehr so wohlgefühlt. Und das soll auch so bleiben, denke ich stirnrunzelnd, als mein Handy vibriert und mir so mitteilt, dass wieder eine Nachricht eingetroffen ist.

Diesmal ist es jedoch Jana. Was ist nur heute los, dass alle so früh wach sind, obwohl sie noch gemütlich in ihren Betten liegen könnten?

Hilfe! Wenn es ein Junge wird,
will Simon ihn Keno nennen,
lese ich.

Das ist eine Lotterieform.
Der Name geht gar nicht!,
antworte ich.

Lotterie?! Danke, wenn das
mal kein Argument dagegen
ist.

Gern geschehen.
Ich setze ein kleines rotes
Herzchen dazu.

Muss mich jetzt beeilen, wir
sehen uns heute Nachmittag.

Obwohl ich stets rechtzeitig aufstehe, schaffe ich es doch immer wieder, dass mir am Ende Zeit fehlt.

Es ist zwanzig nach fünf, als ich die Haustür hinter mir schließe. Frischer Schnee knirscht unter meinen Füßen. Ich gehe vorsichtig den Weg entlang, der vom Haus bis zur Straße führt. Weit komme ich allerdings nicht. Ich habe gerade mal ein Drittel hinter mir, da höre ich, wie ein Fenster geöffnet wird, und kurz darauf eine weibliche Stimme.

»Frau Fischer!«

Es ist Frau Matuschyk. Ich drehe mich um und stapfe zurück.

»Guten Morgen«, sage ich leise, um die Nachbarn nicht zu wecken. Die alte Dame strahlt mich an, und ich atme erleichtert auf. Das ist ein Gesichtsausdruck, den ich gerne häufiger auf der Intensivstation sehen würde. Er hat es also geschafft.

»Erwin geht es gut – dank Ihnen«, flüstert sie und hält eine mit Weihnachtsmotiven bedruckte Tüte aus dem Fenster. »Hier, die sind für Sie und Ihre netten Kolleginnen der Intensivstation. Das Rezept habe ich auch aufgeschrieben und dazugelegt.«

»Das ist aber lieb. Danke schön.« Ich greife zu. »Aber Frau Matuschyk, Sie müssen mir was versprechen.« Ich setze einen strengen Gesichtsausdruck auf. »Wenn noch mal so was passiert, rufen Sie bitte sofort die 112, auch wenn Ihr Mann das nicht möchte. Und danach können Sie gerne bei mir anrufen, und ich komme runter. Ich schreibe Ihnen bei Gelegenheit meine Telefonnummer auf.«

Sie nickt. »Das hat meine Tochter auch schon gesagt. Aber ich war einfach zu aufgeregt. Zum Glück ist es ja noch mal gutgegangen. Mein Mann hat drei Stents gesetzt bekommen. Er bleibt jetzt noch zwei Tage zur Beobachtung, dann darf er auf die normale Station.«

»Das ist gut.« Ich lächle sie an. »Aber ich muss jetzt leider los, Frau Matuschyk. Die Pflicht ruft.«

»Ja, natürlich.«

Meine Nachbarin bleibt am Fenster stehen und sieht mir dabei zu, wie ich das Auto freikratze. Bevor ich einsteige, winke ich ihr noch einmal zu.

4. Kapitel

Jedes Mal, wenn ich die Station betrete, frage ich mich, warum wir einen geschmückten Baum bekommen haben. Hier ist jeder Tag wie der andere. Weihnachten gibt es auf der Intensiv nicht. Dafür haben wir schlicht keine Zeit. Sobald ich durch die Tür komme, beginnen der Stress und der Wahnsinn.

Es ist sechs Uhr. Ich habe meine kobaltblaue Arbeitskleidung angezogen und sitze mit meinen Kollegen und Kolleginnen zwecks Gesamtübergabe im Aufenthaltsraum. Auch die Ärztin Frau Dr. Siebenhühner hat sich heute dazugesellt.

Ich erfahre, dass die Nierenwerte des Patienten, den ich schon seit Wochen versorge, schlechter geworden sind und dass heute Dialyse ansteht. Margit, eine meiner Lieblingskolleginnen, wirft mir einen langen Blick zu. Warum? fragt sie still. Wir wissen beide, dass er es nicht schaffen wird.

Bei einem anderen Patienten haben sich die Leberwerte verschlechtert, und bei einem dritten hat sich eine Sepsis entwickelt.

Aber es gibt auch Gutes zu berichten. Mein Nachbar ist wohlauf. Er hat die Herz-Katheter-Untersuchung und die Stent-Setzung sehr gut überstanden. Heute bleibt er zur Beobachtung noch auf der Intensiv. Morgen wird er auf die normale Station verlegt, und dann folgt die Reha. Auch die alte Dame, die mehrfach im Jahr und immer auch um die Weihnachtszeit, wegen ihrer Herzinsuffizienz und einem daraus resultierenden Lungenödem bei uns landet, ist auf dem Weg der Besserung und wird gleich auf die normale Station gebracht.

Es dauert eine gute halbe Stunde, bis wir alles besprochen haben und ich weiß, um wen ich mich heute kümmern muss. Es ist der Mann, der heute die Dialyse bekommen wird. Seit Tagen versucht er zu sterben, aber wird immer wieder daran gehindert. Da seine Betreuung zeitaufwendig ist, bekomme ich zum Ausgleich einen weniger komplizierten Fall zugewiesen, Herrn Matuschyk.

Auf die Mitte des Tischs habe ich einen Teller mit den Plätzchen gestellt und auch ein paar meiner Lebkuchen dazugelegt.

»Sind die von Ihnen?«, fragt Frau Dr. Siebenhühner und sieht mich an. »Das sieht ja wieder alles sehr lecker aus.«

»Von mir und Herrn Matuschyks Frau. Wir sind Nachbarn«, antworte ich.

»Ja, davon habe ich schon gehört.« Sie greift zum Teller, »Nervennahrung«, und schiebt sich ein Vanillekipferl in den Mund. »Na dann gutes Gelingen, alle miteinander!«

Margit wirft mir wieder einen stillen Blick zu, als ich das Zimmer des Langzeitpatienten betrete. Wir denken beide, dass es hier längst nicht mehr um das Leben des Mannes geht, sondern um Wirtschaftlichkeit und Auslastung der Geräte. Das auszuhalten und nichts daran ändern zu können, fällt mir von Tag zu Tag schwerer.

Trotzdem erledige ich meine Arbeit hochkonzentriert und spreche liebevoll mit dem Patienten, während ich ihn versorge. Niemand weiß, ob der alte Mann nicht vielleicht doch etwas wahrnimmt.

Zwischendurch schaue ich immer mal wieder nach Herrn Matuschyk. Der Mann, dem gestern noch der Angstschweiß über den ganzen Körper lief, ist gut aufgelegt.

»Mir ist bisher gar nicht aufgefallen, wie hübsch Sie sind«, schäkert er mit mir. »Die blaue Uniform steht Ihnen.«

Ich lache, kontrolliere seine Werte und sage zu, als er mich zu Kaffee und Kuchen einlädt, sobald er das alles überstanden habe.

»Gudrun backt den besten Käsekuchen der Welt«, behauptet er. Und er lacht schallend, als ich »Und ich dachte, Sie backen für mich« antworte.

Nebenan liegt die alte Dame mit der Herzinsuffizienz. Auch wenn sie heute nicht zu meinen Patientinnen gehört, genehmige ich mir den Luxus einer kleinen Auszeit, um mich von ihr zu verabschieden.

Ihre Wangen sind rosig. Sie sitzt leicht aufrecht und lächelt mich an, als ich zu ihr ans Bett trete.

»Guten Morgen, Frau Fischermann«, sage ich.

»Guten Morgen, Frau Fischer – ohne Mann.«

»Wie wahr …« Das kleine Namensspiel macht uns Spaß. Wir spielen es, seit sie vor drei Tagen hier eingeliefert wurde.

»Wie oft waren Sie jetzt hier?«, frage ich.

»Drei- bis viermal pro Jahr«, antwortet sie und lächelt sanft. »Das reicht.«

»Bisher hat sich Ihr Herz immer wieder erholt«, sage ich. »Auch diesmal haben Sie es geschafft. Gleich dürfen Sie runter auf die normale Station.«

»Hier oben gefällt es mir besser.« Sie schmunzelt. »Hier oben sind Sie. Erzählen Sie, Kindchen, was gibt es Neues in Sachen Liebe?« Seit ich ihr erzählt habe, dass mein Mann mich wegen einer anderen hat sitzenlassen, ist sie sehr an meinem aktuellen Befinden interessiert. Normalerweise spreche ich mit Patienten nicht über mein Privatleben. Aber die alte Dame kommt mir irgendwie vertraut vor. Und es macht Spaß, sich mit ihr über Gott, die Welt – und Männer – zu unterhalten.

Ich werfe einen kurzen Blick auf die Uhr. Fünf Minuten Zeit, das muss heute ausnahmsweise mal drin sein. Ich erzähle ihr also, was Jörn gestern zu mir gesagt hat, dass ich ihn mit Weihnachtsgebäck versorgt habe und dass ich froh bin, dass der Stollen zu diesem Zeitpunkt noch nicht fertig gebacken war.

»Stollen?« Ihr Blick schweift in die Ferne. »Den besten habe ich auf Juist gegessen. Waren Sie dort schon mal?«

»Nein, bisher noch nicht«, antworte ich. »Aber auf Norderney.«

»Das kann man nicht vergleichen.« Sie sieht zum Fenster. Es hat wieder angefangen zu schneien. Dicke Schneeflocken fallen vom Himmel. »Jetzt ist die richtige Zeit für Juist. Auf der Insel ist es im Winter sehr still. Das Einzige, was man um diese Jahreszeit hören kann, ist das Rauschen des Meeres. Und hin und wieder das Klappern von Pferdehufen.« Sie sieht mich ernst an. »Wie halten Sie das nur aus, den ganzen Tag das Piepen der Geräte?«

»Man gewöhnt sich daran«, sage ich. »Es gehört eben einfach dazu.«

»Habe ich mir doch gedacht, dass Sie so etwas in der Art antworten.« Frau Fischermann grinst schelmisch. »Aber kirre macht es Sie trotzdem, geben Sie es zu!«

Ich zwinkere ihr zu. »Manchmal verfolgt es mich bis in meine Träume.«

»Das ist nicht gut.« Die alte Dame legt den Kopf schief und sieht mich lange an. »Sie erinnern mich an eine sehr gute Juister Freundin von früher, Jorinde, was so viel wie *die Wachsame* bedeutet.«

»Ein sehr schöner Name.«

»Ja.« Sie streckt ihre Hand aus. Ich lege meine in ihre und sehe die alte Dame an. Früher muss sie eine wahre Schönheit gewesen sein, und sie ist es immer noch. Ihr schlohweißes Haar trägt sie, trotz Intensivstation, zu einem Dutt frisiert. Ein paar feine Haarsträhnen haben sich daraus gelöst und fallen ihr ins Gesicht. Ihre feinen Züge sind voller Falten. Und über ihren hellgrauen Augen liegt ein leichter Schleier. Aber sie sieht immer noch sehr wach aus.

»Vielleicht sollten Sie Ihrem Mann verzeihen«, sagt sie. »Am Ende ist es immer nur die Liebe, die zählt.«

Der Satz brennt sich augenblicklich in mein Gedächtnis. Ich lächle, bin aber unfähig, etwas zu sagen.

»Geben Sie ihm eine letzte Chance. Und wenn er es dann vermasselt, haken Sie es ein für alle Mal ab. Sie wissen ja, auch andere Mütter haben nette Söhne.« Sie seufzt. »Meiner ist leider zu alt für Sie. Er ist jetzt auch schon über fünfzig.«

»Und außerdem verheiratet«, sage ich in strengem Ton.

»Ja, aber ich kann seine Frau nicht leiden.« Sie lächelt geheimnisvoll. »Schauen Sie doch mal bitte in die Schublade meines Nachttischchens, und holen Sie das Samtsäckchen heraus. Seien Sie so lieb.«

»Gerne«, sage ich.

Nur wenige Augenblicke später legt die alte Dame mir eine Perlenkette in die Hand.

»Die Blume, die zwischen die Perlenreihen gearbeitet wurde, ist aus Gold und ein Filigran«, sagt sie, »der Schmuck der Ostfriesen.«

»Sie ist wunderschön.« Ich habe allerdings keine Ahnung, was ein Filigran ist. Von so etwas habe ich noch nie gehört. »Das sieht nach viel Arbeit aus.«

»Ein Filigran wird aus hauchdünnen gekörnten Goldfäden und Kügelchen hergestellt«, erklärt die alte Dame. »Es ist eine Kunst.«

»Genau danach sieht es auch aus«, sage ich und betrachte das Filigran etwas genauer. Es besteht aus fünf mit verschnörkelten Ornamenten verzierten Blütenblättern. In der Mitte sitzt eine einzelne Perle. Sie ist etwas kleiner und dunkler als die restlichen Perlen, aus denen die Kette geknüpft wurde. »Wirklich wunderschön«, wiederhole ich noch einmal.

»Sie müssen mir etwas versprechen.«

»Was denn?«, frage ich und lasse die Kette zurück in das Säckchen gleiten.

»Bringen Sie die Kette zurück zu meiner großen Liebe, nach Juist.«

Wieder bin ich so überrascht, dass mir im ersten Moment die Worte fehlen.

»Ich bin müde. Und ich möchte gehen. Und zwar in Würde.« Sie zeigt auf den Geräteapparat hinter sich. »Das möchte ich nicht mehr. Nachher kommt mein Sohn. Ich habe mit ihm meine Patientenverfügung aufgesetzt.«

»Das ist eine sehr vernünftige und wichtige Entscheidung«, sage ich.

»Es war längst überfällig.« Sie sieht mich an. In ihren Augen liegt Entschlossenheit. »Es würde mir das Abschiednehmen erleichtern, wenn Sie mir versprechen würden, die Kette zurückzubringen.«

»Erst einmal werden Sie gleich von einer meiner Kolleginnen von der Pflegestation geholt«, erkläre ich. »Sie haben sich richtig gut erholt, und in ein paar Tagen sind Sie auch schon wieder zu Hause. Aber ich verspreche Ihnen, dass ich Sie heute noch auf der normalen Station besuchen komme. Und dann erzählen Sie mir alles über Ihre große Liebe und die Kette. Was halten Sie davon? Ich habe um zwei Uhr Dienstschluss. Danach komme ich mit einem großen Stück Stollen zu Ihnen nach unten.«

Die alte Dame nickt. »Einverstanden.«

»Sehr schön.« Ich lege die Kette wieder in die Schublade. Kein sicherer Ort für solch ein bestimmt sehr wertvolles Schmuckstück. Aber das muss ich meiner Patientin nicht erklären. Ich bin mir sicher, sie weiß das. »Und jetzt muss ich mich um meine anderen Patienten kümmern. Nebenan liegt ein älterer Herr, der mir unbedingt demnächst einen Käsekuchen backen will«, scherze ich.

Die restlichen Stunden meiner Arbeitszeit verlaufen ohne weitere Vorfälle. Herrn Matuschyk geht es weiterhin gut. Ich habe ihm ein paar Plätzchen seiner Frau gebracht und mir noch einmal eine Lobeshymne über ihre Backkünste angehört. Mein anderer Patient hat es heute noch immer nicht geschafft. Er hat keine Verfügung. Die Ärzte werden weiterkämpfen, obwohl das Ende jetzt schon klar ist. Irgendwann werden auch die Geräte nichts mehr retten können, und er wird an multiplem Organversagen sterben. Aber den Gedanken daran versuche ich in dem Moment abzuschütteln, in dem sich nach meiner Schicht die Tür der Intensivstation hinter mir schließt.

Es schneit immer noch. Die schneebedeckten Dächer sehen zauberhaft aus. Wann lag hier in Oberhausen mal so viel Schnee, überlege ich, während ich einen kurzen Moment vor dem Fenster stehen bleibe und nach draußen schaue. Es ist halb drei, genau die richtige Uhrzeit für einen Adventsplausch mit Stollen und einer Tasse Kaffee mit einer lieben älteren Patientin. Jana kommt um vier. Da gibt es dann die zweite Kaffeerunde, denke ich. Die Vorweihnachtszeit steckt wirklich voller Kalorien. Aber was soll's, man lebt schließlich nur einmal.

Dass etwas nicht in Ordnung ist, spüre ich in dem Moment, in dem ich die Pflegestation betrete. Obwohl hier alles so ist wie immer, werde ich plötzlich unruhig. Kein Kollege, keine Kollegin ist in Sicht. Auf der Theke des Empfangs leuchten vier einsame Elektrokerzen auf einem schlichten Holzständer. Etwas weiter den Gang hinunter geht die Tür eines Zimmers auf. Eine Ärztin kommt heraus und auf mich zu. Während ihrer Fachausbildung hat sie eine Zeitlang auf der Intensivstation gearbeitet. Sie lächelt, als sie mich erkennt.

»Caro, das ist aber eine schöne Überraschung.«

»Hallo, Kerstin«, sage ich. »Schön, dich mal wiederzusehen.« Sie sieht abgekämpft aus. »Harter Tag?«

»Du weißt doch, wie das ist um Weihnachten herum. Wir haben ganz kurz hintereinander zwei Patienten verloren …« Sie seufzt, und ich weiß es, bevor sie weiterspricht. Mein Bauch zieht sich zusammen, und mein Herz schlägt einen Takt schneller.

»Das Verrückte an der Sache ist, dass eine der beiden Patientinnen erst vor wenigen Tagen eine notariell beglaubigte

Patientenverfügung verfasst hat. Heute war der Sohn hier, um sie abzugeben und seine Mutter zu besuchen. Er war vielleicht eine halbe Stunde bei ihr, als plötzlich ihr Herz aufhörte zu schlagen. Laut Verfügung wollte sie keine lebensverlängernde Maßnahme mit anschließendem Intensivaufenthalt mehr. Wir konnten sie leider nicht retten.«

Ohne Vorwarnung schießen mir die Tränen in die Augen.

»Oh mein Gott, warst du etwa mit ihr verwandt?« Kerstins Blick fällt auf den Teller mit dem Stollen, den ich in meinen Händen halte. »Caro, das tut mir leid, das wusste ich nicht.«

Ich schüttle den Kopf. »Es war eine meiner Patientinnen. Ich dachte nur … Wann?«

»Vor gut einer halben Stunde.«

»Okay.« Ich schniefe, und Kerstin drückt mir ein Papiertaschentuch in die Hand. »Ja, manchmal geht es mitten ins Herz, auch wenn wir uns noch so zusammenreißen. Das kenne ich.«

»Vorhin habe ich ihr noch versprochen, ihr ein Stückchen Stollen vorbeizubringen«, erkläre ich. In dem Moment sehe ich einen hochgewachsenen Mann mit graumeliertem Haar aus dem Zimmer kommen, aus dem eben auch Kerstin kam. Es ist Frau Fischermanns Sohn. Er trägt die kleine Reisetasche seiner Mutter. Über seinem Arm hängt ein dunkelblauer Bademantel. Er zieht die Tür hinter sich zu, bleibt einen Moment stehen und kommt den Gang entlang auf uns zu.

»Danke noch mal, Frau Doktor Kuntz«, sagt er und stutzt, als er mich erkennt. »Sie sind doch …«

»Schwester Caro, ich habe mich oben auf der Intensiv um Ihre Mutter gekümmert.« Ich schlucke. »Mein herzliches Beileid.«

»Ich lasse euch dann mal allein. Ich bin im Aufenthaltsraum, wenn du mich suchst, Caro«, sagt Kerstin. »Herr Fischermann, nochmals mein herzliches Beileid.«

Er nickt, wirkt aber gefasst. Nur an seinen roten Augen kann man sehen, dass er gerade geweint hat. »Meine Mutter hatte schon immer einen sehr starken Willen und eine ganz bestimmte Vorstellung davon, wie bestimmte Dinge geschehen sollen.« Auf seinem Gesicht zeigt sich ein kleines trauriges Lächeln. »Sie hat alles geregelt und ist mit sich selbst im Reinen gegangen. Nur eine Sache hatte sie noch auf dem Herzen.« Er greift in die Jackentasche und zieht ein Säckchen aus schwarzem Samt hervor. »Sie hat mich gebeten, Ihnen das hier zu geben, falls sie Sie nicht mehr sieht.«

»Das kann ich unmöglich annehmen.«

»Wie gesagt, sie hat alles geregelt. Von der Patientenverfügung bis hin zu ihrer Beerdigung und der Verteilung ihres Besitzes. Es war ihr wichtig, dass Sie das Schmuckstück bekommen. Sie sagte, Sie würden wissen, was Sie damit zu tun hätten.« Frau Fischermanns Sohn greift noch einmal in die Tasche, zieht ein zusammengefaltetes Blatt Papier heraus und gibt es mir. »Sie hat es sogar handschriftlich festgehalten, damit es rechtlich keine Schwierigkeiten gibt.« Er lächelt. »Meine Mutter hat immer an alles gedacht. Sie müssen ihr sehr viel bedeutet haben.«

»Ich habe sie an eine alte Freundin erinnert, hat sie mir anvertraut – Jorinde«, erkläre ich. »Ihre Mutter hat mich vorhin gebeten, die Kette nach Juist zu bringen.«

Das mit der alten Liebe verschweige ich vorsichtshalber. Nicht, dass hier irgendwelche alten Familiengeheimnisse schlummern, die besser unentdeckt bleiben sollten.

»Der Name Jorinde kommt mir irgendwie bekannt vor. Gehört habe ich ihn schon mal irgendwo. Und Juist …« Er überlegt einen Moment, schüttelt aber schließlich den Kopf. »Meine Mutter hat früher regelmäßig auf der Insel Urlaub gemacht. Aber Zusammenhänge kann ich da keine erkennen.« Er sieht mich nachdenklich an. »Aber ich bin mir ganz sicher, dass meine Mutter bis zum letzten Augenblick geistig voll da war und ganz genau wusste, was sie tut. Keine Sorge, ich bin Anwalt.« Er deutet auf den Zettel, den ich immer noch nicht auseinandergefaltet habe. »Das Schreiben hat rechtlich gesehen auf jeden Fall Hand und Fuß. Da müssen Sie sich keine Gedanken machen. Und seien Sie mir bitte nicht böse, aber ich möchte jetzt gerne Zeit für mich haben.« Er reicht mir seine Hand. »Danke, dass Sie sich so gut um meine Mutter gekümmert haben. Alles Gute für Sie.«

»Danke, Ihnen auch.«

Er geht drei Schritte, bleibt noch einmal stehen, dreht sich zu mir um und sagt: »Falls Sie es sich doch anders überlegen und die Kette nicht annehmen wollen, finden Sie meine Telefonnummer ja in der Patientenakte meiner Mutter. Auf Wiedersehen.«

Ich schaue dem Mann hinterher, der aufrecht und schnellen Schrittes den Gang entlanggeht. Anwalt passt zu ihm, schießt mir durch den Kopf. Erst da fällt mir auf, dass schlagartig wieder Leben auf der Station herrscht. Eine Kollegin läuft grüßend an mir vorbei. Ein Pfleger schiebt einen Mann im Rollstuhl aus einem Zimmer. Über einer der Türen blinkt oben die kleine rote Alarmleuchte. Und irgendwo beschwert sich lauthals ein Patient über die schlechte Versorgung. Mein Blick bleibt an dem Zimmer hängen, aus dem Herr Fischermann gerade kam. Ich gehe langsam darauf zu, öffne die Tür und gehe hinein. Den Teller mit dem Stollen stelle ich auf das Nachttischchen neben Frau Fischermanns Bett. Ich setze mich auf den Stuhl daneben und falte den Brief auseinander.

Oberhausen, den 23.12.2019

Noch ein letzter Wille
Hiermit bestimme ich, Elfriede Jolanda Fischermann, geboren am 16.12.1933, dass Frau Caro Fischer, Intensivkrankenschwester im Clemens Hospital Oberhausen, meine Perlenkette mit dem eingearbeiteten Filigran erhalten soll, sobald ich das Zeitliche gesegnet habe und oben im Himmel rumspuke.
Ich bin im Vollbesitz meiner geistigen Kräfte. Mein Sohn, Friedemann Fischermann, geboren am 06.04.1965 in Düsseldorf, ist in diesem Moment bei mir und mein Zeuge.
Elfriede Jolanda Fischermann, am 23.12.2019

Auch Friedemann Fischermann hat das Schreiben unterzeichnet. So traurig das alles ist, huscht trotzdem ein Lächeln über mein Gesicht, als ich den letzten Willen noch einmal lese. Mir gefällt der Gedanke, dass es tatsächlich einen Himmel gibt, in dem die alte Dame nun »rumspukt«, wie sie es nennt. Und dass sie dort nicht allein ist, sondern liebe Gesellschaft hat.

5. Kapitel

»Irgendwie gibt es im Leben doch immer für alles einen Grund«, sage ich. »Hätte Gaby sich nicht krankgemeldet, hätte ich heute nicht gearbeitet. Dann hätte ich Frau Fischermann nicht mehr gesehen, bevor sie gestorben ist. Ich hätte nichts von der Kette gewusst und der Sohn hätte sie mir nicht geben können.« Ich halte meiner Freundin das wunderschöne Schmuckstück entgegen.

Sie greift zu und betrachtet es ausgiebig. »Und die alte Dame hat gesagt, du sollst es zu ihrer großen Liebe nach Juist bringen?«

Ich nicke. »Bring es zurück zu meiner großen Liebe, nach Juist. Genau das hat sie gesagt. Und dass ich sie an eine gute Freundin erinnere, Jorinde.«

»So wie die Jungfrau im Märchen der Brüder Grimm, ›Jorinde und Joringel‹.«

»Echt? Das kenne ich gar nicht.«

»Darin geht es um eine Hexe, die Jungfrauen in Vögel verwandelt und in Käfige sperrt. Jorinde wird von ihr in eine Nachtigall verzaubert. Aber der Jüngling, dem sie versprochen ist, Joringel, findet ein Mittel, das den Zauber rückgängig machen kann.« Jana legt eine kleine bedeutungsvolle Pause ein, bevor sie weitererzählt. »Es ist eine purpurrote Blume mit einer Perle in der Mitte.«

»Ist nicht wahr!«, entfährt es mir.

»Doch, mit der Blüte erlöst Joringel seine Jorinde. Und gemeinsam retten sie auch die anderen eingesperrten Vögel, und sie werden alle wieder keusche Jungfrauen. An das Märchen kann ich mich noch gut erinnern. Wir haben in einem Seminar an der Uni darüber gesprochen. Es gilt als ungewöhnlich, da hier nicht die Stiefmutter oder eine neidische Schwester die Böse ist, sondern die Hexe als mystische Gegenspielerin der Liebe selbst erscheint.« Jana gibt mir die Kette zurück. »Vielleicht gehörte sie der Freundin der alten Dame, Jorinde. Im Filigran steckt in der Mitte auch eine Perle.«

»Ja, genau das habe ich auch gerade gedacht.« Ich schiebe den Ärmel meines Pullis nach oben. »Guck mal, ich habe Gänsehaut.«

»Ist schon irgendwie mysteriös, finde ich auch.«

»Was mach ich denn jetzt damit?«, frage ich. »Ich kann doch nicht einfach so nach Juist fahren, nach dieser Jorinde suchen und sie fragen, ob es ihre Kette ist. Wenn sie überhaupt noch lebt. Frau Fischermann war immerhin schon fünfundachtzig.«

»Warum nicht? Wir könnten zusammen fahren«, schlägt Jana vor. »Es ist doch nicht so weit bis nach Juist. Und ich wollte da sowieso gerne mal hin. Es soll sehr schön sein. Wir könnten es mit einem Wellness-Wochenende verbinden. Hatten wir doch eh seit Ewigkeiten vor. Vielleicht im März oder im April, wenn das Wetter besser wird. Wir beide, auf Spurensuche in der Vergangenheit nach der Bedeutung eines geheimnisvollen Filigrans. Hört sich nach einem spannenden Abenteuer an.«

»Das ist eine gute Idee. Da ist aber noch was ...« Ich seufze kurz auf. »Frau Fischermann hat gesagt, am Ende sei es immer die Liebe, die zählt. Und dass ich Jörn noch eine Chance geben soll. Jetzt bin ich doch wieder unsicher. Ganz ehrlich, Jana, ich weiß, dass er großen Mist gebaut hat. Aber was, wenn ich jetzt den Fehler meines Lebens begehe, weil ich es nicht wenigstens noch mal versuche?«

Jana schüttelt den Kopf, lächelt aber dabei. »Genau das habe ich befürchtet. Irgendwie war es mir schon klar, als du mir erzählt hast, er habe dir gesagt, dass er nie aufgehört hat, dich zu lieben.«

»Und was mache ich jetzt?«

»Hör auf deinen Bauch – aber auch auf deine Freundin. Geh es langsam an. Triff dich mit ihm auf einen Kaffee, verabrede dich zum Frühstück, irgendwas. Aber mach es ihm bloß nicht so einfach. Ich finde, dass er schon ein bisschen um dich kämpfen sollte.«

»Du hast recht. Ich habe die nächsten drei Tage ja Mittagsschicht. Vielleicht lade ich ihn an einem der beiden Feiertage zum Frühstück ein.«

»Hier? Bei dir in der Wohnung?«

»Warum nicht?«, frage ich, werde dabei aber tatsächlich rot.

»Du bist echt süß«, sagt Jana und grinst. »Aber verdient hat er es trotzdem nicht.«

»Ich weiß. Wie findest du die Lebkuchen?«

»Okay, Themenwechsel.« Jana greift zum Plätzchenteller. »So gut, dass ich wahrscheinlich alle innerhalb eines Tages auffuttern würde. Ich hoffe, das mit den Gelüsten auf Süßes gibt sich bald wieder. Es soll doch auch Schwangere geben, die massenhaft Orangen oder anderes gesundes Zeug futtern.«

»Willst du lieber keine mitnehmen?«

»Was? Wie kommst du denn darauf? Natürlich nehme ich welche mit. Immerhin bin ich schwanger. Ich *darf* Unmengen an Süßkram in mich hineinfuttern, sonst bekomme ich schlechte Laune und werde unausstehlich.«

»Aber pass bitte auf. Während der Schwangerschaft verändert sich der Stoffwechsel, Zucker wird langsamer aus dem Blut in die Körperzellen aufgenommen, und es besteht tendenziell das Risiko eines Schwangerschaftsdiabetes«, erkläre ich. »Es wäre also nicht schlecht, wenn du ab und an auch mal eine Orange essen würdest.«

»Da mach dir mal keine Sorgen, Simon passt da schon auf mich auf. Seit er erfahren hat, dass er Vater wird, gibt es nur noch gesundes Zeug bei uns zu futtern.« Sie beißt genussvoll in einen Lebkuchen. »Außerdem ist bald Weihnachten. Da gehören Plätzchen und Süßes einfach dazu.«

»Da hast du auch wieder recht.« Ich schneide mir ein Stück Stollen ab und denke dabei an Frau Fischermann. Schade, dass Sie ihn nicht mehr probieren konnte. »Weißt du, was mich an der Sache am meisten ärgert?«, frage ich.

»Was? An der Sache mit Jörn?«

»Nein, ich meine das mit Frau Fischermann. Sie hat gewusst, dass sie gehen wird. Und sie hat es mir gesagt. Aber ich habe sie nicht ernst genommen und habe ihr erzählt, dass sie bald wieder zu Hause ist. Ich hätte bei ihr sitzen bleiben und sie erzählen lassen sollen. Über ihre Freundin Jorinde, über Juist, über ihre große Liebe und über ihr Leben.«

»Aber sagst du nicht immer, dass genau dafür keine Zeit auf eurer Station ist? Sie war ja nicht deine einzige Patientin. Du musstest dich doch auch um die anderen kümmern.«

»Genau das ist ja das Problem. Und dabei ist Zeit doch das Wertvollste, das man einem Menschen schenken kann. Besonders wenn man am Ende nicht mehr viel davon hat.«

»Allerdings hast du vorhin selbst gesagt, dass es für alles einen Grund gibt. Also sollte es vielleicht so sein, dass wir beide uns demnächst als Detektivinnen betätigen und gemeinsam nach Juist fahren. Das ist Zeit, die wir beide miteinander verbringen werden.«

»Du hast recht.« Ich grinse meine Freundin an. »Und du bist echt clever.«

»Ja, manchmal denke ich auch, dass ich schlau bin. Und dann mache ich wieder so Sachen ...«, feixt Jana. Genau in dem Moment klingelt es. »Jörn?«

Ich schüttele den Kopf. »Der kommt um sieben. Da steht schon jemand vor der Wohnungstür, der Klingelton klingt anders. Das ist bestimmt Frau Matuschyk.«

Sie ist es nicht. Es ist Frau Herger, ihre direkte Nachbarin.

Sie hält mir einen Teller mit Plätzchen hin. »Ich habe gedacht, ich bringe Ihnen mal ein bisschen Weihnachtsgebäck vorbei. Die Gudrun, also die Frau Matuschyk hat erzählt, dass Sie immer sehr viel arbeiten und morgens schon ganz früh aus dem Haus müssen.«

»Das ist aber lieb von Ihnen. Vielen Dank.«

»Wie geht es denn dem Herrn Matuschyk, wenn ich fragen darf? Er sah ja gar nicht gut aus.«

»Der ist schon wieder die ganze Zeit am Rumstänkern«, ertönt es prompt durch den Hausflur. Und die nächste Nachbarin kommt die Treppenstufen nach oben.

»Dafür, dass du schwerhörig bist, bekommst du aber noch ganz schön viel mit, Gudrun.« Frau Herger lacht laut.

Frau Matuschyk zeigt auf ihr Ohr, in dem ich ein Hörgerät entdecke. »Ich stelle es nur aus, wenn mein werter Gatte schlechte Laune hat und den ganzen Tag meckert.« Sie lächelt mich an und hält mir eine Flasche mit einer dunkelvioletten Flüssigkeit hin. »Schlehenlikörchen, selbst aufgesetzt.«

»Danke.« Ich schaue von Frau Herger zu Frau Matuschyk. Beide Damen sind ein ganzes Stück kleiner als ich und haben graues Haar, das sie zu ordentlichen Wellen gelegt haben. Beide tragen T-Shirts und darüber eine farblich dazu passende Strickjacke, vermutlich selbst gestrickt. Frau Matuschyks ist blau, die von Frau Herger ist braun. »Kommen Sie doch kurz rein.«

Im Wohnzimmer sitzt Jana und grinst. Schnell habe ich die drei einander vorgestellt.

»Möchten Sie auch einen Kaffee?«, frage ich meine Nachbarinnen.

Kurz darauf sitzen wir alle um den Tisch herum. Ich beobachte, wie Frau Herger nach einem ihrer Plätzchen greift und es in ihren heißen Kaffee taucht. Dass dabei etliche Brösel in der Flüssigkeit landen, scheint sie nicht zu stören. In dieser Angelegenheit bin ich empfindlich. Ich würde den Kaffee nicht mehr runterbekommen, wenn Bröckchen dabei meinen Gaumen berühren.

Frau Matuschyk wiederum schüttet gleich zwei gehäufte Löffel Zucker in ihre Tasse und rührt geräuschvoll um. Das ist ja ein schickes Duo, denke ich. Und auch Jana lächelt vor sich hin.

»Schön, dass es Ihrem Mann wieder einigermaßen gut geht, Frau Matuschyk«, sagt sie schließlich. »Caro hat mir erzählt, was gestern passiert ist.«

»Ja, da hat er wohl noch mal Glück gehabt«, antwortet meine Nachbarin. »Ich hoffe, er lernt draus.«

»Glaubst du etwa daran, Gudrun?«, fragt Frau Herger. »Mit siebenundsiebzig?«

»Ich habe ihm gesagt, dass ich beim nächsten Mal keine Hilfe mehr hole, wenn er nicht endlich seinen Hintern hochkriegt und wenigstens mal mit mir spazieren geht.« Frau Matuschyk sieht zu mir. »Keine Angst, am Ende treibt mich das Mitleid dann doch dazu, zum Telefon zu greifen.«

»Das beruhigt mich«, sage ich. Aber gut hört es sich nicht an.

»Stinkstiefel leben meistens länger, ist doch immer so«, lässt Frau Herger da vom Stapel. »Ich schätze mal, er wird dich noch ein paar Jahre ärgern.«

»Ach, darauf kommt es jetzt auch nicht mehr an, Waltraud« Frau Matuschyk seufzt. »Ich hätte ihn zum Teufel jagen sollen, als er damals das Techtelmechtel mit der …« Sie schnalzt mit der Zunge. »Jetzt habe ich doch glatt den Namen vergessen nach all den Jahren.«

»Ilona«, sagt Frau Herger trocken. »Und du wolltest ja nicht auf mich hören.«

»Ach, das ist ja interessant«, mischt sich Jana da ins Gespräch ein und grinst über das ganze Gesicht.

Ich werfe ihr einen bösen Blick zu. Es fehlt mir noch, dass ich hier vor den Nachbarinnen mein Eheleben auf den Tisch lege. Aber das muss ich auch gar nicht. Dafür sorgen andere.

»Sie sind viel hübscher, Caro«, sagt Frau Matuschyk. »Ich habe Ihre Nebenbuhlerin schon ein paar Mal im Auto sitzen sehen, wenn er den Hund gebracht hat.«

Mir bleibt die Antwort im Hals stecken. Es ist Jana, die die Situation für mich rettet.

»Und viel netter ist Caro auch.« Sie zeigt auf Frau Matuschyks Strickjacke. »Haben Sie die selbst gestrickt? Sie sieht toll aus.«

Meine Nachbarin nickt. »Und die von Frau Herger auch. Wenn Sie mal was brauchen … Ich kann auch Pullis, Mützen und Schals, alles, was das Herz begehrt.« Sie sieht zu mir. »Sie haben schöne grüne Augen. Ich habe unten noch Wolle in genau dem Farbton.«

Früher hat meine Oma immer für uns gestrickt. Eine Mütze von ihr habe ich noch in meinem Schrank liegen.

»Meine sind braun«, sagt Jana da und sieht Frau Matuschyk mit weit geöffneten Augen an. »Würden Sie vielleicht für jede von uns eine Mütze stricken? Und können Sie eventuell auch Bommel?«

»Natürlich.« Sie lacht. »Zwei Wollmützen mit Bommeln, wird erledigt.«

Ich werfe Jana einen dankbaren Blick zu. Sie lächelt mich an. »So«, sagt sie. »Ich glaube, ich mache mich dann mal auf den Heimweg. Du bist doch bestimmt sehr müde von deinem langen, anstrengenden Tag auf der Intensivstation, Caro, und willst dich ausruhen.«

Ich nicke und muss tatsächlich gähnen. Auch wenn Janas Spruch als Hinweis für meine Nachbarinnen galt, hat sie recht. Ich bin kaputt und fühle mich ausgelaugt.

Janas Strategie geht auf. Zehn Minuten später dackeln meine Nachbarinnen ab, mit der Idee, die gesellige Runde bei Gelegenheit mal am Abend wiederholen zu müssen – und dabei ein Schlehenlikörchen zu trinken.

Frau Matuschyk ist schon auf der Treppe, als sie sich noch einmal umdreht. »Wir haben übrigens bis vor drei Jahren auch immer einen Hund gehabt. Nach dem letzten haben wir uns entschieden, keinen mehr zu nehmen. Wir sind einfach zu alt und würden ihn nicht allein zurücklassen wollen, wenn wir mal nicht mehr sind. Aber wenn Sie mal jemanden zum Aufpassen oder Spazierengehen brauchen, können Sie sich gerne melden.« Sie grinst spitzbübisch. »Und mein Mann wäre dann zu etwas Bewegung gezwungen.«

»Ich glaube, du hast dir da neue Freundinnen fürs Leben geschaffen«, sagt Jana.

»Das denke ich auch.« Ich lächle. »Gute Nachbarschaft ist Gold wert.«

»Das stimmt.« Meine Freundin drückt mich. »Wir sehen uns nach Weihnachten.«

Es ist kurz nach sechs Uhr am Abend. Ich bin seit halb fünf wach und widerstehe dem Impuls, mich jetzt auf die Couch zu legen. Denn ich würde sofort einschlafen und wäre heute Abend hellwach. Um sieben kommt Jörn. Ich werde ihn fragen, ob er eine Runde mit mir und Einstein spazieren geht, überlege ich, während ich den Tisch abräume. Und dann frage ich ihn einfach ganz direkt, wie er das mit uns beiden sieht und ob er denkt, dass wir es vielleicht doch noch gemeinsam hinkriegen könnten. Vielleicht doch mit professioneller Hilfe? Und ohne gleich alles übers Knie zu brechen, sondern Schritt für Schritt, wie Jana das vorgeschlagen hat? Einen letzten Versuch wäre es wert. Immerhin haben Jörn und ich uns mal ein Versprechen gegeben. In guten und in schlechten Zeiten …

Ich packe die Plätzchen von Frau Herger in eine Dose. Sie sind nicht schlecht. Und auf der Station freut sich immer jemand, wenn Nervennahrung vorhanden ist. Ich hingegen bin ein Snob, was süße Leckereien angeht, meine schmecken mir besser.

Ab halb sieben erfasst mich Unruhe. Ich bin aufgeregt und kann nichts mit mir anfangen. Anstatt mich sinnvoll zu beschäftigen, surfe ich ein bisschen im Netz, lese mir Backrezepte auf einem Blog durch und bewundere die schönen Fotos dazu.

Als es überpünktlich um kurz vor sieben klingelt, klopft mein Herz bis zum Hals. Wie immer öffne ich die Tür, begrüße Einstein und warte, bis Jörn die Treppe nach oben kommt.

»Hi.« Ich lächle ihn an und gehe zur Seite, weil ich automatisch davon ausgehe, dass er reinkommt. Doch Jörn bleibt vor der Tür stehen.

»Die letzte Runde haben wir um halb sechs gemacht«, erklärt er. »Einstein dürfte davon immer noch ausgepowert sein. Ich denke mal, es reicht, wenn du dann später noch mal kurz mit ihm vor die Tür gehst.«

»Eigentlich wollte ich dich fragen, ob du Lust hast, jetzt noch mal eine Runde mit uns spazieren zu gehen«, sage ich. »Ich würde gerne über das mit dir reden, was du gestern zu mir gesagt hast.«

Jörn greift sich durchs Haar und räuspert sich. »Das würde ich eigentlich sehr gerne, aber ich habe leider gerade keine Zeit.«

»Dann vielleicht an einem der Weihnachtsfeiertage? Wir könnten gemeinsam frühstücken und dann …« Ich breche den Satz ab, als ich Jörns verlegenen Blick bemerke. »Was ist los?«

»Ich fahre morgen bis nach Weihnachten weg. Meinst du, du könntest Einstein ausnahmsweise bei deinen Eltern parken, wenn du arbeiten bist? Ich weiß, das kommt jetzt sehr plötzlich, aber es hat sich heute erst ergeben.«

»Du fährst weg?«, wiederhole ich unnötigerweise. »Aber …«

»Es tut mir leid, Caro.«

Oh mein Gott! Genau diesen einen Satz hat Jörn schon einmal in einem ähnlichen Tonfall zu mir gesagt. Ich starre meinen Noch-Mann an. Und da blitzen Frau Matuschyk und ihre Andeutung einer Nebenbuhlerin plötzlich vor meinem inneren Auge auf.

»Sag bloß, unten im Auto sitzt Fiona und wartet gerade auf dich.«

Jörn nickt. »Es tut mir leid, Caro. Ich war gestern sehr durcheinander. Aber ich habe nicht gelogen, was meine Gefühle angeht. Wahrscheinlich werde ich dich immer irgendwie lieben, aber …«

Ich mag es nicht, wenn Leute vulgär werden, aber momentan bilden sich Worte in meinem Gehirn, die unbedingt gesagt werden wollen. Ich beiße mir auf die Unterlippe und zähle bis fünf, so wie meine Oma mir das beigebracht hat, wenn ich als Kind etwas Unanständiges loswerden wollte.

»Besser, du gehst jetzt.«

»Caro, lass mich doch …«

»Nein.«

Ich drücke energisch die Tür zu. Einstein sieht mich mit seinen großen treuen Augen an und wedelt mit dem Schwanz.

Wie sagte meine Oma noch gleich? Hunde lügen nie, wenn es um die Liebe geht.

Ich wuschele ihm durch das Fell. »Dann bringen wir dich morgen mal zu meinen Eltern.«

Auf Dauer muss ich mir allerdings etwas anderes einfallen lassen, das ist mir klar. Einstein hält es zur Not zwar auch mal acht Stunden allein aus, schön finde ich es aber nicht. Und wenn auf der Station wieder alles drunter und drüber geht, kann es auch länger dauern.

Ob die Matuschyks eine echte Alternative sind? Die Erdgeschosswohnungen haben einen kleinen Garten hinter dem Haus.

Ich gehe mit Einstein ins Wohnzimmer und setze mich auf den Fußboden. Er legt sich sofort neben mich und streckt alle vier Pfoten von sich.

»Wir kriegen das schon hin, wir beide«, sage ich, während ich ihn ausgiebig kraule.

Dabei fühle ich tief in mich hinein. Interessanterweise bin ich kein bisschen traurig. Und auch die Wut, die eben kurzzeitig in mir hochgekocht ist, nachdem ich begriffen habe, dass Jörn mir zum zweiten Mal eine Abfuhr wegen seiner doofen Fiona verpasst hat, ist wieder verpufft. Ein bisschen ärgere ich mich noch über mich selbst. Aber auch dieses Gefühl hält nicht lange an. Immerhin habe ich es noch einmal versucht, wie Frau Fischermann mir geraten hat. Und jetzt kann ich Jörn endgültig abhaken. Noch nie habe ich das so klar gesehen wie jetzt in diesem Moment.

Ich strecke mich lang auf dem Boden aus und verschränke die Arme hinter meinem Kopf. Einer der größten Vorteile meiner Wohnung ist die Fußbodenheizung. Sie kommt in meiner Beliebtheitsskala gleich hinter meiner Badewanne.

Als Einsteins Nase dicht über meiner auftaucht, drehe ich schnell meinen Kopf zur Seite. Der gute Kerl weiß, dass seine Zunge in meinem Gesicht nichts zu suchen hat und dass ich mit ihm schimpfe, wenn er es trotzdem wagt. Aber manchmal passiert es eben doch.

»Einstein!«, fluche ich und schubse ihn weg. Aber das versteht mein Hund als Aufforderung zum Spielen, und er kommt mit Anlauf wieder auf mich zugestürmt. »Na warte, Freundchen!«

Das ausgelassene Toben hat mir gutgetan. Und Einstein auch. Ich rapple mich auf, setze mich an den Esstisch und sehe zu, wie mein Hund zu seinem Körbchen trottet, tief seufzt und sich hineinplumpsen lässt.

Noch einmal nehme ich die Kette von Frau Fischermann in die Hand und betrachte das wundervolle Filigran. Dabei genieße ich die Ruhe, die ich gerade sehr bewusst wahrnehme. Das Wohnzimmer liegt nach hinten raus. Vom Lärm der Straße bekommt man hier nichts mit. Lediglich Einsteins Atmen und das Kratzen seiner Pfoten höre ich, als er sich lang in seinem Körbchen ausstreckt.

Wie hat die alte Dame noch gleich gesagt? »Jetzt ist die richtige Zeit für Juist. Auf der Insel ist es im Winter sehr still. Das Einzige, was man um diese Jahreszeit hören kann, ist das Rauschen des Meeres. Und hin und wieder das Klappern von Pferdehufen.«

Was, wenn ich nach den Feiertagen nach Juist fahre? Ich war noch nie am Meer, wenn es kalt ist. Und wie ich mitbekommen habe, hat es auch auf den Nordseeinseln geschneit. Ganz Deutschland ist unter einer Schneedecke versunken. Auf Juist könnte ich endlich mal wieder meine Seele baumeln lassen, spazieren gehen, lesen und nur auf mich selbst hören. Statt der obligatorischen Sandburg könnte ich eine Schneefrau bauen, überlege ich – und Jana ein Foto davon schicken.

Ich bin jetzt einunddreißig Jahre alt, bin aber noch nie für längere Zeit allein verreist, es sei denn, ich habe jemanden besucht, den ich schon länger nicht gesehen habe. Aber es gibt schließlich immer ein erstes Mal.

»Hast du Lust auf Urlaub, Einstein? Nur wir beide?«

Morgen ist Heiligabend. Gleich werde ich noch einmal den Kochlöffel schwingen, den Backofen anschmeißen und für alle meine Kollegen und Kolleginnen, die morgen mit mir Dienst haben, kleine Ministollen backen. Wenn sie ausgekühlt sind, werde ich sie in Butterbrotpaper wickeln, jeweils mit einer schönen Schleife verzieren und verschenken. Vielleicht gelingt es mir so, wenigstens für ein paar Minuten ein bisschen Weihnachtsstimmung auf die Station zu zaubern.

Am ersten Weihnachtsfeiertag werde ich morgens zu meinen Eltern fahren, am zweiten besuche ich meine Großeltern. Und dann, wenn Weihnachten vorbei ist, packe ich meinen Koffer, fahre nach Norddeich und von dort aus mit der Fähre nach Juist. Einstein nehme ich mit.

6. Kapitel

ZEHENSPITZEN

Daumen raus – auf meinem Schild steht »Irgendwohin«
Augen auf – ist mir egal, wenn keiner weiß, wo ich bin
Leinen los – leichter Wind treibt das Leben zu mir
Tut nicht weh, jetzt zu gehen, ich glaub, ich war zu lange hier

Und ich geh aufs Eis und tanz auf Zehenspitzen
So lange, bis es bricht
Und ich geh aufs Eis und tanz auf Zehenspitzen
Entweder es bricht – oder nicht

Daumen raus – auf meinem Schild steht »Auf und davon«
Geradeaus wär zu leicht, um nach Hause zu kommen
Kann schon sein, dass ich morgen wieder hier steh
Muss nicht sein – kommt drauf an, wie lange ich mich noch dreh

Und ich geh aufs Eis und tanz auf Zehenspitzen
So lange, bis es bricht
Und ich geh aufs Eis und tanz auf Zehenspitzen
Entweder es bricht – oder nicht

Und immer wieder holt es mich ein
Ein bisschen zu Hause zu sein

Und ich geh aufs Eis und tanz auf Zehenspitzen
So lange, bis es bricht
Und ich geh aufs Eis und tanz auf Zehenspitzen
Entweder es bricht – oder nicht

Es ist kalt draußen. Es sind minus acht Grad, aber durch den Wind wirkt die Temperatur noch eisiger. Ich puste mir die Hände warm, während ich warte. Als ein Klacken verkündet, dass der Tank voll ist, hänge ich den Zapfhahn schnell zurück und laufe zum Tankstellengebäude. An der Kasse kaufe ich noch eine Tüte Colafläschchen, eine mit glücklichen Kirschen, eine Dose Kaugummis und zwei kleine Flaschen Eistee. Zwar habe ich mir für die Fahrt auch belegte Brote eingepackt, aber eine Grundversorgung mit Süßigkeiten muss sein. So war es schon früher, wenn wir als Kinder mit meinen Eltern in den Urlaub gefahren sind. Und so ist es auch heute noch.

Einstein hat es sich hinten in seinem Kofferraumkörbchen bequem gemacht. Mein Gepäck habe ich auf der Rückbank verstaut. Obwohl ich nur eine Woche verreise, ist es verdammt viel. Das liegt an der Tatsache, dass ich für einen Winterurlaub gepackt habe, obwohl ich doch auf eine Insel fahre. Anstatt Bikinis, Flipflops und kurzen Kleidern gehören Merinounterwäsche, dicke Schneeboots und Strickpullis zu meinem Gepäck. Außerdem eine Hundedecke, Futter, zwei Näpfe und zwei alte Handtücher, mit denen ich meinen haarigen Bobtail trocken rubbeln kann.

»Da bin ich wieder«, sage ich zu Einstein, froh darüber, dass er mir in den nächsten Tagen Gesellschaft leisten wird. Ich habe eine Ferienwohnung auf Juist gebucht. Das war so kurzfristig gar nicht einfach, da ich erstens mit Hund anreise und zweitens nicht bedacht habe, dass auf der Insel zwischen den Feiertagen doch etwas mehr los ist, da Kurzurlauber dort gerne in das neue Jahr reinfeiern. Zum Glück hatte die Pensionsinhaberin, bei der ich ursprünglich ein Zimmer buchen wollte, Mitleid und hat mir gesagt, ich solle es mal bei ihrer Großmutter versuchen, die zwei freistehende Ferienwohnungen habe. Die war zwar nicht gerade begeistert, hat aber bei mir eine Ausnahme gemacht, als ich ihr erzählt habe, ich sei Intensivkrankenschwester und hätte ein paar Tage Ruhe ganz bitter nötig.

Jetzt muss ich nur noch dort ankommen. Von hier aus sind es genau 278 Kilometer bis zum Parkplatz von Norddeich, wo ich den Wagen für die nächsten sieben Tage abstellen werde. Dann geht es weiter zum Hafen und auf die Fähre.

Ich schütte etwas meines süßen Reiseproviants in die eigens dafür vorgesehene Dose in der Mittelkonsole, stelle eine Flasche Eistee in den Flaschenhalter und verstaue meine Sandwiches griffbereit in der Ablage der Autotür. Proviantmäßig bin ich also bestens vorbereitet.

Nachdem ich das Navigationsgerät eingeschaltet habe, drehe ich mich noch einmal zu Einstein um. Er hat sein Kinn auf die Rückbank gelegt und sieht mich an.

»Leg dich hin, Einstein«, sage ich. »Wir fahren jetzt.« Ohne Proteste verschwindet der Wuschelkopf. Der Bobtail ist wirklich gut erzogen. Ich drehe den Schlüssel, stelle meine Sitzheizung an und rolle los. Dabei fällt mir ein dunkelhaariger großer Mann auf, der am Rand der Straße steht, die zur Ausfahrt von der Raststätte führt. Er trägt eine dicke olivgrüne Daunenjacke und hält mir ein Schild entgegen.

Irgendwohin, steht in großen Druckbuchstaben darauf geschrieben.

»Den kenn ich doch«, sage ich laut zu mir selbst, während ich im Schneckentempo an ihm vorbeifahre und die Gitarre entdecke, die neben seinem Rucksack steht. Ohne weiter darüber nachzudenken, halte ich an. Hinter mir kommt kein Auto. Also lege ich den Rückwärtsgang ein und rolle wieder zurück.

Ich lasse das Fenster der Beifahrerseite runter und schaue zu ihm rüber. »Ich fahre bis nach Norddeich«, rufe ich.

Er nickt und schultert seine Gitarre.

»Das Gepäck muss hinten auf die Rückbank, im Kofferraum liegt mein Hund.«

»In Ordnung«, sagt der Mann. Jetzt bin ich mir fast hundertprozentig sicher, dass ich ihn kenne. Er hat mich mit seinen dunklen Locken schon damals an Max Herre erinnert. Und auch heute noch sieht er ihm ähnlich. Das ist jetzt so ziemlich genau zehn Jahre her, überlege ich, damals habe ich gerade meine Ausbildung in der Essener Uniklinik absolviert.

Während der Mann seine Sachen auf der Rückbank verstaut, wird er misstrauisch von Einstein beobachtet.

»Alles gut, Einstein«, sage ich.

Nur zwei Minuten später sitzt mein Mitfahrer neben mir und schnallt sich an.

»Hi, ich bin Caro.«

»Max«, sagt er.

»Ach nee«, rutscht es mir heraus. »Echt jetzt?«

Er sieht zu mir rüber. »Du spielst auf meine Ähnlichkeit mit Max Herre an? Mit ihm bin ich schon lange nicht mehr verglichen worden. Liegt wahrscheinlich an der Gitarre. Verwandt sind wir auch nicht miteinander. Wir tragen lediglich den gleichen Vornamen.«

»Okay.« Ich starte den Wagen und fahre los. »Du hast ein ungewöhnliches Ziel: ›Irgendwohin‹. Und das um diese Jahreszeit.«

»Kein Ziel«, erklärt er. »Einfach weg. Auf und davon.«

»Mutig«, sage ich.

»Wohl eher das Gegenteil.« Max lässt seinen Kopf gegen die Autoscheibe sinken und schließt die Augen.

»Ich setze mit der Fähre rüber bis nach Juist«, erkläre ich. »Aufs Töwerland.«

»Ja.«

»Eine schöne Insel.«

»Warst du schon einmal dort?«

»Ja, aber das war in einem anderen Leben.«

Ich ahne, was er meint, traue mich aber nicht, ihn darauf anzusprechen. Auch, dass ich ihn kenne, erzähle ich ihm nicht. Wer weiß, vielleicht möchte er nicht darüber reden. »Gut, dann kannst du die Insel in diesem Leben ja komplett neu kennenlernen.«

Ich drehe kurz den Kopf zu Max und lächle ihn an. In seinen Augen liegt eine Spur Überraschung. Anscheinend hat er mit dieser Antwort nicht gerechnet.

»Mein Leben fängt auch gerade neu an«, erkläre ich und umfasse fest das Lenkrad. Wir sind mittlerweile von der A2 auf die A31 abgefahren. Um diese Jahreszeit ist nicht viel los auf dieser Autobahn. Und da es die letzten zwei Tage nicht mehr geschneit hat, ist sie sehr gut befahrbar.

Max lässt den Kopf wieder an die Scheibe sinken. »Tut mir leid, ich bin nicht sehr gesprächig.« Er gähnt demonstrativ.

»Kein Problem. Ich hab's auch lieber still.« Ich schiele zu ihm rüber. Max hält die Arme vor der Brust verschränkt. Seine Daunenjacke hat er ausgezogen und zum Gepäck auf die Rückbank gelegt. Er trägt einen anthrazitfarbenen Grobstrickpulli. Die Hände hat er unter die Achseln geschoben. Er hatte eben keine Handschuhe an, als er das Schild hochgehalten hat. Bestimmt ist ihm kalt, denke ich und drehe seine Sitzheizung auf mittlere Temperatur.

»Danke«, sagt er kurz darauf, ohne seine Augen zu öffnen.

»Gerne.« Ich schiebe mir ein Colafläschchen in den Mund und konzentriere mich auf den Verkehr.

Eine knappe Stunde später habe ich Hunger. In dieser Hinsicht funktioniert meine innere Uhr immer gleich, wenn ich längere Strecken mit dem Auto unterwegs bin. Etwa alle hundert Kilometer muss ich was essen.

Ich greife in die Ablage, lege eine der Butterbrottüten auf meinen Schoß und friemele das Sandwich halb heraus. Dabei knistert das Pergamentpapier. Im Rückspiegel sehe ich, dass Einstein seinen Kopf wieder auf die Rückbank legt und in meine Richtung starrt. Und auch Max wird wach. Er dreht sich zu mir und öffnet die Augen.

»Schinken, Käse, Rucola, Tomate«, erkläre ich. »Möchtest du auch eins?«

Er lächelt, das erste Mal, seit er in mein Auto gestiegen ist. »Hört sich gut an, gerne.«

Noch einmal greife ich in die Ablage. »Hier.« Ich schaue in den Rückspiegel. »Du bekommst auch gleich was, Einstein.«

Mein Blick wandert ganz kurz rüber zu Max. Er inspiziert den Belag genau, bevor er reinbeißt.

»Verdammt!«, sagt er nach dem ersten Bissen. »Das ist echt gut.« Er hebt die beiden Brotscheiben nach oben. »Was ist das für eine Paste darauf?«

»Frischkäse mit getrockneten Tomaten und Basilikum. Eine Eigenproduktion.« Ich lache. »Ich bin ein Nerd, was Essen angeht. Der Kochschinken ist vom Metzger meines Vertrauens, hauchdünn geschnitten. Der Käse ist ein Fontina. Nur die Tomaten fallen etwas aus dem Rahmen. Um diese Jahreszeit bekommt man einfach keine mit Geschmack.«

»Sehr gut!«, betont Max noch einmal. »Was machst du beruflich?«

»Ich bin Krankenschwester.«

»Passt!«

»Echt? Wieso das denn?«

»Du hast irgendwie so was Mütterliches an dir.«

»Ja, danke auch für das tolle Kompliment.«

Max sieht zu mir rüber und lacht, als er sieht, dass ich gerade das Gesicht verziehe. »Vielleicht war mütterlich nicht das richtige Wort, fürsorglich würde es besser treffen. Die Arschheizung, das Sandwich … Ich bin eigentlich von Lehrerin ausgegangen. Auch wegen der Ferien.«

»Meine Freundin ist Lehrerin, sie ist sehr kreativ, immer voller Elan, aber als fürsorglich würde ich sie nicht unbedingt bezeichnen.« Und auch Jörn nicht, aber das behalte ich lieber für mich.

»Bist du lesbisch?«

Ich muss lachen. »Ich wirke also wie eine fürsorgliche Lesbe, interessant.«

»Wegen der Freundin. Du hast das ›Meine‹ auf so eine besondere Art betont.«

»Jana und ich kennen uns schon seit der Schulzeit. Wir haben schon jede Menge Krisen miteinander durchgestanden. Ich würde sie als einen der wichtigsten Menschen in meinem Leben bezeichnen. Aber wir sind Freundinnen, keine Lebenspartnerinnen.«

»Dann bist du verheiratet?«

»Du bist ja überhaupt nicht neugierig.«

»Du hast einen Ring am Finger.«

»Der ist von meiner Oma. Meinen Ehering habe ich abgelegt. Hat nicht funktioniert.«

»Das tut mir leid.«

»Dein Essen wird kalt.«

Max lacht. Er betrachtet das Sandwich in seiner Hand. »Ich glaube, das würde warm tatsächlich noch besser schmecken.«

»Jepp, zwei Minuten im Kontaktgrill, und es ist perfekt.«

Ein paar Minuten essen wir schweigend. Ich schaffe es tatsächlich, das Sandwich aufzuessen, ohne dass eine der Tomatenscheiben auf meinem Schoß landet.

»Berufskrankheit«, sage ich, als ich Max eine der Eisteeflaschen reiche und mir die andere nehme.

»Glaube ich nicht. Ich geh davon aus, dass das Kümmern schon immer in dir gesteckt hat und du dir genau deswegen deinen Beruf ausgesucht hast.«

»Du denkst also nicht, dass der Beruf uns prägt?«

»Doch, natürlich. Aber das, was du hast, kommt aus deinem Inneren, das spürt man.«

»Hm«, mache ich.

»Das war ein Kompliment«, erklärt Max. »Du bist ein netter Mensch – und im Gegensatz zu mir anscheinend überhaupt nicht neugierig.«

»Taktik«, erkläre ich. »Irgendwohin, auf und davon, wenn du was erzählen willst, wirst du. Ansonsten können wir uns auch weiter über meinen Beruf als Krankenschwester unterhalten. Oder darüber, dass ich ursprünglich mal Ärztin werden wollte, jedoch keinen Studienplatz bekommen habe. Wir können auch noch mal über das Sandwich sprechen oder über die beiden anderen, die ich mit Pute und einem Feige-Honig-Frischkäseaufstrich belegt habe.«

»Lass uns über die Sandwiches reden. Ich habe eine Imbissbude und könnte mir vorstellen, dass meine Stammkunden begeistert davon wären.«

Ich horche überrascht auf. Soweit ich mich erinnere, ist Max mit Mitte zwanzig einer der jüngsten Sterneköche Deutschlands gewesen.

»Wie alt bist du?«, frage ich. Ob ich mich vielleicht doch irre?

Er grinst. »Ah, jetzt kommt doch die Neugierde durch. Ich bin siebenunddreißig. Die ersten grauen Haare machen sich bemerkbar.«

Dann war er damals siebenundzwanzig. Ich war einundzwanzig, um einiges schlanker und hatte raspelkurze Haare. Und jedes Mal, wenn ich ihn am Bett seiner Frau Gitarre spielen und singen gehört habe, ist mein Herz vor Mitgefühl fast geplatzt. So ging es all meinen Kolleginnen.

»Was ist? Verrätst du mir die Rezepte für deine Frischkäseaufstriche?«, fragt Max da und reißt mich aus meinen Gedanken.

»Frischkäse, getrocknete Tomaten, Basilikum«, erkläre ich. »Und für den anderen nimmst du Frischkäse, frische Feigen, Senf und ein bisschen Honig. Ein Rezept habe ich nicht. Ich rühre immer alles nach Gefühl zusammen.« Davon mal ganz abgesehen, kann ich mir auch nicht vorstellen, dass Max ein Rezept von mir benötigt. Auch wenn er nun wirklich eine Imbissbude hat, bin ich mir sicher, dass er verdammt gut kochen kann.

»Auch das passt zu dir.«

»Was?«

»Das Zusammenrühren nach Gefühl«, erklärt er. Da melden sich plötzlich Fanta Vier und Clueso, Jana ruft an. Ich habe ihr gesagt, dass ich mein Handy mittels Bluetooth mit meiner Freisprechanlage verbinde und sie mich jederzeit anrufen kann. Wenn ich jetzt nicht rangehe, macht sie sich Sorgen.

»Meine Freundin«, sage ich zu Max und nehme das Gespräch an.

Bevor ich irgendetwas sagen kann, legt sie los. »Boah, wir sind gerade zurückgekommen. Du kannst dir nicht vorstellen, wie beschissen das Wochenende war. Die doofe Pissnelke von Larissa ist noch bescheuerter, als ich befürchtet habe. Simons Eltern sind der reinste Horror. Und meine würde ich am liebsten auch zur Adoption freigeben. Und weißt du, was das Schlimmste ist? Das war meine Idee!«

Neben mir grinst Max von einem Ohr bis über das andere.

»Ich bin übrigens nicht allein im Auto. Nur so zur Info, bevor du weitererzählst«, erkläre ich schnell.

»Wie jetzt? Sag mir jetzt bitte nicht, dass du doch wieder schwach geworden bist. Jörn, falls du da im Auto sitzt, sollst du wissen, dass du meine Freundin nicht verdient hast. Du bist ein Arsch.« Sie legt eine kleine Pause ein. »So! Jetzt ist es raus. Und mir geht es gleich viel besser.«

Ich seufze auf.

»Ich bin Max, nicht Jörn«, sagt mein Mitfahrer da, der sichtlich Spaß zu haben scheint.

»Max?«

»Ja, deine Freundin hat mich an der Raststätte eingesammelt. Ich fahre per Anhalter.«

»Ach du Scheiße! Reden wir hier über die gleiche Frau? Meine Freundin heißt Caro. Sie hat dunkelblondes Haar, wahrscheinlich gerade zum Pferdschwanz frisiert. Und im Kofferraum ihres Autos müsste sich ein Bobtail befinden, der übrigens zum Killer wird, wenn es einer wagt, seinem Frauchen irgendwie quer zu kommen.«

»Das ist sie. Wir reden über die gleiche Frau.«

»Okay, dann hast du höchstwahrscheinlich blutüberströmt am Straßenrand gelegen, und sie hat dich aus Mitleid eingepackt.«

Max lacht laut. »Nein, zum Glück nicht.«

»Okay«, sagt Jana noch einmal. »Dann bin ich jetzt ehrlich gesagt etwas überrascht.« Sie schweigt einen Moment. »Caro, bist du noch da?«

»Nein, ich habe einfach so auf der Autobahn angehalten und bin ausgestiegen. Natürlich bin ich noch da. Ich nehme Max mit bis nach Norddeich. Von da aus rufe ich dich noch mal in Ruhe an. In einer Stunde dürften wir da sein.«

»Ist gut. Aber vergiss mich nicht. Ich bin kurz vorm

Durchdrehen, meine Hormone spielen verrückt, und ich muss mich unbedingt bei dir noch mal über das Wochenende auskotzen.«

»Wie könnte ich dich vergessen? Ich melde mich auf jeden Fall.«

»Und ich dachte, wahre Liebe gäbe es nur zwischen Männern«, sagt Max neben mir, als Jana aufgelegt hat.

»Eine Bromance unter echten Freunden?«

»Was? Wo hast du denn den Begriff her?« Er schmunzelt.

»Wie gesagt, Jana ist Lehrerin an einer Realschule. Da bekomme ich so einiges mit.«

»Und wie nennt sich das zwischen euch? Eine Sismance oder Womance?«

»Liebe mit Verstand«, erkläre ich, »Freundschaft.« Da vernehme ich einen tiefen Brummton hinter mir.

Ich schaue in den Rückspiegel und sehe Einstein. Er wartet immer noch geduldig auf das Leckerchen, das ich ihm versprochen habe, bevor ich das Sandwich gegessen habe.

Ich fasse links neben mir in die Ablage, sage: »Ja, dich lieb ich auch, Einstein«, und werfe das Leckerchen über meine Schulter hinweg durchs Auto. Fast im selben Augenblick verschwindet Einsteins Kopf von der Bildfläche, ein Zeichen dafür, dass ich den Kofferraum getroffen habe.

»Gut gezielt«, sagt Max.

»Jahrelange Übung.«

»Und wer ist Jörn?«

Ich seufze auf. »Erzähl mir lieber was über deine Imbissbude. Jörn gehört zu meinem alten Leben. Ab jetzt werde ich nach vorne schauen.«

7. Kapitel

»Da wären wir«, sage ich, als ich auf den Parkplatz der Reederei fahre. Schon komisch, ich war schon unzählige Male auf Norderney, bin aber noch nie auf die Idee gekommen, mal die kleine Schwesterinsel zu besuchen. Und jetzt mach ich das ausgerechnet im Winter. Ich stelle den Wagen in der ersten freien Parkbucht ab. Nachdem ich ausgestiegen bin, strecke ich mich kurz und hole schnell meinen Parka aus dem Auto. Das gute Teil war sündhaft teuer und soll auch bei arktischer Kälte warm halten. Jörn hat ihn mir im April zum Geburtstag geschenkt, mit der Aussicht auf einen gemeinsamen Winterurlaub während der Weihnachtsferien. Wahrscheinlich hat er nur so viel Geld ausgegeben, weil er mich zu dem Zeitpunkt schon mit Fiona betrogen hat und deswegen ein schlechtes Gewissen hatte, denke ich. Aber ich bin trotzdem froh, dass ich jetzt etwas richtig Warmes zum Anziehen habe.

Auch Max schlüpft in seine Jacke. »Das Töwerland wird dir gefallen«, sagt er. »Es passt zu dir.«

Ich grinse ihn an. »Wie mein Beruf und dass ich meine Frischkäsepasten nach Gefühl anrühre.«

»Genau!«

»Was machst du jetzt? Bleibst du in Norddeich, oder trampst du weiter – irgendwohin?«

»Ich komme mit nach Juist«, sagt Max und hievt seinen Rucksack aus dem Auto.

Damit habe ich nicht gerechnet. Aber warum nicht? »Es war allerdings gar nicht so einfach, so kurzfristig noch eine Unterkunft zu finden. Viele Juister machen jetzt gerade selbst Urlaub. Die Hotels und die Pensionen waren alle ausgebucht wegen der Silvestergäste.«

»Dann lege ich mich zum Schlafen irgendwo auf eine Bank«, sagt Max. »Und wenn du mich findest, wirst du mich deiner inneren Natur folgend retten und mir eine warme Suppe und deine Couch anbieten.«

»Is klar!« Ich sehe Max streng an. Er erwartet doch nicht wirklich, dass ich ihn in meiner Ferienwohnung schlafen lasse?

Er grinst schelmisch. »Keine Sorge, ich kenne ein paar Leute auf Juist. Ich habe hier mal gearbeitet.«

»In deinem anderen Leben ...«

Er nickt und zeigt auf mein Gepäck. »Wie lange bleibst du? Für immer?«

»Eine Woche. Ich habe meine ganzen warmen Klamotten eingepackt. Ich friere schnell.«

Max lächelt schelmisch und setzt zu einer Antwort an.

»Ich weiß, das passt zu mir. Das wolltest du doch gerade sagen, oder?«

Er schüttelt den Kopf. »Eigentlich lag mir ›Wie fast jede Frau‹ auf der Zunge.«

»Eine lebendige Wärmflasche habe ich auch dabei«, sage ich und öffne den Kofferraum. Einstein springt raus, schüttelt sich und begrüßt mich freudig, so, als hätte er mich Ewigkeiten nicht gesehen, obwohl er die ganze Zeit in meiner Nähe war. Danach trottet er zu Max.

Der lässt ihn an seiner Hand schnuppern. »Na, mein Schöner.« Er sieht zu mir. »Wie alt ist er?«

»Zehn.«

»Dann hat er ja noch ein paar Jahre. Unsere Labbihündin ist stolze vierzehn geworden. Letztes Jahr hat sie uns verlassen. Sie ist jetzt bei ihrem Frauchen.«

»Das tut mir leid«, sage ich.

Jetzt wäre der Moment, Max zu erzählen, dass ich ihn und auch seine damalige Frau aus dem Krankenhaus kenne, aber da bückt Max sich, krault Einstein und erklärt: »Aber daran wollen wir jetzt nicht denken. Du siehst kerngesund aus, mein Freund. Und wie sagte dein schlaues Frauchen vorhin? Das gehört zu meinem alten Leben. Ab jetzt werde ich nach vorne schauen.« Er richtet sich wieder auf und sieht mich an. »Dann setzen wir mal über aufs Zauberland.«

Wir holen unser Gepäck aus dem Auto. Max setzt seinen Rucksack auf und schultert seine Gitarre. Ich setze meine Reisetasche auf meinen Trolley und nehme Einstein an die Leine.

»Warten wir auf den Bus?«, frage ich.

»Wann legt die Fähre ab?«

»Um Viertel vor drei. Wir haben also noch über eine halbe Stunde Zeit.«

»Lass uns zu Fuß gehen. Mehr als zehn Minuten brauchen wir nicht. Und ein bisschen Bewegung wird deinem Fellknäuel guttun, und uns auch«, sagt Max und nimmt meine Reisetasche vom Trolley. »Die fällt dir sonst noch runter, das ist zu wackelig.«

Da hat er recht, und auch seine Zeiteinschätzung stimmt. Keine zehn Minuten später stehen wir am Hafen vor dem Fährterminal.

»Für Einstein und mich habe ich die Fahrkarten online

gebucht«, erkläre ich. »Willst du dein Gepäck hier bei mir lassen, während du dir ein Ticket holst?«

»Gute Idee.« Max stellt meine Reisetasche ab und lehnt Gitarre und Rucksack an meinen Trolley. »Bis gleich.«

Ich ziehe mein Handy aus der Tasche und rufe Jana an.

»Sind wir unter uns?«, fragt sie ohne Umschweife.

»Ja.«

»Okay, wer ist Max?«

»Ich habe ihn an der Raststätte in Bottrop mitgenommen. Er stand da und hat ein Schild hochgehalten, auf das er ›irgendwohin‹ geschrieben hat.«

»Dass du ihn eingesammelt hast, ist mir klar. Allerdings nimmt die Caro, die ich kenne, keine fremden Männer mit, die am Straßenrand stehen, egal, was auf ihren Schildern steht.«

»Erinnerst du dich noch an die Frau, die damals wochenlang mit einer Hirnblutung auf der Intensivstation der Essener Uniklinik lag? Ich habe dir oft von ihr erzählt. Das war gegen Ende meiner Ausbildung. An ihrem Bett saß jeden Tag ihr Mann. Und immer hat er ihr etwas vorgesungen und Gitarre dabei gespielt. Ich habe ihn erkannt, als ich an ihm vorbeigefahren bin und seine Gitarre entdeckt habe.«

»Wow«, sagt Jana. »Mir läuft gerade eine verdammt fette Gänsehaut über den Rücken. Natürlich kann ich mich daran erinnern. Du hast von nichts anderem mehr geredet. Und du hast bis zum Ende gehofft, dass sie es schaffen würde. Danach hast du übrigens das erste Mal darüber nachgedacht, dir einen anderen Job zu suchen.«

»Ja, ich weiß. Sie war noch so jung, ich schätze mal, in Max' Alter, also so um die siebenundzwanzig. Die beiden waren ganz frisch verheiratet.«

»Scheiße«, entfährt es Jana.

»Ja, du sagst es.«

»Und wo ist er jetzt?«

»Er kauft gerade eine Fahrkarte für sich.«

»Für den Zug …«

»Nein, für die Fähre nach Juist.«

»Er fährt mit euch nach Juist?«

Ich lache. »Nicht mit uns. Er fährt auch nach Juist. Er kennt da jemanden, den er besuchen will.«

»Na toll, und ich sitze hier allein rum. Ich hätte mitfahren sollen. Stattdessen muss ich mit Simons Bruder und seiner Freundin Silvester feiern.«

»Stimmt, das ist echt kacke«, sage ich.

»Ja, bau mich nur auf.« Jana seufzt wehleidig und dann gleich noch mal, allerdings hört es sich nun entschlossen an. »Egal, ich werde das Beste draus machen. Es gibt schließlich Schlimmeres. Das wissen wir beide. Hat er was über die Zeit danach erzählt? Hat er noch mal geheiratet?«

»Wieder verheiratet? Das weiß ich nicht, glaube ich aber nicht. Er hat mich nicht erkannt, und ich habe ihn bis jetzt nicht darauf angesprochen. Was, wenn er gar nicht darüber reden will? Im Auto hätte er dann noch nicht mal die Chance gehabt, sich dem zu entziehen.«

»Da hast du allerdings recht. Hätte ich wahrscheinlich auch nicht gemacht.«

»Er kommt übrigens gerade zurück.«

Ich lächle Max zu, der in dem Moment zur Tür rauskommt.

»Die wahre Liebe?«, fragt er.

»Ja, Jana.«

»Viele Grüße.«

»Hab ich gehört. Zurück«, sagt meine Freundin.

»Wir sollten auf die Fähre gehen«, erklärt Max da. »Es kann gut sein, dass sie früher ablegt. Gut, dass wir schon hier sind.«

»Hast du das auch gehört, Jana? Ich melde mich später noch mal, wenn ich in der Ferienwohnung bin.«

»Viel Spaß!«, sagt meine Freundin.

Dass es bei bestimmten Wetterbedingungen zu Verschiebungen im Fahrplan kommen kann, habe ich im Internet gelesen, nachdem ich die Fahrkarten gekauft habe. Die Fähre kann nur ablegen, wenn ein gewisser Wasserstand sichergestellt ist. Und das kann im Ausnahmefall auch mal dazu führen, dass sie früher ablegen muss.

Heute ist das tatsächlich der Fall. Kaum sind wir an Bord, geht es auch schon los. Wir gehen nach oben auf das offene Deck. Eisiger Wind pustet uns um die Nasen. Ich halte Einstein fest an der Leine, Max hat die Hände auf den Hals seiner Gitarre gelegt, die er nicht unten lassen wollte. Ein kleiner Junge wirft Brotstückchen in die Luft. Möwen kreisen um uns herum und streiten sich um die Beute.

»Das ist mir eindeutig zu kalt «, sagt Max nach kurzer Zeit. »Meine Ohren frieren ab.«

»Hast du keine Mütze?«

»Im Rucksack. Ich hol sie. Und einen Kaffee. Willst du auch einen?«

»Oh ja, sehr gerne.« Ich setze meine Kapuze auf, gehe an die Reling und schaue runter auf das Wasser, auf dem viele Eisstücke in unterschiedlichen Größen treiben.

»Das wird eine interessante Überfahrt«, sagt eine Frau, die wie aus dem Nichts plötzlich neben mir auftaucht. Sie hat eine hellblaue Wollmütze auf dem Kopf, trägt einen langen dunkelblauen Daunenmantel und hellblaue Fäustlinge. Unter der Mütze sehe ich blondes, mit grauen Strähnen durchzogenes Haar aufblitzen. »Die Pricken wurden durch das Treibeis abgeschert. Der Kapitän wird nach Echolot fahren müssen.«

»Die Pricken sind die Stangen im Wasser, die die Fahrrinne markieren, richtig?«, hake ich nach.

Die Frau nickt. »Meist junge Birkenstämme. Anhand der aus dem Wasser ragenden Markierungen weiß der Schiffsführer, wo der Priel oder die Rinne verläuft, der er folgen muss. Aber dem Druck des Eises haben sie nicht standgehalten. Der Wasserstand ist heute verdammt niedrig. Wir haben Ostwind, dadurch wird das Wasser aus der deutschen Bucht herausgedrückt.« Sie lächelt mich an. »Aber keine Sorge, wir werden noch rechtzeitig ankommen. Ich gehe davon aus, dass sich im Hafen vor Juist die Eisschollen noch nicht aufgetürmt haben, sonst wären wir gar nicht erst losgefahren.« Sie lächelt mich an. »Waren Sie schon mal im Winter auf Juist?«

»Ich war noch nie auf Juist«, antworte ich und ziehe die Kapuze etwas tiefer ins Gesicht hinein.

»Es wird Ihnen gefallen, im Winter ist die Magie unseres Zauberlands am größten.«

»Das hört sich gut an. Leben Sie dort?«, frage ich.

»Seit meiner Geburt, also seit siebenundfünfzig Jahren, ja. Und kaum bin ich ein paar Tage weg, vermisse ich es.« Die Frau lächelt mich an. »Und Sie? Haben Sie genug vom Weihnachtsrummel und wollen das alte Jahr entspannt ausklingen lassen?«

»In erster Linie ja. Aber ich bin auch hier, weil ich einer Dame kurz vor ihrem Tod versprochen habe, etwas für sie zurück nach Juist zu bringen«, erkläre ich spontan. »Ich weiß, das hört sich jetzt bestimmt merkwürdig an, wenn ich einfach so ganz direkt danach frage. Aber wenn Sie schon seit siebenundfünfzig Jahren auf Juist leben, kennen Sie ja bestimmt ein paar Leute dort. Ich suche nach einer Frau namens Jorinde.«

»Sagt mir spontan erst einmal nichts.« Die Frau überlegt einen Moment. »Heißt so nicht ein Märchen?«

»Jorinde und Joringel, ja, von den Gebrüdern Grimm.«

»Es gibt eine Jorina auf Juist, aber sie ist im Sommer eingeschult worden. Sie ist also erst sechs.« Die Frau mustert mich. »In welcher Pension sind Sie untergekommen?«

»In keiner, ich habe eine Ferienwohnung gebucht, im Loog. Ich hatte Glück, dass ich so kurzfristig überhaupt was bekommen habe. Alle Zimmer waren schon ausgebucht. Aber eine nette Pensionsinhaberin hat mich an ihre Großmutter verwiesen, und die hatte Mitleid.«

»Das ist ja ein Ding.« Die Frau fängt an zu lachen. »Sie sind das also. Wie haben Sie es geschafft, Ennas Herz zu erweichen? Sie vermietet schon seit zwei Jahren nicht mehr, noch nicht mal im Sommer. Haben Sie ihr auch von der alten Dame und der Frau namens Jorinde erzählt?«

»Nein, ich habe ihr gesagt, dass ich Intensivkrankenschwester bin und wirklich eine Auszeit brauche«, gebe ich offen zu.

Ein Grinsen macht sich auf dem Gesicht der Frau breit. »Eine Intensivkrankenschwester. Ah, daher weht der Wind.« Sie schüttelt lächelnd den Kopf. »Die gute Enna konnte schon immer gut organisieren.«

»Wieso? Ist sie krank?«, frage ich. Am Telefon hörte sie sich noch sehr rüstig an. Aber das heißt ja nichts.

»Nein, Enna geht es bestens. Sie freut sich darauf, in ein paar Tagen das erste Mal Urgroßmutter zu werden.« Ihr Lächeln wird noch breiter. »Und ich werde zum zweiten Mal Oma. Die Frau meines Sohnes, Merle, bekommt ihr erstes Kind.«

Es dauert einen Moment, bis ich die Zusammenhänge begreife. »Merle hieß auch die Frau, mit der ich in der Pension telefoniert habe.«

»Ja, das ist meine Schwiegertochter.«

»Sie klang sehr nett. Wann hat sie Termin?«

»Am 12.01.«

»Gibt es denn eine Hebamme auf Juist?« Eine Klinik gibt es nicht, wie ich bei meinen Recherchen über die Insel festgestellt habe.

»Nein, leider nicht. Bis vor ein paar Jahren hatten wir noch eine auf Norderney, und auch einen Frauenarzt. Aber auch die gibt es nicht mehr. Auf den Inseln werden keine Kinder mehr geboren. Die Frauen fahren rechtzeitig vorher aufs Festland. Unsere Merle möchte aber unbedingt noch auf der Insel ins Jahr reinfeiern.« Sie lächelt wieder. »Wie lange bleiben Sie?«

»Eine Woche«, antworte ich. »Aber ich hoffe, Ihre Schwiegertochter schafft es noch rechtzeitig aufs Festland. Ein Kind auf die Welt zu bringen, traue ich mir nämlich nicht zu.«

Die Frau legt schmunzelnd ihre Hand auf meine Schulter. »Keine Angst, im Notfall gibt es noch den SAR-Hubschrauber der Bundeswehr. Und was Ihre Jorinde angeht, da fragen Sie doch einfach mal Enna, sie geht auf die achtzig zu. Vielleicht hat sie den Namen schon mal gehört.«

»Danke, das mache ich.«

Ich schaue raus aufs Wasser. Eisiger Wind pfeift uns entgegen. Das Schiff pflügt sich langsam durch die Nordsee.

»Kaffee?«, fragt eine tiefe Stimme hinter mir. »Mit Milch.«

Ich drehe mich um und schaue in Max' dunkle Augen, die immer ein bisschen traurig aussehen, auch wenn er lächelt. Auf seinem Lockenkopf sitzt nun eine dunkelgraue Wollmütze. Er hält nicht nur mir einen Becher hin. Er hat auch meiner Fährenbekanntschaft, Merles Schwiegermutter, einen mitgebracht.

»Danke.« Ich greife zu.

Die Frau sieht Max verwundert an. »Kennen wir uns?«

»Bis jetzt noch nicht. Ich bin Max, und ich dachte, Sie möchten vielleicht auch einen Kaffee trinken.«

»Herre?«, fragt die Frau, und ich lache kurz auf.

Max schüttelt den Kopf. »Nein, aber ich sehe ihm anscheinend echt ähnlich.«

Die Frau zeigt auf die Gitarre, die Max die ganze Zeit bei sich trägt. »Aber Sie spielen und singen auch?«

»Ja, vielleicht in meinem neuen Leben«, sagt Max.

Die Frau denkt einen Moment nach, dann zuckt sie mit den Schultern, zieht einen der Handschuhe aus und nimmt den Kaffeebecher entgegen. »Muss ich wahrscheinlich nicht verstehen. Aber danke für den Kaffee.« Sie sieht zu mir. »Mein Name ist Jella.«

»Caro«, antworte ich.

8. Kapitel

Knapp neunzig Minuten später laufen wir in den Hafen von Juist ein. Nach dem Kaffee habe ich den Rest der Fahrt gemeinsam mit Max und Einstein im Warmen verbracht. Jella haben wir dabei aus den Augen verloren. Sie hat Freunde getroffen und war plötzlich verschwunden. Der Kapitän hat uns im Zickzackkurs durch das teilweise recht flache Wasser bis zur Insel manövriert. Nun warten wir darauf, dass wir aussteigen können.

Plötzlich steht Jella wieder neben mir. »Noch mal Glück gehabt«, sagt sie. »Bei der Wetterlage bleibt die Fähre auch schon mal im Watt stecken.« Sie zieht ihre Fäustlinge an. »Ich nehme an, dass ihr mit dem Pferdebus bis zu Enna fahrt?«

»Du meinst die Kutsche? Das hatte ich eigentlich vor, ja.« Ich sehe zu Max. »Was ist mit dir, wo musst du hin?«

»Ins *Achterdiek*, das ist nicht weit vom Hafen, ich gehe zu Fuß.«

Jella zieht überrascht eine Augenbraue nach oben. Bestimmt ist sie davon ausgegangen, dass wir ein Paar sind. »Das *Achterdiek* liegt direkt hinterm Deich. Ich muss in die *Strandrose*, die ist gleich in der Nähe. Da können wir zusammen gehen.«

»Schön«, sagt Max.

Und da geht es auch schon los. Die Fahrgäste verlassen das Schiff. Einstein behagt der Tumult und die plötzliche Enge gar nicht. Mit eingeklemmtem Schwanz geht er neben mir her. »Wir haben es gleich geschafft.« Ein Kribbeln erfasst mich, während ich mich in der Masse von Bord bewege und kurz darauf wieder festen Boden unter den Füßen spüre.

Ich bin angekommen – ich bin auf Juist.

»Der Pferdebus steht weiter vorne«, erklärt Jella.

Wir gehen an einem Platz vorbei, auf dem jede Menge Bollerwagen geparkt sind, auf denen gut lesbare Schilder angebracht wurden. *Haus Likedeeler*, lese ich, *Gästehaus Arche, Haus Dünenpilz …*

»Für die Leute, die es nicht so weit haben und zu Fuß gehen wollen.« Jella bleibt für einen Moment stehen und atmet durch.

»Ist alles in Ordnung?«, frage ich.

»Ja, keine Sorge, ich bin einfach nur froh, dass ich wieder hier bin, und genieße den Moment. Die Luft schmeckt anders.« Sie lächelt. »Nach Salz und nach Glück.«

Eine Prise Glück würde mir auch gefallen. Ich mache es wie Jella und atme tief ein. Aber in meine Nase kriecht der beißende Geruch von Pferdeäpfeln, die eines der Tiere gerade fallen lässt. Nicht weit weg von uns steht der Bus, wie Jella ihn genannt hat. Es ist ein großer weißer Planwagen, vor den zwei kräftige Haflinger gespannt wurden.

»Pferdeäpfel«, stellt Max neben mir fest und grinst mich an. »Für das Glück musst du allerdings reintreten, nicht nur den vorzüglichen Duft einatmen.«

Jella fängt laut an zu lachen, als sie mein verdattertes Gesicht bemerkt. »Warte mal, bis du bei Enna bist«, sagt sie, als wir weitergehen. »Ihr Garten grenzt an die Dünen, und dahinter ist das Meer. Einen besseren Ort zum Durchatmen wirst du kaum finden.«

Vor dem Bus bleiben wir stehen.

»Ich bin mir sicher, dass wir uns bald wiedersehen«, sagt Jella zu mir. »Und dann bin ich gespannt, was du über Jorinde rausgefunden hast.« Sie sieht zum Kutscher. »Moin, Hauke, bring die junge Frau und ihren Hund zu Enna Tamena. Sie wird dort erwartet.«

»Mach ich doch glatt.« Er hievt meinen Koffer nach oben. Als Max ihm auch meine Reisetasche gibt, fällt mir ein, dass wir bisher keine Rufnummern ausgetauscht haben. Und mir wird klar, dass ich ihn gerne noch einmal treffen würde.

»Sehen wir uns auch wieder, Max?«, frage ich.

»Könnte gut sein. Die Insel ist klein«, antwortet er.

Wenn das mal keine Abfuhr war, denke ich, verkneife mir eine Antwort und klettere stattdessen in den Planwagen. Dabei sehe ich aus den Augenwinkeln, dass Jella Max mit dem Ellbogen in die Seite schubst. Und ich kann ganz genau hören, dass sie »Ts!« macht.

»Okay, man sieht sich also, oder auch nicht«, sage ich. »Es war auf jeden Fall schön, euch beide kennengelernt zu haben.«

»Ich habe mein Handy ganz bewusst zu Hause liegen lassen«, erklärt Max da. »Weil ich vorhatte, alles komplett dem Zufall zu überlassen.« Er lächelt schief. »Irgendwohin. Mit dir habe ich nicht gerechnet.«

»Überhaupt kein Problem, ich versteh das«, sage ich und schlucke meine Enttäuschung runter. »Vielleicht laufen wir uns ja dann noch mal zufällig über den Weg.« Ich schaue zu Jella. »Aber wir beide sehen uns auf jeden Fall wieder.«

Jella grinst breit. »Ich wohne auch im Loog ganz in der Nähe von Enna. Das kriegen wir hin.«

»Schön.«

»Hinsetzen!«, ruft der Kutscher. »Es geht los.«

Ich drehe mich um und bemerke erst jetzt, dass die restlichen Fahrgäste nur noch auf uns warten.

»Entschuldigung und hallo«, sage ich, setze mich auf die Bank und halte dabei etwas Abstand zu den anderen Passagieren, weil ich nicht weiß, wie Einstein gleich reagieren wird, wenn der Pferdebus sich in Bewegung setzt. Mit mir werden noch vier andere Gäste zu ihren Unterkünften kutschiert. Ich bin die Einzige, die allein reist oder besser gesagt fast allein. Einstein hat neben mir Sitz gemacht und sieht mich mit seinen großen Hundeaugen an. Ich lege mir eine der Wolldecken über die Knie, die extra für die Passagiere bereitgelegt wurden, und die Pferde traben los. Ihre Hufe klappern laut auf dem Steinpflaster.

»Wir fahren unten am Deich längs«, ruft der Kutscher. »Etwa auf Höhe von Remmers biegen wir rechts ab, und dann geht's die Billstraße längs. Eine Viertelstunde, und wir sind im Loog.«

Im Zeitlupentempo ziehen uns die Pferde bis zum Deich. Das Hufgeklapper wird dort durch den liegen gebliebenen Schnee gedämpft. Der Kutscher schnalzt mit der Zunge, es geht ein leichter Ruck durch den Wagen, und wir rollen etwas schneller. Ein bisschen komme ich mir vor wie in einem Märchen oder vielleicht eher zurückversetzt in eine vergangene Zeit. Außer dem Hufgeklapper hört man keine anderen Geräusche, zumindest keine, die nicht eines natürlichen Ursprungs sind.

Irgendwo kreischen ein paar Möwen. Bisher habe ich mir noch nie Gedanken darüber gemacht, was mit den Vögeln passiert, wenn es so kalt ist wie jetzt. Schlafen sie dann auch auf dem Wasser? Bekommen sie kalte Füße, wenn sie über Eis gehen? Und warum frieren sie nicht fest, wenn sie längere Zeit darauf stehen?

Auch die anderen Fahrgäste hängen ihren Gedanken nach – bis die Kutsche links abbiegt.

»Das ist Remmers, das ist der Inselbäcker, Schatz«, sagt eine Frau mit schwarzem Haar und lacht. »Da kannst du jeden Morgen mit dem Rad hinfahren und frische Brötchen holen. Ich bleibe so lange im Bett liegen und warte, bis du wieder zurück bist.«

»Hast du das gehört, Dieter?«, fragt prompt die andere Frau. »So wird das hier gemacht.«

Ihr Partner sieht das jedoch anders. »Zum Glück gibt es im Loog einen kleinen Supermarkt, der auch im Winter geöffnet hat. Das heißt, du kannst schon mal Kaffee kochen, während ich Brötchen besorge.«

Die beiden Pärchen kommen sich schnell näher. Den Rest des Weges unterhalten sie sich. Ich höre mit einem Ohr zu. Dabei wird mir schmerzlich bewusst, dass ich nicht ganz freiwillig allein hier unterwegs bin. Jörn hat mich wegen einer anderen Frau verlassen. Seine Nachrichten habe ich bisher ignoriert, Telefongespräche nehme ich nicht an. Ich weiß, dass das auf Dauer keine Lösung ist und wir noch einmal ein klärendes Gespräch führen sollten. Aber momentan habe ich einfach keine Lust dazu. Ich muss erst einmal wieder selbst mit mir ins Reine kommen. Und Juist scheint mir wie geschaffen dafür. Ich bin nicht im Märchen und auch nicht in der Vergangenheit, denke ich, sondern tatsächlich im Zauberland. Wie auf Kommando fallen dicke

Schneeflocken vom Himmel. Ich frage mich, ob der Schnee hier salzig schmeckt und vielleicht auch ein bisschen nach Glück, wie Jella vorhin so schön gesagt hat. Ich beschließe, all die Fragen, die mir durch den Kopf gehen, auch wenn sie noch so unsinnig erscheinen, aufzuschreiben und ihnen auf den Grund zu gehen.

Ein paar Minuten später halten wir zum ersten Mal an, und eins der Pärchen steigt aus. Der Kutscher kassiert acht Euro pro Person und wünscht erholsamen Urlaub. Wir setzen die Fahrt fort, liefern die nächsten beiden Gäste ab und sind nur kurze Zeit später an meinem Reiseziel angekommen. Der Pferdebus hält vor einem rot geklinkerten Backsteinhaus, dessen Grundstück von einer flachen Mauer umgrenzt wird. Es ist mittlerweile kurz nach fünf und es ist stockdunkel. Aus einem Küchenfenster im Erdgeschoss leuchtet uns einladend warmes Licht entgegen. Unter dem Fenster steht eine Bank, auf der eine dicke Schneedecke liegt.

Auch über der Haustür brennt eine kleine Lampe. Sie erleuchtet ein weiß getünchtes Holzschild, auf dem in großen Buchstaben *MOIN!* steht.

Ich klettere gerade vom Wagen und strecke mich, als die Tür aufgeht. Eine hochgewachsene Frau mit kurzem grauem Haar kommt heraus. Sie winkt mir zu. Als sie Einstein entdeckt, klatscht sie in die Hände und ruft: »Und was bist du für ein feiner Kerl? Na, komm doch mal her. Wir finden bestimmt was Leckeres für dich.«

Einstein stürzt natürlich sofort los, noch bevor ich zu einer Antwort ansetzen kann.

»Darf er denn?«, ruft da eine Frauenstimme, die wesentlich jünger klingt. »Wir haben noch etwas vom Huhn übrig, das wir vorhin für die Suppe ausgekocht haben.« Neben der älteren Frau, die wahrscheinlich Enna ist, erscheint eine zweite, hochschwangere. Merle, denke ich und rufe: »Ja. Und er wird Sie daraufhin für immer und ewig lieben.«

»Das haben Hunde so an sich.« Enna bückt sich und begrüßt Einstein ausgiebig. Ein kleiner Stich fährt durch mein Herz, den ich so schon lange nicht mehr gefühlt habe. Die Frau, die gerade mit meinem Hund im Haus verschwindet, erinnert mich an meine Oma.

»Acht Euro dann bitte.« Der Kutscher hat mein Gepäck aus dem Wagen gehievt. Er sieht zu der jungen Frau. »Soll ich dich vielleicht mit zurücknehmen, Merle?«

»Danke, aber ich schlafe heute bei Oma.«

Ich drücke dem Kutscher zehn Euro in die Hand. »Stimmt so, danke fürs Fahren.« Dann stelle ich meine Reisetasche auf den Trolley und ziehe mein Gepäck zum Haus. Unterwegs bleibe ich einen winzigen Moment stehen und fange einige Schneeflocken mit der Zunge auf. Es muss etwas albern aussehen, aber so bekomme ich gleich die erste Antwort auf meine Frage: Der Schnee schmeckt nicht salzig. Aber das habe ich auch nicht anders erwartet.

»Hi, ich bin Merle, wir beide haben telefoniert, als du in der *Strandrose* ein Zimmer mieten wolltest«, begrüßt mich die junge Frau, als ich an der Tür ankomme. Ihr fröhliches Grinsen verrät mir, dass sie meinen kindlichen Schneeflockenmoment überhaupt nicht merkwürdig findet.

»Caro.« Ich seufze. »Lieben Dank noch mal, ihr wart echt meine Rettung.«

»Einen Versuch war es wert. Meine Oma vermietet ja normalerweise nicht mehr.« Sie lächelt schelmisch. »Aber sie hatte früher auch mal einen Bobtail. Und da dachte ich mir, du könntest vielleicht eine Chance haben.«

Da hat Jella zwar andere Beweggründe gesehen, aber letztendlich kann es mir egal sein. Großmutter und Enkeltochter sind mir auf Anhieb sympathisch. »Einstein ist ein wahrer Herzensbrecher«, sage ich.

Merle zeigt auf die offene Haustür. »Komm rein. Ich würde dir ja einen Teil des Gepäcks abnehmen. Aber es sieht schwer aus. Wie man sehen kann, bin ich schwanger.« Sie streichelt ihren Bauch. »Bald ist es so weit.«

Ich lege den Kopf leicht schief und betrachte den kugelrunden Bauch. »Sieht mir ganz danach aus, als würde es am 12.01. kommen.«

»Was, das kannst du sehen? Ach nein, warte: Hat Oma geplaudert?«

Ich gehe an ihr vorbei, und sie schließt die Tür hinter mir.

»Nein, aber ich habe deine Schwiegermutter auf der Fähre kennengelernt.«

Merle bleibt einen Moment stehen und schüttelt den Kopf. »Ich vergesse immer, wie klein die Insel ist. Hier kennt nicht nur jeder jeden. Hier weiß auch jeder über jeden Bescheid. Und ständig läuft man sich über den Weg, ob man will oder nicht.« Sie grinst. »Sie ist also schon zurück. Eigentlich wollte sie erst morgen kommen. Bestimmt ruft mich mein Mann gleich an, um mir das zu erzählen.«

»Sie ist vom Hafen aus zur *Strandrose* gegangen«, plaudere ich weiter.

»Dann wird es entweder meine Freundin Agatha oder Conny sein, die sich gleich bei mir meldet. Wenn sie das nicht schon gemacht haben. Ich habe schon länger nicht mehr auf mein Handy gesehen.«

Lachend gehen wir hintereinander durch den Hausflur. Es riecht nach Hühnersuppe und auch nach süßem Gebäck. Prompt meldet sich mein Hungergefühl. Ich habe mit Max auch meine anderen Sandwiches geteilt und mir keine Gedanken darüber gemacht, wo ich hier heute Abend noch etwas zum Essen herbekomme.

»Deine Wohnung erreichst du über den Seiteneingang des Hauses«, erklärt Merle. »Oma gibt dir gleich den Schlüssel und erklärt dir alles.«

Merles Oma steht in der Küche, die wir gerade betreten. Schon vom ersten Augenblick an bin ich begeistert. Meine Küche in der neuen Wohnung ist ganz hübsch, aber sehr klein. Diese hier ist ein geräumiger Traum im Landhausstil aus cremefarbenen Schränken und einer Arbeitsplatte aus Nussbaumholz. Unter dem Fenster steht ein großer Holztisch, der zum geselligen Beisammensitzen einlädt. Meine Vermieterin steht vor dem Herd, zupft Hähnchenreste von Knochen und legt sie in eine kleine Schüssel.

Einstein sitzt vor ihr und fixiert sie mit seinen großen Hundeaugen.

»Nein, du hattest genug, jetzt troll dich«, sagt sie streng, und ich beobachte überrascht, wie Einstein tatsächlich den Rückzug antritt und sich seufzend vor dem Küchentisch fallen lässt. Sie geht zum Waschbecken und gibt dabei den Blick auf einen gewaltigen Ofen frei, der an der Wand steht.

»Wie genial ist der denn!«, entfährt es mir.

Merle lacht hell auf. »Omas ganzer Stolz. Das gute Teil hat fünf Gaskochfelder und zwei Öfen.« Sie deutet auf die Küchenmaschine mit einer riesigen Rührschüssel, die auf der nussbraunen Arbeitsplatte steht. »Hier wird oft gebacken. Und meistens direkt für die ganze Insel.«

»Jetzt übertreibst du aber, Merleken.« Meine Vermieterin trocknet sich die Hände an einem Küchentuch ab und kommt zu mir. »Ich bin Enna, herzlich willkommen bei uns im Loog.«

Ich greife ihre ausgestreckte Hand und bin überrascht, wie fest der Händedruck der Frau ist, die angeblich schon strammen Schrittes auf die achtzig zugeht, wenn man Jella da glauben kann. Sie wirkt wesentlich jünger. Ich hätte sie auf Anfang siebzig geschätzt.

»Danke, auch für die spontane Herberge.« Mir gefällt die unkomplizierte Art der Menschen hier und dass sich alle gleich duzen. »Ich bin Caro.«

Enna nickt. »Und du bist auf der Suche nach einer Frau namens Jorinde, wie ich von Jella gehört habe.«

»Siehst du«, sagt Merle. »Sag ich doch, hier weiß jeder über jeden Bescheid. Die Inseltrommeln funktionieren immer. Besonders im Winter, wenn hier wenig los ist und die Leute viel zu viel Zeit haben. Wann hat Jella dich angerufen, Oma? Das habe ich gar nicht mitbekommen.«

»Als du im Schuppen warst, um nach dem Rad für Caro zu sehen.« Sie schmunzelt. »Jella hat auch irgendwas über einen Max Herre gefaselt, der gemeinsam mit dir auf der Insel angekommen ist, und dass sie versucht hat, ihn zu überreden, auf Agatas Hochzeit zu spielen, wenn die Musiker nicht rechtzeitig auf die Insel kommen. So wie es aussieht, geht hier bald nichts mehr. Der Ostwind wird stärker. Das Wattenmeer friert immer weiter zu. Und bei starkem Schneefall starten auch die Flieger nicht mehr.«

»Was?« Merle sieht mich mit großen Augen an. »Max Herre ist auf der Insel?«

9. Kapitel

»Er sieht ihm ähnlich und hat zufälligerweise den gleichen Vornamen, aber er ist es nicht«, erkläre ich und erzähle den beiden, dass ich Max an der Raststätte eingesammelt habe.

»Aber er hat eine Gitarre dabei«, sagt Enna. »Hat zumindest Jella gesagt.«

»Dann singt er bestimmt auch«, mutmaßt Merle und sieht mich fragend an.

»Darüber haben wir nicht geredet«, erkläre ich. »Er hat von sich aus nichts erzählt, und ich wollte nicht zu neugierig sein.« Woher ich Max kenne und dass er sehr wohl singen kann, behalte ich für mich. Das geht hier niemanden etwas an.

»Ach, vielleicht haben wir ja auch Glück mit dem Wetter.« Merle zuckt mit den Schultern. »Und notfalls singen wir beide, nicht wahr, Oma?«

»Na, das wird ja was geben, dann verlassen alle Gäste fluchtartig den Raum!« Sie schüttelt den Kopf. »Ich habe gleich gesagt, dass der Termin keine gute Idee ist. Aber Agata wollte ja nicht auf mich hören.«

»Agata ist meine Freundin«, erklärt Merle. »Ihr Freund, Adam, hat ihr im November einen Antrag gemacht. Sie wollte möglichst sofort heiraten, aber es hat eine Weile gedauert, bis alles organisiert und geklärt war. Agatas Familie kommt aus Polen. Ihre Eltern, ihre Tochter aus erster Ehe und eine Freundin von Agata sind schon da. Die anderen Gäste wollten am 02. und 03. Januar kommen. Deswegen haben wir auch keine Zimmer in der *Strandrose* mehr frei.«

»Ach«, sage ich. »Ich glaube, das hier ist eine sehr gute Alternative.«

»Auf jeden Fall.« Merle zeigt zum großen Suppentopf, der auf dem Herd steht. »Wie sieht es aus, möchtest du gleich einen Happen mit uns essen? Omas Hühnersuppe ist die beste der Welt.«

Mit so viel Gastfreundlichkeit habe ich nicht gerechnet. Wie könnte ich dieses nette Angebot ausschlagen?

»Ja, da sage ich nicht nein«, antworte ich. »Aber ich würde vorher wahnsinnig gerne kurz in meine Wohnung, um mich etwas frisch zu machen. Und mit Einstein müsste ich auch noch raus.«

»Die Suppe steht um halb sieben auf dem Tisch«, sagt Enna da. »Jetzt ist zwanzig nach fünf. Reicht dir die Zeit?«

»Ja, absolut«, bestätige ich.

Enna nickt und greift nach meiner Reisetasche, die ich vor der Küche abgestellt habe. »Komm, ich zeig dir die Wohnung.«

Einstein springt sofort auf. »Ja, du kommst natürlich auch mit«, sage ich.

Im Hausflur schlüpft Enna in dicke gefütterte Gummistiefel und zieht sich eine Fleecejacke über. Sie mustert mich. »Gut, dass du eine vernünftige Jacke hast«, sagt sie. »Die wirst du brauchen, wenn du gleich noch runter ans Wasser gehst. Der Wind weht eisig. Hast du auch warme Unterwäsche dabei?«

»Ja, ich bin bestens versorgt.«

Wir stapfen durch den Schnee am Haus entlang.

»Morgen kommt Jannes, Merles Mann, und räumt den Weg frei«, sagt Enna. Sie bleibt vor einer dunkelgrünen Holztür stehen. »Da wären wir. Die Wohnung liegt oben, wie ich ja schon gesagt habe. Die Treppe ist etwas steil, aber der Hund dürfte gut hochkommen, wir haben Stufenmatten aus Sisal gelegt, damit man auf dem Holz nicht wegrutscht, wenn es mal nass ist.«

Da ich mir nicht zutraue, gleichzeitig den schweren Koffer zu tragen und Einstein zu zügeln, der am liebsten sofort hinter Enna, der Frau mit dem Suppenhuhn, herstürmen würde, bleibe ich unten stehen, warte, bis Enna oben ist, und schicke Einstein hinterher. »Hoch mit dir!«

Während ich mein Gepäck hochschleppe, höre ich Enna oben lachen. »Da ist nur Wasser drin, es gibt nicht überall immer auch ein Leckerchen.«

Die Näpfe hätte ich also nicht mitschleppen müssen, denke ich, als ich kurz darauf im Flur meiner Ferienwohnung stehe. Enna hat zwei Schüsseln neben die Garderobe gestellt. Die eine ist mit Wasser gefüllt – und die andere ist, zu Einsteins Bedauern, leer.

Vom Flur aus gehen drei Zimmer ab. Die Türen stehen offen. Links befindet sich das Badezimmer und daneben eine sehr kleine Küche, wie ich mit einem schnellen Blick feststelle. Geradeaus befindet sich das Wohnzimmer, das auch gleichzeitig mein Schlafzimmer ist. Hier warten Enna und Einstein auf mich.

»Ich hoffe, es gefällt dir«, sagt Enna. »Merle hat es eingerichtet. Sie hat ein Jahr lang hier gewohnt, bevor sie mit Jannes zusammengezogen ist.«

»Es ist fantastisch!« Ich schaue mich kurz um, entdecke links von mir zu meinem Entzücken ein Hochbett und darunter eine dunkelgrüne Couch, die sehr gemütlich aussieht. Außerdem einen Sessel, einen flachen Tisch und an der Wand gegenüber einen relativ großen Flachbildfernseher. Auf der rechten Seite des Raumes steht ein Schreibtisch mit einem Bürostuhl. Das Regal daneben ist vollgepackt mit Büchern. Ein dunkelblauer, knautschiger Sitzsack und dahinter eine Leselampe laden dazu ein, in einem der Bücher zu schmökern.

Das Beste des Zimmers ist jedoch die große Fensterfront, durch die man einen direkten Blick auf den verschneiten Garten hat, der durch Lichtkugeln in verschiedenen Größen beleuchtet wird. Das wirkt bezaubernd und skurril zugleich, denn durch die dicke Schneeschicht, die sich oben auf den Kugeln angesammelt hat, wirken sie wie Köpfe mit üppiger Haarpracht.

Ich gehe etwas näher an das Fenster heran. Es ist zwar dunkel, aber hinter dem beleuchteten Garten kann man schemenhaft die Dünen sehen.

»Mit den Vorhängen kannst du den Raum etwas abdunkeln. Aber wenn du Pech hast und die Nacht sehr klar ist, fällt das Mondlicht herein. Merle hat dann immer eine Schlafbrille benutzt. Ich habe dir eine aufs Kopfkissen gelegt. Du kannst aber auch gerne die Couch ausziehen, wenn du nicht oben schlafen willst«, erklärt Enna.

»Das ist sehr lieb, vielen Dank. Ich werde auf jeden Fall ins Hochbett klettern. Davon habe ich als Kind schon immer geträumt.« Ich schlucke den Kloß in meinem Hals hinunter, der sich wie aus dem Nichts dort festgesetzt hat. Ich habe damit gerechnet, eine Woche ganz allein für mich zu sein, nicht damit, dass ich mit solch offenen Armen empfangen werde. Es kommt mir so vor, als würde jemand, als würden Merle und Enna mich in eine kuschelige Wolldecke hüllen, die mich auch von innen wärmt. Ich wische mir verstohlen eine Träne aus den Augenwinkeln, da legt Enna für einen kurzen Moment ihre Hand auf meinen Arm und sagt: »Am Ende wird alles gut. Und wenn es noch nicht gut ist, dann ist es auch noch nicht das Ende. Das ist der Leitspruch unserer Familie. Wir glauben alle sehr fest daran.«

Ich schniefe einmal, atme tief ein und wieder aus. »Du erinnerst mich sehr an meine Großmutter, die leider nicht mehr lebt.«

»Ich bin mir sicher, dass sie jetzt in diesem Moment bei dir ist.« Enna tätschelt mir noch einmal den Arm. »Dann lass ich dich jetzt mal allein. Wir sehen uns um halb sieben zum Essen. Für den Spaziergang mit dem Hund würde ich dir heute doch eher nicht das Meer empfehlen. Es ist wirklich sehr windig, und du kennst den Weg noch nicht. Vielleicht gehst du eher in Richtung Billstraße. Da gibt es eine Grasfläche unterhalb des Schutzdeichs, auf der sich der Racker ein bisschen austoben kann, aber dort ist es sicherer.«

»Das mache ich. Danke.«

»Bis später dann.«

Enna zieht die Tür hinter sich zu, und ich bin allein, fast allein. Einstein stupst mit seiner feuchten Hundenase gegen meine Hand. Ich gehe kurz in die Knie, um ihn zu kraulen. Die treue Seele war schon immer die beste Therapie in traurigen oder einfach nur emotionalen Momenten – von Jana mal ganz abgesehen, die ich auch unbedingt noch anrufen muss.

Ich ziehe mein Handy aus der Tasche und schieße ein paar Fotos, vom Hochbett, vom Sitzsack und von der Aussicht aus dem Fenster. Der Garten wirkt auf dem Schnappschuss, als wäre er von schimmernden Aliens heimgesucht worden.

Angekommen! tippe ich in mein Handy und schicke die Nachricht samt der Fotos an Jana.

Ich muss jetzt allerdings erst mal kurz mit Einstein raus. Draußen ist es sehr windig, da klappt das mit dem Telefonieren nicht. Aber ich melde mich auf jeden Fall danach. Dicken Kuss, Caro

Auch meiner Mutter schicke ich die Fotos mit einer kurzen Mitteilung, dass wir sicher angekommen sind und ich mich später noch einmal melde.

»So, und jetzt machen wir eine Pipi-Runde. Was ist, kommst du mit, Einstein?«

Ich ziehe gerade die Tür hinter mir zu, da kündigt mein Handy durch Bibi Blocksbergs *Hex, hex* Janas Antwort an.

GENIAL! Besonders die dicken leuchtenden Elfen vor deinem Fenster. Bis gleich, Knutsch zurück, Jana

Lächelnd gehe ich mit Einstein die Treppe nach unten. Draußen ziehe ich mir sofort die Kapuze auf. Es ist inzwischen kurz nach halb sechs, und ich habe das Gefühl, es ist noch dunkler geworden. Auch der Wind erscheint mir noch eine Spur eisiger.

»Heute bleibst du erst mal an der Leine, Einstein.«

Mein Hund hört normalerweise aufs Wort. Das Abrufkommando haben wir sehr gut trainiert. Aber es ist dunkel, ich kenne mich nicht aus, und ich würde nicht meine Hand dafür ins Feuer legen, dass Einstein nicht doch davonjagt, wenn er ein Reh oder ein anderes Tier wittert. Hier ist schließlich alles neu, und so viele natürliche Gerüche ist er als Stadthund nicht gewohnt. »Meinst du, auf Juist gibt es Rehe, Einstein?«, frage ich und stapfe los, am Haus vorbei, die Straße entlang, die wir gerade gekommen sind. Dabei begegnet mir keine einzige Menschenseele. Alle außer mir verbringen die Zeit in ihren Häusern, wie man durch die beleuchteten Fenster hindurch erkennen kann.

Es dauert nicht lange, da laufen mir die Tränen über das Gesicht. Diesmal jedoch nicht, weil ich traurig bin, sondern weil der Wind immer stärker wird und meine Augen reizt. Einstein stapft, den Kopf gesenkt, brav neben mir her, während die Böen an seinem Fell reißen. An der mit einer dicken Schneeschicht bedeckten Grasfläche lockere ich die Leine, lasse ihn etwas laufen und bin froh, als er endlich sein Geschäft verrichtet, das ich mit einer Tüte aufsammele.

»Nachher gibt es nur noch eine kurze Pipirunde«, sage ich zu ihm. »Jetzt gehen wir erst einmal zurück. Ich muss endlich Jana anrufen. Danach gibt es Suppe bei Enna und Merle. Und bestimmt ist da auch noch etwas Huhn für dich drin.«

Einstein hört mir aufmerksam zu. Doch plötzlich hebt er die Nase und gibt einen tiefen Brummton von sich. Ich drehe mich um und sehe drei Rehe in aller Ruhe, nicht weit entfernt von uns, über die Straße laufen.

»Das gibt es doch nicht«, sage ich leise und blicke fasziniert zu den Tieren hinüber. Einstein wiederum ist scheinbar der Meinung, dass sie nichts in unserer Nähe zu suchen haben. Er bellt und rennt los. Da ich die Leine um meine rechte Hand gewunden und dummerweise nicht wirklich damit gerechnet habe, dass mein Hund heute Abend noch seinem Jagdinstinkt nachgibt, fliege ich in hohem Bogen in den Schnee.

»Einstein, aus!«, brülle ich.

Etwa zeitgleich sehe ich in der Ferne ein kleines Licht die Billstraße nach oben in unsere Richtung kommen. Ein Radfahrer, schießt es mir durch den Kopf, und das bei diesem Wetter. Kurz darauf höre ich es auch schon scheppern.

»Scheiße!«, fluche ich und rappele mich auf. So schnell ich kann, laufe ich die Straße runter. Einstein springt bellend vor mir her.

Auf dem Boden sitzt Jella. Das erkenne ich sofort an der hellblauen Wollmütze.

»Caro«, sagt sie. »Du bist es. Hab ich dir nicht gesagt, dass wir beide uns auf jeden Fall wiedersehen?«

»Allerdings habe ich nicht damit gerechnet, dass das so schnell gehen wird.« Ich gehe in die Hocke. »Ist alles okay? Tut dir irgendwas weh? Hast du dich verletzt?«

Jella schüttelt den Kopf. »Ich glaub nicht. Als die blöden Viecher plötzlich aufgetaucht sind, habe ich gebremst und bin weggerutscht. Es ist eher der Schreck, der mir noch in den Gliedern sitzt.«

»Das tut mir leid. Einstein hat die Tiere aufgeschreckt«, erkläre ich.

»Ach was!« Jella winkt ab. »Ich bin nicht die Erste, die hier schon mit ihnen ein unerfreuliches Zusammentreffen hatte.

Enna hat es mal komplett das Rad zerlegt, als eins der Tiere in sie reinlief.«

Ich strecke meine Hand aus, Jella greift zu, und ich ziehe sie hoch.

»Danke.« Sie klopft sich den Schnee von der Kleidung und bewegt vorsichtig ein Bein nach dem anderen. »Alles noch dran.« Sie hebt ihr Rad auf und betrachtet es skeptisch. »Ich schätze mal, das hat einiges abbekommen. Sieht mir ganz nach einem Achter aus.«

»Wo wohnst du denn?«, frage ich. »Sollen wir es bis zu dir nach Hause schieben?«

»Ich bin zum Suppe-Essen eingeladen. Wir stellen es in Ennas Stall. Jannes kann es dann bei Gelegenheit reparieren, und ich nehme ein anderes. Räder haben wir genug, besonders im Winter. Meine Söhne, Jannes und Ole, betreiben gemeinsam einen Fahrradverleih.«

»Das ist ein E-Bike«, stelle ich fest, als wir nebeneinander die Billstraße in Richtung Loog gehen.

»Ja, ohne wird es auf Dauer echt anstrengend, besonders bei Gegenwind. Als Kinder sind wir manchmal täglich mit unseren uralten Klapprädern quer über die Insel gefegt. Als Erwachsene weiß man ein bisschen Komfort zu schätzen.«

»Aber bei diesem Wetter ist es auch ein bisschen gefährlich, oder?«, hake ich nach. »Ich meine, unabhängig von den Rehen, die hier anscheinend Autoscooter spielen.«

»Laufen oder Radfahren, eine andere Möglichkeit gibt es hier nicht. Oder du musst dir eine Kutsche bestellen. Aber das ist recht teuer.«

»Und was machen alte Leute, Kranke oder Hochschwangere?«, frage ich.

»Enna ist bald achtzig und ist fitter auf dem Rad als ich. Merle ist bis vor Kurzem auch noch mit dem Drahtesel unterwegs gewesen. Und sie würde wahrscheinlich immer noch damit rumfahren, wenn Jannes es ihr nicht verboten hätte. Er hat einen Beiwagen für ein E-Bike angeschafft. Irgendjemand von uns hat immer Zeit und spielt Merles Chauffeur. Für die Kranken gibt es einen mobilen Pflegedienst. Zwei Mitarbeiter kümmern sich abwechselnd um die Pflegebedürftigen. Außerdem gibt es zwei Ärzte, von denen einer jederzeit erreichbar ist. Vor allen Dingen gibt es aber auch die Nachbarn. Man findet immer jemanden, der hilft.«

»Hört sich nach einem guten sozialen Netz an.«

»Es hat auch seine Schattenseiten. Aber wo gibt es die nicht?«, sagt Jella.

Inzwischen sind wir am Haus angekommen, wo Enna schon in Schneeboots und Winterjacke auf uns wartet.

»Ich habe schon befürchtet, du hättest dich verlaufen, Caro, weil ihr trotz des schrecklichen Wetters so lange unterwegs wart«, sagt sie. »Ich wollte euch gerade suchen kommen.« Ihr Blick geht zu Jella und danach auf das Rad. »Hast du dich langegelegt?«

»Ein paar Rehe haben mich geküsst«, erklärt Jella. »Ich hab sie zu spät bemerkt.«

»Die Biester entwickeln sich immer mehr zu einer Plage. Hast du dich verletzt?«

»Nein, nur das Rad hat was abbekommen. Kann ich es bei dir in den Stall stellen?«

Enna nickt.

»Ich geh dann noch mal kurz nach oben und komme gleich runter«, sage ich.

Zehn nach sechs, ein paar Minuten habe ich noch. Oben in der Wohnung hole ich meine Hausschuhe, eine Strickjacke und die Kette aus dem Koffer. Dann rufe ich schnell Jana an.

»Hi, ich habe schon wieder nicht viel Zeit, meine Vermieterin und ihre Enkeltochter haben mich auf einen Teller Hühnersuppe eingeladen. Ich wollte dir nur kurz erzählen, dass es mir gut geht. Alle sind sehr nett hier. Und die Wohnung ist wunderschön, das hast du ja auf den Bildern schon gesehen.«

»Gibt es noch eine Wohnung, die man dort mieten kann?«, fragt Jana.

»Ja, ich glaube, nebenan ist noch eine, aber Enna vermietet eigentlich nicht mehr. Bei mir hat sie eine Ausnahme gemacht. Warum fragst du?«

»Simons Bruder hat sich heute ganz spontan von seiner Pissnelke getrennt. Das heißt, dass unsere kleine familiäre Silvesterfeier ausfällt. Nachdem du mir die tollen Fotos geschickt hast, habe ich Simon gefragt, ob er spontan mit mir nach Juist fahren würde. Und er hat Ja gesagt.«

»Das ist ja ein Ding!«, sage ich.

»Fragst du mal? Wir würden dann am 30. kommen.«

»Okay, mach ich. Ich melde mich nachher, weiß aber nicht, wie lange das geht heute Abend.«

»Schreib mir einfach eine Nachricht.«

Erst nachdem wir das Gespräch beendet haben, wird mir klar, dass ich eigentlich lieber allein bleiben würde. Ich liebe meine Freundin, und ich mag ihren Mann. Aber ich habe einfach das Gefühl, dass ich ein paar Tage mal nur für mich oder zumindest ohne bekannte Gesichter sein sollte. Und jetzt verstehe ich auch Max. Vielleicht geht es ihm ähnlich wie mir. Wie hat er so schön gesagt?

»Mit dir habe ich nicht gerechnet.«

Und ich habe nicht damit gerechnet, dass meine Freundin samt Mann mir hinterherreisen will. Aber das werde ich Jana in Ruhe erklären – nach der Suppe. Es ist drei Minuten vor halb, ich sollte mich beeilen. Noch einmal schlüpfe ich in den Anorak und die Stiefel und stapfe durch den Schnee zum Haupthaus. Drüben warten Enna, Merle und Jella auf mich.

10. Kapitel

Merle sieht wunderschön aus. Das ist mir vorhin schon aufgefallen. Aber jetzt, wo sie einfach still vor sich hinlächelnd auf dem Stuhl sitzt und dabei ihren Bauch hält, ist es noch offensichtlicher. Rotbraunes Haar fällt in leichten Wellen bis auf ihre Schultern. Das sanfte Lächeln umspielt auch ihre Augen, die vor allen Dingen eins ausstrahlen: Merle ist glücklich.

Enna deutet auf den großen Topf, der auf einem Untersetzer mitten auf dem Tisch steht. »Greif zu, hier bei uns ist Selbstbedienung.«

»Danke.« Ich gebe zwei Schöpfkellen der dampfenden Suppe in meinen Teller, und Merle schiebt mir ohne weiteren Kommentar eine Schüssel mit kleinen Muschelnudeln zu.

Einstein liegt neben der Tür, wo Enna extra eine alte Decke für ihn platziert hat. Er beobachtet uns mit Argusaugen und wartet darauf, dass für ihn auch etwas abfällt.

Eine Weile löffeln wir schweigend unsere Suppe. Auch sie wärmt mich von innen. Und schmeckt unbeschreiblich lecker. Als alle noch einen Nachschlag nehmen, lange auch ich noch mal zu.

»Das ist die beste Hühnersuppe der Welt«, sage ich. Und Merle nickt grinsend.

»Dann hau mal rein.« Enna sieht mich mit ihren hellen grauen Augen an. »Du wirkst, als könntest du etwas Stärkung gebrauchen.«

»Das stimmt allerdings. Aber ich bin überzeugt davon, dass ich hier jede Menge Kraft tanken kann. Wie ist das bei dir, Enna? Bist du auch auf der Insel aufgewachsen, so wie Jella?«

»Ja, das bin ich. Und dann war ich sehr lange auf der großen Insel, bevor ich vor zwei Jahren wieder zurück zum Töwerland gekommen bin.«

»Auf Norderney?«, hake ich nach. Immerhin ist es die wesentlich größere Nachbarinsel.

»Amerika«, antwortet Merle stattdessen. »Oma ist vor zwei Jahren erst zurückgekommen.« Sie grinst. »Und genauso lang lebe ich jetzt hier. Ich komme ursprünglich aus München.«

»Viele Insulaner verlassen irgendwann die Insel«, erklärt Enna. »Die meisten aus beruflichen Gründen. Einige kommen zurück. Und wenn nicht sie, dann die Kinder oder die Kindeskinder. Ich habe nach langer Zeit wieder nach Hause gefunden. Jetzt bleibe ich für den Rest meines Lebens hier und bin sehr glücklich darüber, dass Merle die Liebe zur Insel entdeckt hat.« Sie schaut zu Jella. »Und natürlich zu Jannes.«

»Was ist mit dir, Caro?«, fragt Merle. »Jella hat gesagt, du seist auf der Insel, weil du eine Frau namens Jorinde suchst. Den Namen habe ich hier noch nie gehört. Und auch das Märchen kannte ich bisher nicht. Oma hat es mir eben erzählt, als du noch drüben warst. Es ist sehr schön, aber irgendwie auch ein bisschen schaurig, wie ich finde. Märchen mochte ich noch nie besonders. Sie sind immer so grausig.«

»Ich kannte es bis vor Kurzem auch nicht. Bis mich eine alte Dame, die bei uns auf der Intensivstation lag, kurz vor ihrem Tod darum gebeten hat, eine Kette für sie zurückzubringen, und zwar zu ihrer großen Liebe, nach Juist.«

»Ich habe Gänsehaut«, sagt Merle, schiebt ihren Ärmel hoch und hält ihren Arm über den Tisch, so wie Jana das bei mir zu Hause gemacht hat.

»Wie alt war die Dame denn genau?«, fragt Enna. »Und wie hieß sie? Oder darfst du uns das nicht sagen?«

Darüber habe ich bisher noch gar nicht nachgedacht. Aber letztendlich bleibt mir nichts anderes übrig, wenn ich rausfinden möchte, ob die Kette tatsächlich etwas mit Jorinde zu tun hat. »Frau Fischermann war Jahrgang 33. Ihr Vorname war Elfriede, Elfriede Jolanda Fischermann. Sie hat allerdings nicht auf Juist gelebt. Sie hat mir erzählt, sie habe hier früher sehr häufig Urlaub gemacht. Und sie habe eine gute Freundin namens Jorinde hier gehabt. Ich muss der Freundin etwas ähnlich sehen, denn ich habe Frau Fischermann an Jorinde erinnert, hat sie gesagt.«

»Ich bin Jahrgang 39, also sechs Jahre jünger. Wenn hier auf der Insel mal eine Jorinde gelebt hätte, wüsste ich das, es sei denn, es war in der Zeit, als ich in Amerika war. Und eine Frau Fischermann kenne ich auch nicht.« Sie sieht zu Jella. »Du?«

»Nein, das sagt mir leider auch überhaupt nichts.«

»Und sonst weißt du nichts über sie?«, fragt Merle nach.

Ich hole das Säckchen mit der Perlenkette aus der Jackentasche meiner Strickjacke, lasse das Schmuckstück in meine Hand gleiten und halte es kurz darauf nach oben, sodass alle es sehen können.

»Ein Filigran, jetzt wird es interessant!« Enna schnalzt mit der Zunge. »Lasst uns eben abräumen. Das ist gemütlicher.

Was haltet ihr von einem Grog?« Sie sieht zu Merle. »Du bekommst natürlich einen Kinderpunsch.«

»Ich habe ehrlich gesagt noch nie Grog getrunken. Ist er sehr stark?«, frage ich.

Jella grinst. »Der von Enna ja. Damit wirst du heute Nacht gut schlafen.«

»Na gut, einen trinke ich mit.«

Innerhalb von ein paar Minuten ist der Küchentisch abgeräumt, und ein Glas heiß dampfender Grog steht vor mir. »Ich habe schon vom Riechen einen sitzen«, feixe ich.

Merle stellt ein Einmachglas vor mich, in dem sich ein Kuchen versteckt. »Hier, Nachtisch. Das gibt eine gute Grundlage für den Grog.«

Ich stecke meine Nase in das Glas und schnuppere daran.

»Bratapfel-Kuchen im Glas«, erklärt Merle. »Vanillesoße kommt gleich.«

»Das hier ist nicht das Zauberland, es ist das Schlaraffenland«, schwärme ich.

Jella seufzt tief auf: »Seit Enna und Merle hier auf Juist wohnen, habe ich vier Kilo zugenommen.«

»Es steht dir«, sagt Enna. »Und jetzt hör auf zu jammern, und trink mit uns.« Sie hebt ihr Glas an. »Auf die Freundinnen Elfriede und Jorinde.«

So wie vorhin der eisige Wind, treibt mir jetzt der hochprozentige Rum die Tränen in die Augen, als ich zaghaft an meinem Glas nippe. Aber anders als erwartet, schmeckt er nicht scharf, sondern sehr mild und unbeschreiblich lecker.

»Mmh«, mache ich und lasse die Aromen auf meiner Zunge einen Moment wirken. »Was ist da noch drin? Ich schmecke Vanille und Zimt heraus – und Karamell.«

»Da hat noch jemand so einen ausgeprägten Geschmackssinn wie du, Merle«, sagt Enna und lächelt geheimnisvoll.

»Omas Grog besteht nur aus Rum, braunem Zucker und Wasser«, erklärt Merle. »Sie nimmt allerdings einen speziellen Rum, der sehr mild schmeckt und die Aromen sozusagen mitbringt. Ähnlich wie bei Wein oder Whiskey, da schmeckt auch nicht jede Sorte gleich.«

Noch einmal nippe ich an meinem Grog. »Bisher habe ich Rum immer nur dazu benutzt, um Rosinen darin einzulegen oder um meinen Kakao aufzupeppen.« Ich schwenke das Glas etwas und beobachte, wie sich die goldbraune Flüssigkeit darin bewegt. »Aber ich schätze mal, das wird sich in Zukunft ändern.«

Merle nimmt sich das Glas ihrer Großmutter und schnuppert daran. »Karamell habe ich bisher nicht rausgeschmeckt.«

»Da hast du was angerichtet, Caro«, sagt Enna und lacht.

Da steckt Merle ihren Finger in die heiße Flüssigkeit und danach in den Mund.

»Na!«, sagt Enna und nimmt ihr das Glas sofort wieder ab.

»Karamell! Stimmt!« Merle sieht mich an. »Du bist echt gut.« Sie deutet auf den Bratapfelkuchen. »Probier mal bitte, und sag mir, was du rausschmeckst.«

»Jede Menge Zimt«, sage ich, nachdem ich den ersten Happen verspeist habe. »Und etwas Kardamom. Schmeckt sehr lecker.«

»Richtig. Backst du gerne?«, fragt Merle.

»Ja.« Ich deute auf den Ofen. »Irgendwann habe ich auch mal so einen.«

»Einen ähnlichen habe ich in der *Strandrose* stehen. Wenn du mal einen neuen Job suchst, melde dich. Ich würde dich sofort einstellen. Die Pension gehört meiner Tante, ich helfe ihr bei der Leitung, weil sie in Amerika lebt. Mir gehört das dazugehörige Café. Im Winter haben wir geschlossen. Aber im Sommer gibt es bei uns jeden Tag mehrere Sorten Kuchen und Torte.« Merle zeigt auf das Einmachglas. »Im Winter backen wir Kuchen im Glas, den ein kleines Lebensmittelgeschäft hier für uns verkauft. Außerdem entwickeln wir Rezepte für den Delikatessenstore meiner Tante. Unsere ›German Cakes in Jars‹ kommen dort unheimlich gut an.«

»Das klingt toll. Ich denke tatsächlich gerade über eine berufliche Veränderung nach. Allerdings mag ich meine Arbeit als Intensivkrankenschwester sehr und werde deswegen wohl eher in dem Bereich bleiben.«

»Bewundernswert«, sagt Merle. »Ich könnte das nicht. Ist es nicht unheimlich belastend, so oft mit dem Tod konfrontiert zu werden? Ich hoffe, ich trete dir damit nicht zu nahe, also wenn du lieber nicht antworten willst, ist das auch in Ordnung. Aber wie kommst du damit klar, dass es auch vorkommen kann, dass Patienten es nicht schaffen und sterben?«

»Mit den Jahren hat sich da eine sehr klare Einstellung in mir entwickelt«, erkläre ich. »Sterben gehört zum Leben. Damit kann ich umgehen. Ich wünschte mir nur, dass es auf unserer Station um einiges menschenwürdiger zugehen würde. Oftmals stehen wirtschaftliche Gründe und nicht mehr der Patient im Vordergrund. Da geht es um Auslastungskapazitäten von Maschinen und irgendwelche Quoten, die erfüllt werden müssen. Da wird wochenlang beatmet, an die Dialyse angeschlossen und zur Not auch noch an die Herz-Lungen-Maschine, obwohl allen klar ist, dass der Patient es nicht schaffen wird. Natürlich ist es immer wieder traurig, wenn jemand auf der Station stirbt, aber manchmal bin ich ehrlich gesagt einfach nur erleichtert, wenn die Ärzte einen Patienten endlich gehen lassen. Es geht mir also nicht darum, *ob* jemand stirbt, sondern *wie.*« Ich atme kurz durch, ein bisschen erschrocken über mich selbst. So klar habe ich das Fremden gegenüber noch nie ausgesprochen. »Aber es gibt auch die schönen Seiten. Viele unserer Patienten kommen nach der Intensivstation wieder auf die normale, und von dort dürfen sie gesund wieder nach Hause gehen.« Ich greife nach der Kette. »So hatte es eigentlich auch bei Frau Fischermann sein sollen …«

Noch einmal erzähle ich in allen Einzelheiten, wie ich in den Besitz des Schmuckstückes gekommen bin. Auch, dass die alte Dame mir gesagt hat, ich solle meiner Ehe noch eine Chance geben, und wie das Ganze ausgegangen ist, erzähle ich. Dazwischen nippe ich immer mal wieder an meinem Grog, der nicht nur sehr gut schmeckt, sondern auch meine Zunge löst. Die drei Frauen hören mir gespannt zu.

Mit den Worten »Und jetzt sitze ich hier« beende ich meinen Bericht. »So lange am Stück habe ich übrigens noch nie geredet.«

Merle deutet auf mein leeres Glas und grinst mich an. Das versteht Enna als Aufforderung, noch einmal nachzuschenken. »Heute Nacht wirst du wirklich gut schlafen«, erklärt sie, wie Jella eben auch schon.

»Wenn ich nicht bei der letzten Pipirunde mit Einstein einfach irgendwo in den Schnee falle. Ich trinke selten Alkohol und vertrage nicht viel.«

»Wir können eine Runde gemeinsam raus, wenn ich nach Hause gehe«, schlägt Jella vor und hält Enna auch ihr leeres Glas hin.

»Na, wenn das mal gut geht. Du verträgst doch auch nichts.« Enna schenkt schmunzelnd nach.

»Dein Ex ist ein Idiot, Caro«, sagt Merle da. »Wie hieß er noch gleich?«

»Jörn«, sage ich. »Und ja, da hast du absolut recht. Er ist ein Vollidiot.«

»Irgendwann wird er es bereuen«, meldet sich Jella da zu Wort. »Ist doch immer so.« Sie hebt ihr Glas: »Auf uns. Und darauf, dass wir unsere Päckchen aus der Vergangenheit ein für alle Mal auf den Mond schießen.«

»Auf uns.« Irgendwie ist es ein tröstlicher Gedanke, dass auch Enna, Jella und Merle anscheinend in der Vergangenheit schon einiges mitgemacht haben – und trotzdem so unwahrscheinlich lebensfroh und herzlich geblieben sind.

»So, und jetzt noch mal zu deiner Jorinde …« Enna nimmt sich die Kette und mustert sie. »Die Kunst der Filigranherstellung stammt aus dem Vorderen Orient und ist durch Seefahrer nach Ostfriesland gebracht worden. Übrigens auch nach Nordfriesland, wo man meines Wissens allerdings weitestgehend Silber benutzt hat. Die Ostfriesen waren zu der Zeit wohl das reichere Volk.« Sie kneift die Augen zusammen und betrachtet Frau Fischermanns Kette noch etwas genauer. »Das ist ein sehr schönes und auch ungewöhnliches Filigran. Ostfriesenschmuck in Verbindung mit einer Perlenkette habe ich allerdings so noch nie gesehen. Auch die Blütenform finde ich sehr ungewöhnlich. Traditionell wurden für Ostfriesenschmuck früher häufig Halbmondformen verwendet, die man *Halfmantjes* nennt. Natürlich bin ich keine Expertin, und das ist alles nur Halbwissen, aber ich schätze mal, dass es sich hierbei nicht um antiken Schmuck handelt.

Jetzt müsste man wissen, wann deine Frau Fischermann hier immer Urlaub gemacht hat. Auf Juist gibt es einen Juwelier, der auch heute noch Filigrane anfertigt. Dafür braucht man jede Menge Fingerspitzengefühl. Es ist im wahrsten Sinne des Wortes eine Kunst. Er ist im Winter allerdings nicht auf der Insel, sondern sitzt gerade irgendwo mit seiner Frau in der Sonne und genießt seinen Urlaub.«

»Und was mache ich jetzt damit?« Ich schaue ratlos in die Runde.

»Behalten«, schlägt Jella vor. »Es ist wirklich schön. Und die alte Dame hat es dir ganz offiziell vermacht. Das hat ja sogar der Sohn bestätigt, wie du gesagt hast.«

»Du musst mir etwas versprechen. Bring die Kette zurück zu meiner großen Liebe, nach Juist«, wiederhole ich noch einmal.

»Das hat sie genau so gesagt?«, hakt Merle nach.

Ich überlege einen Moment und nicke.

»Was, wenn sie damit gar keine bestimmte Person gemeint hat?«, fragt Merle. »Wenn Juist ihre große Liebe war und sie einfach nur wollte, dass du damit noch einmal auf ihre geliebte Insel fährst?«

Es ist einen Moment still im Raum. Nur Einsteins leises Schnarchen kann man hören.

Es ist schließlich Enna, die zuerst auf Merles Vermutung reagiert. »Zu meiner großen Liebe, nach Juist … Wenn ich das gesagt hätte, hätte ich ganz sicher auch die Insel gemeint. Von meinen beiden Männern auf jeden Fall keinen.«

»Und das Filigran in Blumenform, mit einer Perle in der Mitte, wie im Märchen? Joringel hat seine Jorinde mit einer purpurfarbenen Blume befreit, in deren Mitte eine Perle saß.«

»Die allerdings ein Tautropfen war und nur so aussah wie

eine Perle, soweit ich weiß«, gibt Enna Kontra. »Ich finde, an Merles Idee könnte durchaus etwas dran sein. Aber du könntest auch noch ein paar der Insulaner fragen, die etwas älter sind. Teeske zum Beispiel, sie ist sechsundneunzig. Oder Keno, er ist achtundachtzig.«

»Keno?«, hake ich nach. »Das ist ja ein Ding. Meine Freundin Jana erwartet auch ein Kind. Und ihr Mann hat letztens genau den Namen vorgeschlagen. Heute höre ich ihn zum zweiten Mal.«

»Das ist die friesische Kurzform von Konrad«, erklärt Merle. »Ein sehr schöner Name, wie ich finde. Wir hatten auch darüber nachgedacht.« Sie lächelt. »Aber da wussten wir noch nicht, dass es ein Mädchen wird.«

»Wie wird sie heißen? Wisst ihr das schon, oder ist es noch geheim?«

»Wir streiten noch«, erklärt Merle und lächelt. »Ich bin für Ylvie. Das bedeutet *kleine Wölfin*, und der Gedanke gefällt mir. Jannes ist für Meret, was mir eigentlich auch sehr gut gefällt, allerdings finde ich ihn meinem zu ähnlich. Meret kommt übrigens aus dem Altgriechischen und bedeutet *Perle*. Wobei wir wieder beim Thema Schmuck wären – und vom Klang her auch fast wieder bei *Merle*.« Sie lacht, aber ich höre nur noch mit einem Ohr zu, denn ich habe mich in dem Moment daran erinnert, in dem sie den Namen ausgesprochen hat.

Meret, so hieß Max' Frau. Schon damals hat mir der Name sehr gut gefallen. Außerdem fand ich, dass beide Namen wunderbar zusammenpassen, Meret und Max.

»Was ist? Ist dir nicht gut?« Jella legt ihre Hand auf meinen Arm und holt mich aus meiner kleinen Gedankenreise zurück in die Gegenwart.

»Doch, alles gut, danke, ich glaube, ich bin einfach nur kaputt und müde«, weiche ich aus. »Dazu kommt das zweite Glas Grog, das mir echt den Rest gegeben hat.« Gelogen ist das nicht.

Enna schaut auf die große runde Küchenuhr über der Eingangstür. »Viertel nach neun, wie schnell die Zeit mal wieder verflogen ist.«

»Ach herrje, mein Mann, Pawel wartet bestimmt auch schon«, sagt Jella. »Steht dein Angebot mit dem Pott Suppe für ihn noch, Enna?«

Enna nickt. »Natürlich, ich habe sie schon abgefüllt.«

»Das ist lieb, danke.« Jella sieht zu mir. »Ich wohne nur drei Häuser weiter. Neben unserem Haus ist eine große Wiese. Willst du mitkommen?«

11. Kapitel

Es ist halb zehn, als ich mich mit Jella und Einstein noch einmal raus in die Kälte wage.

Der Wind peitscht uns entgegen. Er wirbelt Schnee auf und treibt ihn vor sich her.

»Ich schätze mal, dass wir ab morgen abgeschnitten sein werden vom Rest der Welt«, sagt Jella. »Das wird nicht einfach für Agata, ihre Gäste auf die Insel zu bekommen.«

»Und wie lange wird das anhalten? Kann man das voraussagen?«, frage ich.

»Ein paar Tage bestimmt, aber ganz sicher weiß man das nie.«

Gut, denke ich, dann hat sich Janas und Simons Besuch hier auf der Insel von selbst erledigt. Manchmal werden einem die Entscheidungen eben doch abgenommen. Das Wetter ist aber auch wirklich bescheiden. Selbst Einstein scheint es nicht zu behagen. Nachdem er auf der Schnee-Wiese Pipi gemacht hat, bleibt er stehen und sieht mich an.

Jella lacht. »Dein Hund will auch zurück. Schafft ihr das allein?«

»Klar. Ist ja wirklich nicht weit.«

»Okay, dann macht es mal gut, ihr beiden. Eine erholsame Nacht wünsche ich dir. Merk dir, was du träumst. Wenn es schön ist, wird es in Erfüllung gehen.«

»Mach ich. Schlaf du auch gut, Jella. Und danke für den schönen Abend.«

Froh darüber, dass ich nun einen Platz nicht weit entfernt von meiner Ferienwohnung für eine allerletzte Pipirunde kenne, gehe ich zurück, wobei mir etwas schummrig wird. Der Rum hat mich ausgeknockt, denke ich. Und dass ich nicht weiß, wie das Wort geschrieben wird. *Ausgenoggt oder doch ausgenockt?* überlege ich – und warum ich mir plötzlich über so viele unwichtige Dinge Gedanken mache.

Oben in meiner Wohnung ziehe ich Schuhe und Jacke aus und hole zuerst einen Block und einen Stift aus meinem Koffer. Ich habe mir vorgenommen, hier auf der Insel mal ganz altmodisch ein paar Briefe zu schreiben. Aber erst einmal notiere ich die Fragen, die ich mir schon gestellt habe, seit ich hier bin. Direkt darunter lasse ich jeweils ein bisschen Platz, damit ich sie bei Gelegenheit beantworten kann:

- *Wo schlafen die Möwen im Winter?*
- *Bekommen sie kalte Füße, wenn sie auf Eis stehen?*
- *Warum frieren sie darauf nicht fest?*
- *Kann Schnee salzig schmecken?*
- *Wie schmeckt oder riecht das Glück?*
- *Gibt es Rehe auf Juist?*
- *Heißt es ausgenoggt, ausgeknockt oder ausgenockt?*

Die vierte Frage habe ich mir vorhin bereits selbst beantwortet. Nein, er schmeckt auch hier nicht salzig. Auch die letzte Frage beschließe ich sofort zu beantworten und frage Google. Kurz darauf weiß ich, dass die zweite Version die richtige ist, da das Wort vom Englischen *knock out* entlehnt wurde.

Über was für einen Unsinn ich manchmal nachdenke, überlege ich. Der Rum hat mir anscheinend das Hirn vernebelt. Auch die Frage mit den Rehen kann ich sofort beantworten. *Ja*, schreibe ich. *Es gibt Rehe auf Juist.* Und da blitzt sofort das nächste Fragezeichen in mir auf. Und ich schreibe:

– *Aber wo kommen die her? Sind sie durchs Meer geschwommen?*

»Manchmal bist du echt durchgeknallt, Caro«, sage ich zu mir selbst. Oder wie hat Jana letztens so schön gesagt? »Ich finde auch manchmal, dass ich schlau bin. Und dann mache ich wieder so komische Sachen …« Ich schüttele den Kopf, beschließe, den Rest des Abends nicht mehr nachzudenken und es mir gemütlich zu machen. Aber dafür muss ich erst einmal meinen Koffer und die Reisetasche auspacken. Ich sehe mich im Zimmer um.

»Wo lassen wir dich schlafen, Einstein?«

Ich entscheide mich für einen Platz neben der Couch und platziere seine Hundedecke dort. Die Näpfe lasse ich im Flur stehen. Der ist gefliest. Da macht es nichts aus, wenn Einstein mal schlabbert.

Etwa zwanzig Minuten später habe ich all meine Klamotten verstaut und mich umgezogen. Ich stecke in meinem Pyjama und den obligatorischen dicken Wollsocken. In der Küche habe ich verschiedene Teesorten und eine hübsche Kanne gefunden und stehe jetzt mit einer dampfenden Tasse

Kräutertee am Fenster, schaue nach draußen und frage mich, was mit mir los ist, seit ich auf Juist bin. Obwohl es mir hier eigentlich sehr gut geht, fühle ich mich plötzlich irgendwie traurig. Ich denke an meine Oma, meinen Opa, an meine Schwester und daran, wie sehr sie mir immer noch fehlen. Dabei kommt mir auch Jana in den Sinn. Wieder einmal wird mir bewusst, wie glücklich ich darüber bin, dass sie noch immer bei mir sein darf.

Prompt meldet sich mein schlechtes Gewissen. Meine Freundin will mich besuchen kommen, und ich freue mich darüber, dass das aus Wettergründen wahrscheinlich nicht möglich ist.

Ich hole mein Handy, setze mich im Schneidersitz auf die Couch und rufe Jana an. Einstein rollt sich seufzend auf seiner Decke zusammen. Auch für ihn war es ein anstrengender Tag.

Jana geht sofort ran.

»Und?«, fragt sie.

»Sieht schlecht aus«, antworte ich. »Wahrscheinlich kann man die Insel die nächsten Tage erst einmal nicht erreichen. Durch den starken Ostwind und die Kälte kann die Fähre nicht übersetzen. Und auch die Flieger werden dann nicht starten. Aber ehrlich gesagt wollte ich dir sowieso sagen, dass ich gerne einmal ganz für mich allein sein würde. Versteh mich nicht falsch, du weißt, wie viel du mir bedeutest. Aber ich habe das Gefühl, dass ich mich hier mal mit Dingen auseinandersetzen muss, die ich schon seit Ewigkeiten verdränge. Und ich glaube, dafür muss ich allein sein.«

»Gut!«, sagt Jana und lacht. »Dann kann ich ganz gemütlich mit Simon auf der Couch mit einem guten Film ins neue Jahr starten. Ich wollte nur kommen, damit du nicht allein bist.«

»Echt jetzt?«

»Jepp! Ich habe Lust auf Raclette und dazu einen Film nach dem anderen.«

Jetzt muss auch ich lachen. »Und ich hatte schon ein schlechtes Gewissen, dass ich dich auslade.«

»Was? Warum das denn? Seit wann muss eine von uns ein schlechtes Gewissen haben, wenn sie keine Lust oder Zeit oder andere Gründe für eine Absage hat? Das war doch nie ein Problem zwischen uns. Wir lassen alles stehen und liegen, wenn wir einander brauchen. Aber wir nehmen uns auch das Recht heraus, einfach mal Nein zu sagen. Das macht unsere Freundschaft doch so besonders.«

»Das stimmt. Ach, ich weiß auch nicht, was auf einmal mit mir los ist. Ich mache mir ständig Gedanken, seit ich hier bin. Teilweise auch über absolut unwichtige Sachen. Zum Beispiel darüber, ob Möwen kalte Füße kriegen oder festfrieren können, wenn sie auf dem Eis sitzen. Oder wo sie im Winter schlafen. Ich habe aber noch mehr Fragen. Und nicht nur das, ich habe sie alle auf eine Liste geschrieben. Und du weißt, wie sehr ich Listen hasse.«

»Möwen haben immer kalte Füße, dafür sorgt ein ausgeklügeltes Wärmeaustauschsystem. Kalt auf kalt friert nicht fest. Und sie schlafen in Gruppen zusammen auf dem Wasser – wenn sie nicht von Haien gefressen werden.«

»Gibt es in der Nordsee auch Haie?«, frage ich.

Jana lacht. »Klar, Katzenhaie zum Beispiel.«

»Und die fressen Möwen?«

»Ich glaube eher nicht. Aber sie legen Eier.«

»Okay, die Logik verstehe ich nicht.«

»Ist mir nur gerade eingefallen. Ich glaube, das habe ich mal in einer Quizshow gehört.«

»Du bist genauso schräg wie ich.«

»Ich bin schlimmer.« Jana kichert. »Willst du meine Meinung als Hobbypsychologin hören?«

»Nein, die meiner Freundin.«

»Das ist das Gleiche. Also, ich vermute, du machst dir Gedanken um das unwichtige Zeug, weil du dadurch den wirklich wichtigen Fragen ausweichst. Oder …« Meine Freundin legt eine kleine, bedeutungsvolle Pause ein. »Es ist genau andersrum. Du gönnst dir den Luxus, auch mal über Blödsinn nachzudenken, weil du dich täglich mit Dingen auseinandersetzen musst, die dir das Herz schwer werden lassen.«

»Danke, das hilft mir echt weiter«, sage ich, muss aber jetzt auch lachen.

»Ich favorisiere die zweite Variante. Mir gefällt es, dass du über unsinnige Dinge nachdenkst. Was steht noch auf deiner Liste?«

»Okay, hör zu …« Ich lese alle Punkte vor.

»Wie kommst du darauf, dich zu fragen, wie das Glück schmeckt oder riecht?«, fragt Jana im Anschluss. Und sie lacht herzlich, als ich ihr die Geschichte mit den Pferdeäpfeln erzähle.

»Das hat gutgetan.« Ich seufze wohlig auf. »Lachen ist doch immer die beste Medizin.«

»Du sagst es.« Meine Freundin gähnt herzhaft. »Aber jetzt muss ich mich bettfertig machen. Es ist schon kurz vor zehn. Das Baby im Bauch stiehlt mir echt jede Menge Energie. Ich bin ständig müde und liege jeden Abend allerspätestens um halb elf in der Falle.«

»Eine völlig normale Uhrzeit, wenn du mich fragst«, sage ich und gähne auch. »Du hast mich angesteckt.«

»Dann schlaf mal gut in deinem Hochbett – und träum süß. Mach dir bitte weiter blödsinnige Gedanken, und schreib sie auf. Und wenn du wieder zu Hause bist, beantworten wir sie zusammen. Das wird lustig.«

»Das ist eine schöne Idee. Gute Nacht, Jana.«

Noch einmal stelle ich mich ans Fenster und bewundere die leuchtenden Kugeln. In ihrem Licht glitzert der Schnee, den der Wind aufwirbelt. Plötzlich wird es von einer Sekunde auf die andere dunkel, als alle Lampen gleichzeitig erlöschen. Bestimmt eine Zeitschaltuhr, überlege ich und schaue auf das Display meines Handys. Es ist genau zehn Uhr. Ich gehe ins Badezimmer, freue mich darüber, dass ich auch hier eine Wanne habe, und bin einfach nur froh darüber, dass ich auf Juist so herzlich empfangen wurde.

Um Viertel nach zehn liege ich bereits im Bett. An das Allein-Schlafen habe ich mich mittlerweile gewöhnt. Dazu hatte ich ein halbes Jahr Zeit. Aber heute ist es doch etwas Besonderes. Ich liege in einem Hochbett auf dem Töwerland. Die Vorhänge habe ich nicht zugezogen. Morgen früh möchte ich mich von der Sonne wecken lassen. Und wenn die nicht scheint, einfach so aufwachen, wenn ich ausgeschlafen habe. In die warme Daunendecke eingekuschelt, mache ich mir positive Gedanken. Schwer fällt mir das heute nicht.

Max' Stimme reißt mich aus meinen Gedanken.

»Morgen«, sagt er. Ich höre, wie er barfuß über den Parkettfußboden zu mir kommt und dicht hinter mir stehen bleibt. Er hebt mein Haar hoch und küsst sehr sanft meinen Nacken. »Was machst du schon so früh am Schreibtisch?«

»Die blöden Steuern«, erkläre ich.

»Das hat Zeit.« Max lacht ganz leise. »Komm wieder ins Bett.«

»Ich bin gleich fertig.«

»Jetzt«, sagt Max und pustet seinen warmen Atem an mein Ohr.

»Na gut, du hast gewonnen.« Ich schließe die Augen, als er langsam meinen ersten Blusenknopf aufknöpft.

Doch wir haben die Rechnung ohne Einstein gemacht, der wie aus dem Nichts plötzlich angerannt kommt und laut bellt.

»Einstein!«, schimpfe ich, und das Bellen verstummt. Aber dafür ertönt das dunkle Knurren, das ich auch gestern schon gehört habe, als plötzlich die Rehe aufgetaucht sind. Ich öffne die Augen und brauche einen Moment, bis ich begreife, wo ich wirklich bin und dass ich geträumt habe. Da Einstein noch immer knurrt, richte ich mich auf.

»Was ist denn los?«

Er sitzt vor der Fensterfront und taxiert irgendetwas im Garten. Ich strecke mich, klettere aus dem Bett und tapse, immer noch leicht benommen, zu ihm.

»Das ist ein Fasan«, sage ich. »Der tut dir nichts.« Ich reibe mir den Schlaf aus den Augen, kneife die Lider zusammen und schaue etwas genauer hin. Der große Vogel sieht wunderschön aus mit seinem rostbraunen Gefieder, dem grünen Kopf und den langen gestreiften Schwanzfedern. Er stakst durch den Schnee, doch plötzlich stört ihn etwas, und er fliegt davon, in

Richtung der Dünen, hinter denen das Meer liegt. Mein Blick bleibt genau dort kleben. Die Dünen sehen aus wie gepudert. Stellenweise bricht das bräunliche Gras hindurch und bildet einen eindrucksvollen Kontrast zum weißen Schnee und dem hellen Sand, der immer noch sichtbar ist. Dahinter liegt die Nordsee. Es scheint immer noch sehr windig zu sein. Genau wie gestern wird loser Schnee durch die Luft gewirbelt. Aber die bedrohlich wirkenden Wolken haben sich verzogen. Die Sonne scheint. Es ist taghell draußen.

Ich hole mein Handy, um ein Foto zu schießen, und bin überrascht, als ich die Uhrzeit auf dem Display sehe. Es ist bereits kurz nach zehn, ich habe fast zwölf Stunden geschlafen. Währenddessen habe ich drei Nachrichten bekommen, alle heute Morgen.

Die erste ist von meiner Mutter.

Das sieht sehr schön aus. Erhol dich gut, und pass auf dich auf, schreibt sie.

Ein kleiner Seufzer entfährt mir. Ich nehme mir vor, sie nachher mal anzurufen, und öffne die nächste Nachricht.

Sie ist von Jörn.

Ich kann ja verstehen, dass du nicht mit mir reden willst. Aber wir müssen uns trotzdem noch mal über die Eigentumswohnung unterhalten, da ich jetzt doch lieber verkaufen möchte. Übrigens war ich heute bei dir, weil ich gehofft habe, du würdest mir vielleicht doch die Tür öffnen. Aber stattdessen haben mich zwei deiner Nachbarinnen wüst beschimpft.

Vielleicht solltest du dir mal darüber Gedanken machen, ob du die Eigentumswohnung nicht doch behalten willst. Das Viertel, in dem du wohnst, scheint ja nicht sehr prickelnd zu sein. Also lass uns bitte reden. Oder möchtest du, dass am Ende alles unsere Anwälte klären?

»Ups«, sage ich laut. »Da ist aber jemand angepisst.« Dann huscht ein Lächeln über mein Gesicht. Mit meinen Nachbarinnen meint Jörn bestimmt Frau Matuschyk und Frau Herger. Schade, da hätte ich zu gerne Mäuschen gespielt, denke ich, als ich schmunzelnd die nächste Nachricht öffne. Sie ist von Jana:

Guten Morgen, ich wünsche dir einen wunderschönen Inseltag. Hast du gut geschlafen?

Ja, das habe ich und dabei von Max geträumt, wie mir prompt einfällt.

Na prima! Kaum läuft mir ein Kerl über den Weg, werde ich wuschig. Wer weiß, was im Traum noch alles passiert wäre, wenn Einstein mich nicht durch sein Bellen geweckt hätte.

Ich öffne das Fenster, um ein Foto zu knipsen, halte aber überwältigt inne, als ich das Rauschen des Meeres höre. Dass ich so nah am Wasser wohne, habe ich gestern Abend gar nicht bemerkt. Ich lasse meinen Blick über die Dünen bis zur Brandung schweifen und dann über das Meer. Dabei atme ich tief durch und habe tatsächlich das Gefühl, ein wenig Salz dabei zu schmecken. So bleibe ich einen Moment stehen und genieße den Wind, der durch mein Haar pustet, bis ich merke, wie kalt es ist und dass ich anfange zu frieren. Schnell schließe ich das Fenster, freue mich aber über den Spaziergang, der gleich auf uns wartet.

Im Badezimmer betrachte ich mich skeptisch im Spiegel. Mein Haar ist zerzaust, und an meinem Pyjamaoberteil stehen zwei Knöpfe offen. Ich bin mir zwar sicher, dass die vor dem Schlafengehen auch schon auf waren, muss aber trotzdem grinsen, weil mir der Traum wieder einfällt. Es ist Ewigkeiten her, dass ich von einem Mann geträumt habe. Und jetzt bereue ich es fast ein bisschen, dass ich nicht miterleben durfte, wie das mit Max und mir weiterging. Aber ich versuche auch tagsüber die Dinge positiv zu sehen, wenn es irgendwie möglich ist.

»Du bist wieder da, Caro«, sage ich zu meinem Spiegelbild und lächle mir zu. »Die Frau in dir ist wieder zum Leben erwacht.«

Ich binde mir mein Haar zu einem Zopf. Dabei fällt mir plötzlich Jella ein. Sie hat gesagt, ich soll mir merken, was ich im neuen Bett in der ersten Nacht geträumt habe. Und dass es Wirklichkeit werden würde. Im Traum hatte ich etwas kürzeres Haar, aber es war immer noch ein halblanger Bob. Allerdings hatte ich rötliche Strähnchen, ähnlich wie Merle. Und es sah verdammt gut aus. Zumindest diese Stelle meines Traumes könnte ich ganz leicht Wirklichkeit werden lassen. Ob es einen Friseur auf der Insel gibt, der um diese Jahreszeit geöffnet hat? Das werde ich heute mal in Erfahrung bringen, beschließe ich.

12. Kapitel

Weit und breit ist kein Mensch zu sehen. Einstein und ich sind ganz allein unterwegs. Noch nicht einmal einer Möwe begegnen wir. Selbst denen ist das Wetter zu ungemütlich. Der Wind pustet nicht nur Schnee, er weht uns hier am Strand auch Sandkörner entgegen.

Jetzt wäre eine Skibrille nicht schlecht, um die Augen zu schützen, denke ich und fasse die Hundeleine fester, damit Einstein mir nicht am Ende noch weggefegt wird. Ich drehe mich mit dem Rücken in Richtung Osten, woher der Wind kommt. Er ist so stark, dass er mich fast auffängt, als ich mich zurücklehne. Auch Einstein hält dem Wind instinktiv sein Hinterteil entgegen. Er wird ordentlich durchgepustet. Nachher muss ich wahrscheinlich massenhaft Sand aus seinem Fell kämmen.

Bis zum Wasser sind es nur noch ein paar Meter. Wir gehen seitlich und werden immer wieder vom Wind angeschubst und in eine andere Richtung getragen. Ich überlege, ob wir besser umkehren sollten, aber da ebbt der Wind plötzlich etwas ab. Es ist nicht mehr weit – ein paar Schritte, und wir stehen am Wasser.

Trotz des Eises scheint das Meer zu brodeln. Mit jeder starken Welle werden die Eisschollen zusammengeschoben und aufgetürmt. Der Spülsaum zu meinen Füßen wirkt wie in der Bewegung eingefroren – Welle für Welle aufeinandergeschobenes Crushed-Eis. Die See und die unzähligen filigranen Eiskristalle funkeln in der Morgensonne. Was für ein traumhafter Anblick! Ich atme tief ein, möchte auch hier, direkt am Meer, wenigstens einmal meine Lungen mit der salzigen Luft fluten. Aber der eisige Wind reißt meinen Atem mit, und ich lege schnell schützend meine Hand vor das Gesicht. Eine Weile bleibe ich einfach so stehen und lausche dem dumpfen Knirschen. Hin und wieder klingt es beinahe krachend, wenn die Schollen aufeinandertreffen. Das Geräusch der See im Winter ist ein anderes als im Sommer. Ich fühle, wie sich mit dem stetigen Auf und Ab der Wellen in meinem Inneren etwas löst, das sich schon seit langer Zeit dort aufgestaut hat. Tränen füllen meine Augen und laufen über meine Wangen. Sie schmecken salzig wie das Meer. Ich schluchze auf, gleich ein paar Mal hintereinander, sodass mir fast die Luft zum Atmen fehlt.

»Ach, Scheiße«, fluche ich.

Und dann schreie ich einfach los, schleudere all meine Wut und auch meine Trauer laut auf das Meer hinaus. Es sind nur ein paar Sekunden, aber sie genügen, um mich innerlich zur Ruhe kommen zu lassen. Als ich versuche, wieder zu Atem zu kommen, werde ich von einem Windstoß erfasst und lande beinahe im Wasser.

Beeindruckt von so viel Naturgewalt, trete ich den Rückweg an. Obwohl ich meine lange Merinounterwäsche trage, ist mir kalt.

»Komm, Einstein«, brülle ich gegen das Tosen des Windes und das laute Rauschen des Meeres an und renne los. Erst als wir uns auf dem Weg zwischen den Dünen befinden, halte ich an. Meine Brust schmerzt vom Einatmen der eiskalten Luft. Aber mir geht es gut, ich fühle mich befreit.

»So, jetzt schau ich gleich mal im Supermarkt, ob ich was Leckeres für uns beide finde.« Ich habe heute Morgen noch nichts gegessen und habe auf einmal das Gefühl, ein Loch im Bauch zu haben. Was würde ich jetzt für ein üppiges Frühstücksbuffet geben. Und dabei bin ich normalerweise kein großartiger Frühstücker. Ob das an der Meeresluft liegt? Regt sie wirklich den Appetit an? Und warum eigentlich? Wieder was für die Liste. Wenn ich jetzt so darüber nachdenke, gefällt mir Janas zweite hobbypsychologische Deutung meines Hangs zu blödsinnigen Fragen wesentlich besser. Melancholisch bin ich oft genug, manchmal sogar etwas schwermütig, muss ich zugeben. Es wird Zeit, mal wieder Unsinn zu denken – und zu machen, entscheide ich. Ich bücke mich, forme einen Schneeball, schleudere ihn weg und laufe lachend mit Einstein los, der mich an seiner Leine hinter sich herzieht, um den Ball zu fangen.

Auf die Idee mit den Schneebällen sind auch noch andere gekommen.

Als ich zwischen den Dünen heraustrete, sehe ich, dass sich vor Ennas Haus zwei Männer eine erbitterte Schlacht liefern. Einer der beiden trägt eine schwarze Wollmütze, der andere ist etwas kleiner – und oben ohne – zumindest auf dem Kopf. Sein dichtes blondes Haar und sein Vollbart schützen ihn anscheinend auch so vor der Kälte. Bisher haben die beiden mich noch nicht bemerkt. Sie lachen, brüllen sich an und bewerfen sich mit Schnee. Erst als Einstein laut bellt, schauen sie in meine Richtung.

»Bist du Caro?«, ruft der etwas Größere mit der schwarzen Mütze.

»Ja«, rufe ich zurück.

»Gut.«

Ohne Vorwarnung fliegt ein Schneeball in meine Richtung. Der Vollbart jedoch solidarisiert sich mit mir. Er gibt dem Großen eine Breitseite.

Das kann ich nicht auf mir sitzen lassen. Diese Herausforderung muss ich annehmen. Als Kind habe ich Handball gespielt und bis vor Kurzem noch Volleyball in einer Hobbymannschaft. Zwar habe ich den Verein direkt verlassen, nachdem ich Jörn mit Fiona in der Umkleide erwischt habe, aber mit Bällen kann ich immer noch umgehen. Ich ziele und erwische unseren Gegner am Kopf.

»Nicht schlecht«, ruft er und wirft in hohem Bogen einen Schneeball zu Einstein. Er springt hoch und zerbeißt ihn in der Luft. »Du kannst ihn ruhig von der Leine lassen. Enna meint, er beißt nur Männer mit Vollbart.«

»Eigentlich hatte ich ihn auf Männer mit Mützen dressiert«, kontere ich und löse Einsteins Leine.

Hundegebell und dunkles Männerlachen ertönen. Ich quietsche hell auf, als ein Teil eines Schneeballs, den ich geschickt mit den Händen abwehre, es doch unter meine Kapuze schafft und nun in meiner Halsbeuge klebt. Und nur kurz darauf flucht jemand hinter mir laut. Enna ist mit ihrem E-Bike um die Ecke gekommen und hat wohl auch etwas abbekommen.

»Wie die kleinen Kinder«, schimpft sie. Aber ihre Augen strahlen dabei fröhlich. »Dann habt ihr euch also schon kennengelernt.« Sie schiebt ihr Rad an uns vorbei bis zum Schuppen. »Und wehe, einer von euch wagt es und schmeißt mir was in den Nacken!«

»Das würden wir uns nie trauen«, sagt der Mützenmann. Aber ich kann in seinen Augen sehen, dass es ihn doch in seinen Fingern juckt.

Mein Blick fällt auf den Weg, der von Ennas Haustür bis zu meiner führt. Der Schnee wurde weggeschippt. »Ich nehme an, einer von euch ist Jannes.«

Der Mützenmann hebt seinen Arm.

»Ich bin Ole«, sagt der andere. »Jannes' Bruder, Merles Schwager und Jellas Sohn.«

»Ich bin Caro, aber das wisst ihr ja schon.«

Jannes nickt und grinst. »Ja, du bist die Frau, die Max Herre mit auf die Insel gebracht hat.«

»Na klar!«, antworte ich. »Wen hättet ihr denn beim nächsten Mal gerne?«

»Helene Fischer«, sagt Ole, und zwar ohne großartig darüber nachdenken zu müssen.

»Nee, is nicht dein Ernst, oder?«, hake ich nach.

»Ole steht auf Blondinen«, erklärt Jannes und wirft den letzten Schneeball sachte gegen seinen Bruder. »Aber die Blondinen meistens nicht auf ihn.«

»Ja, danke auch.« Ole zuckt mit den Schultern. »Bau mich nur auf«, sagt er lakonisch – und dann grinst er.

Geschwisterliebe, denke ich wehmütig. Was sich liebt, das neckt sich.

»Max ist bei Paul«, erklärt Jannes da. »Ich habe mich gestern Abend noch mit den beiden getroffen.«

»Dann hat das *Achterdiek* vielleicht bald noch einen Spitzenkoch mehr.« Ole nickt wie zur Bestätigung. »Fänd ich gut.«

»Wer weiß, vielleicht hecken die beiden ja auch was gemeinsam aus, hatten sie doch schon mal vor.« Jannes sieht zu mir. Ich habe zugehört und bin immer noch überrascht darüber, dass die beiden sich anscheinend kennen. »Hat Max dir erzählt, dass er mal hier gearbeitet hat, Caro?«

»Ja, aber was die Details angeht, war er eher sparsam.«

»Na, immerhin hat er überhaupt mit dir geredet. Das kannst du schon mal als Kompliment für dich verbuchen.« Jannes lächelt mich an. »Max hat mal mit Paul in einem Restaurant auf Juist gearbeitet, aber nur sehr kurz, knapp zwei Wochen. Er kam mit seinem Chef überhaupt nicht klar und hat die Insel sofort wieder verlassen. Kurz darauf ist auch Paul abgehauen. Die beiden kennen sich schon seit der Ausbildung. Und seitdem planen sie immer mal wieder ein gemeinsames Projekt. Aber irgendwie finden sie dann doch nie zusammen.«

»Max hat mir erzählt, dass er eine Imbissbude hat«, sage ich.

»Fast & Slow«, erklärt Jannes. »Wenn du bei Max eine Currywurst bestellst, bekommst du eine, die er eigenhändig in einen Darm gedrückt hat, und kannst dir ganz sicher sein, dass das Tier in der Nähe und artgerecht aufgezogen und geschlachtet wurde. Die Soße kommt nicht aus der Flasche, sondern sozusagen frisch vom Markt oder aus dem eigenen Garten.«

Das passt! schießt es mir durch den Kopf, und mir gefällt, dass ich jetzt das Gleiche denke wie er über mich.

Da sagt Jannes: »Dass er Gitarre spielen kann, wusste ich allerdings bisher noch nicht. Deswegen habe ich eine Weile gebraucht, um zu verstehen, von wem meine Mutter mir da erzählt hat. Da Max damals nur kurz auf der Insel war, hat sie ihn nicht kennengelernt. Sonst hätte sie sich ganz sicher an ihn erinnert und ihn nicht verwechselt.«

Er spielt sehr gut, und singen kann er auch, liegt mir auf der Zunge, aber ich behalte es dann doch lieber für mich. Wenn ich jetzt hier erzähle, was ich schon die ganze Zeit weiß, und das letztendlich bei Max landet, findet er das mit Sicherheit nicht gut. »Dass sie ihn verwechselt hat, kann ich verstehen«, sage ich also. »Die beiden sehen sich schon ähnlich.«

»Sag bloß, du hast ihn deswegen an der Raststätte eingesammelt«, mischt Ole sich jetzt ins Gespräch ein.

Da ich auch darauf nicht antworten möchte, schweige ich. Jannes knufft seinen Bruder in die Seite. »So ist das mit den Blondinen. Die stehen auf die großen düsteren Kerle und nicht auf die blonden mit Vollbart. Sag ich doch.«

Da kommt zum Glück Enna wieder aus dem Schuppen.

»Jannes hat ein Rad für dich fertig gemacht, Caro, mit einem Einkaufskorb hinten. Du willst ja bestimmt auch mal in den Hauptort, dich umschauen oder ein paar Besorgungen machen. Zu Fuß bist du bei dem Wetter bestimmt eine Dreiviertelstunde unterwegs, vielleicht auch länger. Es ist das rote Rad, gleich links im Stall. Der steht immer offen. Du kannst es dir einfach rausnehmen, wenn du es brauchst.«

»Danke, das ist wirklich sehr nett von euch.«

Enna nickt und geht ins Haus. In der Tür bleibt sie noch einmal stehen. »Den Hund kannst du übrigens gerne mal bei mir parken, wenn du länger unterwegs sein solltest. Es ist für ihn bestimmt schöner, wenn er dann da oben nicht allein in einer unbekannten Umgebung ist.«

»Oh ja, sehr gerne.«

»Heute Abend zum Beispiel«, schlägt Jannes vor, aber das bekommt Enna schon nicht mehr mit. Sie ist im Haus verschwunden.

»Was meinst du mit heute Abend?«, frage ich.

»Da kommen ein paar Freunde Merle und mich besuchen. Agata und Adam, die bald heiraten, Merles Freundin Conny, Paul – und Max.«

Aha, daher weht der Wind. Ich beschließe, zumindest in dieser Sache ehrlich zu sein. »So, wie ich das mitbekommen habe, weiß hier immer jeder über jeden Bescheid. Ich bin mir also fast sicher, dass deine Mutter dir erzählt hat, dass ich Max gefragt habe, ob wir uns wiedersehen. Und er hat gesagt, er wolle das dem Zufall überlassen.«

Jannes grinst mich an. »So ein Zufall aber auch, dass ich dich gerade eingeladen habe.«

Doch ich winke ab. »Manipulierte Zufälle zählen nicht. Außerdem hab ich ein bisschen Schiss, hier nachts mit dem Rad rumzukurven, vor allem, seit ich weiß, dass es hier Killerrehe gibt.«

»Ich könnte dich abholen«, schlägt Ole vor. »Mein Bruder hat ganz vergessen zu erwähnen, dass ich auch dabei bin. Und ich würde mich freuen, wenn du mitkommst.«

Jannes schüttelt den Kopf. »Sag bloß, du willst Conny eifersüchtig machen.«

»Was? Wie kommst du denn darauf? Glaub ihm kein Wort, Caro.« Ole sieht mich mit großen Augen an und erinnert mich dabei fast ein bisschen an Einstein.

»Wer ist Conny?«, frage ich.

»Merles beste Freundin«, antwortet Ole.

»Und Oles beste Freundin mit gewissen Vorzügen«, fügt Jannes hinzu. »Freundschaft plus, wie man so schön sagt.«

»Was es nicht alles gibt«, entfährt es mir. »Freundschaft plus …«

»Wir könnten als stinknormale Bekannte gehen, die sich heute kennengelernt haben und sich sympathisch finden – ohne irgendwelche Hintergedanken«, schlägt Ole vor.

»Ein gemütliches Beisammensein unter Freunden«, sagt Jannes und spielt seine Trumpfkarte aus. »Merle wird sich bestimmt auch riesig freuen, wenn du kommst. Sie wird wieder einen ganz fantastischen Nachtisch in der Küche zaubern oder irgendwas backen. Und ich schätze mal, dass Paul und Max es sich nicht nehmen lassen, für den herzhaften Part zu sorgen.« Er grinst. »Außerdem habe ich eine Flasche von Ennas Rum zu Hause stehen. Du weißt schon, der mit dem Vanille- und sonst was Aroma. Meine Frau war auf jeden Fall schwer begeistert von deinem Geschmackssinn.«

»Ach, was solls. Warum eigentlich nicht?«, frage ich mich selbst.

»Super, ich hol dich um sieben ab.«

Ich seufze tief auf. »Überredet!«

Da geht prompt die Haustür auf, und Merle erscheint auf der Schwelle.

»Haben sie dich geärgert, Caro?«, ruft sie. Sie zeigt auf ihren Bauch. »Mich packen sie schon seit Wochen in Watte.« Sie bückt sich, formt einen Schneeball und wirft ihn in Jannes' Richtung, trifft ihn aber nicht.

»Caro zielt besser.« Jannes grinst mich an und reibt seine Nase. »Du hast mich einmal ganz schön heftig erwischt.«

Sofort meldet sich mein schlechtes Gewissen. »Oh, das wollte ich nicht. Ich hätte niemals extra auf dein Gesicht gezielt.«

»Weiß ich doch.« Jannes sieht zu Merle. »Caro kommt heute Abend auch.«

»Oh, das ist ja schön.« Sie lächelt mich an. Doch da ertönt ein lautes Piepen aus dem Haus. »Der Ofen ruft. Wir könnten dann auch gleich fahren, Jannes.«

»Machen wir.«

Merle nickt. »Bis heute Abend, Caro«, sagt sie und schließt die Tür wieder.

Ole setzt wieder sein Schmollgesicht auf. »Hast du was gemerkt, Caro? Ich werde in dieser Familie komplett übergangen.«

»Das können wir ändern«, sagt Jannes und drückt seinem Bruder ohne Vorwarnung einen dicken Kuss auf den Mund.

»Bah! Hast du sie noch alle?«

Ich lache und verabschiede mich schnell, bevor hier wieder Schneebälle fliegen. Ich habe ganz schön geschwitzt bei unserer kleinen Schlacht und beginne allmählich ein wenig auszukühlen. Auf dem Weg nach oben gehe ich an der Bank und dem Küchenfenster vorbei. Obwohl es geschlossen ist, zieht der Duft von frisch gebackenem Brot in meine Nase.

Es ist schon halb zwölf, als ich Einstein oben im Flur meiner Wohnung gründlich abgerubbelt habe und mir gerade im Bad die Hände wasche. Bisher habe ich mich weder geduscht noch gefrühstückt. Und einkaufen war ich auch nicht. Ich muss mir unbedingt einen kleinen Vorrat an Lebensmitteln zulegen, denke ich, da klopft plötzlich jemand an meine Haustür.

»Ab mit dir auf deine Decke«, sage ich zu Einstein und mache die eindeutige Handbewegung, die ihn das Kommando ausführen lassen soll. Er sieht erwartungsvoll zur Tür und wedelt mit dem Schwanz, bevor er sich brav trollt.

13. Kapitel

Es ist Enna. Sie hält mir einen Korb entgegen, in dem ein runder Laib Brot und zwei Porzellantöpfchen mit Deckel auf einem blau-weißen Küchenhandtuch liegen.

»Ein kleiner Willkommensgruß«, sagt sie. »Das Brot ist noch sehr warm. Vielleicht wartest du noch etwas mit dem Anschneiden. Ich habe es gerade erst aus dem Ofen geholt.«

Das Wasser läuft mir im wahrsten Sinne des Wortes im Mund zusammen. »Ich weiß gar nicht, was ich sagen soll.« Ich räuspere mich und nehme den Korb entgegen. »Danke. Dabei hatte ich doch gestern schon eine Willkommenssuppe mit Grog.«

»In dem einen Döschen ist Butter, in dem anderen Schmalz«, erklärt Enna und geht über meine Bemerkung hinweg. »Meersalz findest du in der Küche auf dem kleinen Regal neben dem Schrank. Das Schmalz ist von einer Gans. Wir hatten in diesem Jahr eine sehr fette zu Weihnachten.«

»Die hatte ich auch, in der Kantine der Klinik, und sie war gar nicht mal so schlecht«, erzähle ich.

»Du musstest arbeiten?«

»Ja, alle drei Feiertage. Aber dafür habe ich ja jetzt zehn Tage Urlaub.«

»Das ist gut. Ach ja, was ich noch sagen wollte …« Enna zieht eine Augenbraue nach oben. »Die Wohnung habe ich dir nicht vermietet, weil Merle schwanger ist und du

Krankenschwester bist.« Sie schüttelt den Kopf. »Wie Jella nur auf so was kommen kann.«

Ich muss schmunzeln. »Das bedeutet, du hast nicht nur erfahren, dass Jella das denkt, sondern auch, dass sie mir das gesagt hat.«

Enna nickt. »Svantje, eine Freundin von Jella, hat mich heute Morgen angerufen und gefragt, ob es Merle gutgeht, weil ich eine Krankenschwester für sie eingeflogen habe. Also habe ich Jella angerufen und sie gefragt, was sie da wieder erzählt hat.« Sie winkt ab. »Das kommt dabei raus, wenn Insulaner stille Post spielen«, sagt sie und seufzt, lächelt mich dabei aber an. »Du hattest etwas Warmes in deiner Stimme, als wir telefoniert haben. Und ich habe gar nicht weiter nachgedacht. Manchmal hat man einfach im Gefühl, dass es passt.«

»Danke, das ist schön zu hören. Ich fühle mich auch sehr wohl hier. Und das liegt nicht nur an den vielen köstlichen Leckereien!« Ich rieche am Brot. »Aber darüber freue ich mich ganz besonders.«

Enna lächelt geheimnisvoll. »Merle ist gespannt, ob du die Gewürze herausschmeckst.«

»Also, ein bisschen Kümmel ist auf jeden Fall drin«, sage ich sofort.

»Ach was, den schmecke ja sogar ich raus«, sagt Enna und zwinkert mir zu. »Bringst du mir Einstein dann heute Abend runter? Ich freue mich über fellnasige Gesellschaft.«

»Gerne, wie lange bleibst du denn auf? Wann soll ich ihn spätestens wieder abholen?«

»Ich geh um elf ins Bett. Wenn es später wird, ruf kurz vor elf an. Dann kann er bei mir schlafen. Du hast ja meine Nummer.«

»Mach ich, das ist echt super, vielen lieben Dank.«

»Ach ja, und ich soll dir auch einen Gruß von Teeske ausrichten. Wir haben gestern über sie gesprochen, erinnerst du dich? Sie lebt seit 96 Jahren auf der Insel, aber eine Jorinde kennt auch sie nicht persönlich. Trotzdem würde sie sich freuen, wenn du sie mal besuchen kommst und die Kette und ein Stück Kuchen mitbringst.«

»Oh, das mach ich gerne.«

»Gut. Sie erwartet dich nämlich morgen um drei Uhr.« Enna grinst schelmisch. »Am besten bringst du Käsekuchen mit. Da hat sie keine Probleme mit dem Kauen. Bekommst du unten in der Bäckerei.«

»Das ist eine super Idee. Danke noch mal, für alles.«

Enna winkt ab. »Du musst dich jetzt nicht immer gleich zehnmal bedanken.«

»Habe ich aber so von meiner Oma gelernt. Danke sagen, Bitte sagen, Guten Tag sagen …« Ich lächle. »Freundlich bleiben, auch oder gerade dann, wenn dein Gegenüber schlecht gelaunt ist. Und erst, wenn das nicht hilft, selbst schlechte Laune vortäuschen und dem Griesgram recht geben. Oma hatte die Theorie, dass alle Menschen das Gleichgewicht suchen und dann automatisch den netten Part übernehmen.«

»Ich bin mir sicher, ich hätte deine Großmutter gemocht«, sagt Enna. »Aber jetzt haben wir genug geplauscht. Die nächsten Brote müssen aus dem Ofen geholt werden. Bis heute Abend dann!«

»Ja, bis später.«

Ich gehe kopfschüttelnd in die Küche. Heute habe ich keinen Grog getrunken und hätte trotzdem noch weitererzählen können, über Oma und wie sie uns eine Vorführung ihrer Theorie lieferte, als mein Opa mal wieder den Miesepeter raushängen ließ.

»Hört genau zu«, hat sie damals zu meiner Schwester und mir gesagt. Dann ist sie zu Opa ins Wohnzimmer gestiefelt. »Ja, du hast recht, heute ist echt ein richtig beschissener Tag«, hat sie dort geschimpft. »Ich weiß auch nicht, liegt vielleicht am Wetter. Ist momentan irgendein nerviges Tiefdruckgebiet im Anmarsch?«

»Hast du das gehört? Oma hat beschissen gesagt«, hat Julia damals geflüstert und gegrinst wie ein Honigkuchenpferd. Sie muss damals zehn gewesen sein, denn ich war sechzehn, überlege ich.

Kurz darauf kam Oma zurück in die Küche. »Und jetzt passt auf.«

Es dauerte nicht lange, da steckte Opa lächelnd seinen Kopf zur Tür rein – Opa, der den ganzen Morgen nur schlechte Laune gehabt hatte und an allem und jedem etwas auszusetzen hatte. »Wie sieht es aus, habt ihr Lust auf einen kleinen Spaziergang bis zur Eisdiele?«

Omas triumphierenden Gesichtsausdruck, als sie »Das ist eine sehr schöne Idee« geantwortet hat, werde ich für immer in Erinnerung behalten.

Ich atme tief durch. Wahrscheinlich werde ich hier so sehr mit der Vergangenheit konfrontiert, weil Enna mich tatsächlich sehr an meine Großmutter erinnert. Nur Brot gebacken hat sie nicht, denke ich, während ich das Knäppchen abschneide, das knusprige Endstück des noch warmen Brotes. Ich bestreiche es dick mit Butter, bestreue es mit etwas Salz, das ich, wie Enna gesagt hat, im Küchenschrank gefunden habe, und beiße hinein. Genussvoll schließe ich die Augen. Kümmel und Fenchelsamen schmecke ich sofort. Für die feineren Nuancen muss ich mir bei der ersten Scheibe etwas mehr Zeit lassen. Als ich meine Augen wieder öffne, fällt mein Blick aus dem Fenster. Die Sonne ist jetzt hinter Wolken verschwunden, und es hat erneut angefangen zu schneien.

Heute mache ich bis zum Abend einfach mal gar nichts, überlege ich und schneide mir noch vier Scheiben Brot ab. Sie sind nicht sehr groß, und ich habe Hunger. Zwei bestreiche ich jeweils mit Butter, zwei mit Schmalz, in dem ich auch kleine Zwiebelchen, Apfelstücke und Kräuter entdecke. Anschließend gehe ich ins Bad, um schon mal Wasser in die Wanne laufen zu lassen, und stibitze mir eine Kappe des Mandelmilch-Schaumbads, das ich auf einer Ablage finde.

Als ich wieder rausgehe, sehe ich gerade noch die Spitze von Einsteins Schwanz, der in dem Moment in der Küche verschwindet.

»Wag es nicht, Freundchen«, rufe ich.

Normalerweise weiß Einstein, dass er an Menschenfutter nichts zu suchen hat. Aber der Duft von Brot und Schmalz hat ihn wohl doch dazu verleitet, wenigstens mal seine Chancen abzuchecken. Der Bobtail steht tatsächlich auf zwei Pfoten, die anderen beiden befinden sich auf der Arbeitsplatte, und zwar direkt neben meinem Teller.

»Runter mit dir!«, schimpfe ich.

Ertappt lässt Einstein sich wieder auf alle Viere fallen. Er sieht mich nicht an, sondern hält seinen Blick schräg nach unten auf den Boden gerichtet.

»Du weißt genau, was du verbrochen hast«, sage ich, muss aber schon kurz darauf lachen. »Ab mit dir in dein Körbchen.

Das Brot ist nichts für dich. Du bekommst gleich ein anderes Leckerchen.«

Zehn Minuten später liege ich in der Wanne. Auf einem zweckentfremdeten Küchenstuhl habe ich in Griffnähe eine Tasse Tee und meine Brote stehen.

Ich beiße herzhaft in eines der Butterbrote und meine, eine Prise Koriander zu entdecken. Die kleine Geschmacksaufgabe macht Spaß. Mein erster Hunger ist gestillt. Aber ich muss unbedingt auch wissen, wie Ennas Weihnachtsfett auf Brot schmeckt. Ich genehmige mir direkt die nächste Schnitte und schließe genussvoll die Augen. Das Glück schmeckt nach Gänseschmalz!

Nach einer halben Stunde im Wasser ist meine Haut aufgeweicht, und ich habe genug. Ich steige aus der Wanne, trockne mich ab, wickele ein großes Handtuch um meinen Körper und ein kleineres als Turban um meinen Kopf. Gerade als ich rüber ins Wohnzimmer laufe, klingelt mein Handy. Entweder Jörn oder die Klinik, vermute ich, denn es ist der Standardklingelton. Vielleicht sollte ich Jörn doch mal wieder einen speziellen verpassen, damit ich weiß, wenn er anruft.

Doch es ist keiner von beiden. Die Nummer ist mir unbekannt.

»Caro Fischer.«

»Hallo, Caro, hier ist Margit.«

»Margit?«, hake ich unnötigerweise nach, weil ich überrascht bin, dass meine Kollegin mich privat anruft.

»Deine Kollegin«, erklärt sie prompt.

»Ja, weiß ich doch. Hi. Alles okay?« Die Kette von Frau Fischermann schießt mir durch den Kopf. Hätte ich sie vielleicht doch nicht annehmen sollen? »Ist irgendwas passiert?«

»Eigentlich nichts, was nicht jeden Tag auf der Station passiert. Sie haben unseren Patienten an die künstliche Beatmung angeschlossen.«

»Scheiße.« Ich weiß sofort, wen Margit meint.

»Ich habe heute gekündigt.«

»Was?«

»Ich habe heute gekündigt«, wiederholt Margit. »Mit dem Gedanken habe ich mich schon längere Zeit beschäftigt. Und heute war so ein Moment, wo ich nicht weiter nachgedacht und einfach instinktiv gehandelt habe. Mitte Februar höre ich auf, ich habe noch fast zwei Wochen Resturlaub und jede Menge Überstunden. Und danach wechsle ich in die Palliativmedizin, werde dort allerdings im ambulanten Bereich arbeiten.«

»Wow, das ist jetzt eine Überraschung. Aber ich finde es gut«, sage ich spontan. »Natürlich nicht, dass du dann weg bist. Aber deine Entscheidung kann ich voll und ganz verstehen. Was ist mit Weiterbildung, ist die nicht obligatorisch dafür?«

»Sie wird berufsbegleitend angeboten. Das heißt, dass ich demnächst auch hin und wieder die Schulbank drücken werde. Und das mit siebenundfünfzig! Es ist in der Einrichtung, in der ich dann anfange, übrigens noch eine weitere Stelle zu besetzen. Ich habe sofort an dich gedacht.«

»Das ist nett. Ich grübele im Moment tatsächlich über eine berufliche Veränderung nach. Über Palliativ habe ich mir allerdings noch keine Gedanken gemacht.« Dabei liegt es doch so nahe.

»Mir hat bei meiner Entscheidung eins meiner Lieblingszitate geholfen: Es geht nicht darum, dem Leben mehr Tage zu geben, sondern den Tagen mehr Leben.«

»Cicely Saunders«, sage ich. »Sie gilt als Begründerin der Hospizbewegung.«

»Ja.«

»Sie hatte absolut recht. Und ich werde wirklich mal in mich gehen. Danke, dass du an mich gedacht hast.«

»Ganz uneigennützig ist es allerdings nicht. Ich würde mich freuen, wenn wir weiterhin Kolleginnen bleiben würden.« Margit lacht leise. »Aber jetzt mal zu den schönen Dingen des Lebens. Wie ist es auf deiner Insel? Hast du schon was über Jorinde rausgefunden? Als ich gehört habe, dass du spontan nach Juist gefahren bist, um nach ihr zu suchen, hätte ich am liebsten meine Koffer gepackt, um dir nachzureisen.«

Das wäre dann schon Nummer zwei gewesen, denke ich. Und dass es auf unserer Station ähnlich zugeht wie hier. Ich hatte Lena von der Kette und meinen Plänen erzählt. Mittlerweile weiß es wahrscheinlich jeder im Krankenhaus. »Ich bin gestern erst angekommen. Und bisher habe ich noch nichts über Jorinde rausgefunden. Aber ich kann dir jetzt schon sagen, dass Juist auf jeden Fall eine Reise wert ist. Es ist wunderschön hier, auch im Winter.«

»Das glaube ich dir. Genieß die Zeit dort. Wir fiebern auf jeden Fall alle mit dir mit. Hier gehen die wildesten Theorien um. Mir gefällt die am besten, in der am Ende eine alte Erbtante auftaucht, die dir ein wunderschönes Haus am Meer vermacht. Oder die, in der du dich in einen schmucken Fischer verliebst und auf der Insel bleibst.«

Ich muss lachen. »Das wird wohl kaum passieren. Ich glaube, echte Fischer gibt es hier gar keine. Außerdem habe ich schon mal einen Fischer geheiratet. Daher ja mein Nachname.«

»Stimmt, daran habe ich ja gar nicht gedacht.«

Jetzt lachen wir beide.

»Komm einfach gut erholt wieder«, sagt Margit schließlich.

»Das werde ich. Es ist wirklich schön hier«, betone ich noch einmal.

»Schick mir doch mal ein paar Fotos, wenn du magst. Meine Nummer hast du ja jetzt.«

»Mach ich gerne. Bis dann.«

Ich lege auf und gähne laut. Obwohl ich zwölf Stunden geschlafen habe, bin ich schon wieder müde. Und das Schöne ist, dass ich hier ganz auf meinen Körper und mein Gefühl hören kann. Und die sagen mir beide, dass ich jetzt schnell mein Haar trocken pusten sollte, um es mir dann noch einmal im Bett gemütlich zu machen. Ich werde Mittagsschlaf halten! Diesen Luxus habe ich mir schon seit Ewigkeiten nicht mehr gegönnt.

Um kurz nach drei wache ich wieder auf. Unfassbar, dass ich noch einmal über zwei Stunden geschlafen habe. Geträumt habe ich dabei nichts, zumindest kann ich mich nicht daran erinnern. Ich klettere aus dem Bett, strecke mich und gehe zum Fenster. Es hat aufgehört zu schneien, der Wind hat die Wolken weitergepustet und inzwischen etwas nachgelassen. Die Sonne scheint wieder. Im Garten hoppeln ein paar Kaninchen herum. Und auch ein paar Möwen sind unterwegs.

»Komm, alter Junge, wir gehen jetzt spazieren«, sage ich.

Unten vor der Tür treffen wir auf Enna.

»Dein Schmalz schmeckt göttlich. Und das Brot auch. Ich habe Kümmel, Fenchelsamen und einen Hauch Koriander rausgeschmeckt. Das Schmalz wurde klassisch mit Äpfeln, Zwiebeln und Majoran zubereitet.«

»Richtig.« Enna lächelt breit. »Du könntest Merles Schwester sein. Ihr habt eine Menge gemeinsam.« Sie deutet auf Einstein. »Wo wollt ihr hin? Macht ihr einen Bummel durch den Hauptort?«

Ich schüttele den Kopf. »Erst mal ein bisschen raus, in die Natur.«

»Ein guter Zeitpunkt. Der Wind ist nicht mehr ganz so stark. Wie lange wollt ihr gehen?«

»Eineinhalb, maximal zwei Stunden hatte ich schon vor, aber ich wollte zurück sein, bevor es dunkel ist. Einstein braucht Bewegung. Und ich auch.«

»Dann würde ich euch einen Spaziergang in Richtung Hammersee und der Aussichtsdüne empfehlen. Dort befindet ihr euch sozusagen im Dreiklang des Wassers. Nordsee, Wattenmeer und der Hammersee. Und wenn ihr noch Lust habt, geht ihr einfach weiter bis zum Billriff. Da ist Juist zu Ende, und es gibt nur noch Sand, Wind und Wasser.« Enna schmunzelt. »Als Kind war das für mich das Ende der Welt. Was habe ich die Insel geliebt! Niemals hätte ich für möglich gehalten, dass ich mal von hier flüchten und tatsächlich auf der anderen Seite des großen Teichs landen würde.«

Ich horche überrascht auf. »Wie alt warst du, als du nach Amerika gezogen bist?«

»Mitte vierzig«, antwortet Enna. »Ich habe den Bruder meines verstorbenen Mannes geheiratet, der auf die große Insel ausgewandert war.« Sie seufzt kurz auf. »Nun, den habe ich auch überlebt. Ich bin zweimal Witwe geworden. Er ist vor drei Jahren gestorben.«

»Das tut mir leid.«

»Es hat immer alles seinen Sinn«, sagt Enna ausweichend. »Ich bin zurück, habe meine Tochter wiedergefunden, und nun werde ich Uroma.«

»Das muss ein sehr schönes Gefühl sein, wenn man die nächsten Generationen kennenlernt und mitbekommt, wie die Kleinen aufwachsen.«

»Ja.« Ein Lächeln huscht über Ennas Gesicht. »In Kindern erlebt man sein eigenes Leben noch einmal. Und man lernt dadurch, sich selbst zu verzeihen.«

»Das klingt philosophisch«, sage ich und frage mich insgeheim, was Enna damit gemeint hat, sie habe ihre Tochter wiedergefunden.

Enna winkt ab. »Das klingt nach einer alten Frau, die zu viel Zeit zum Nachdenken hat und zu viel redet.« Sie deutet in Richtung des Meeres. »Es gibt einen kleinen Weg durch die Dünen, der bis zum Hammersee führt und sehr nett ist.« Sie überlegt einen Moment. »Oder ihr geht auf dem Hinweg am Strand entlang. Der Wind pustet euch automatisch in Richtung Westen. Und zurück geht ihr zwischen den Dünen, da seid ihr dann etwas geschützter.«

»Das hört sich nach einem guten Plan an. Dann ziehen wir mal los, Einstein und ich.«

14. Kapitel

Himmelsrichtungen waren noch nie so mein Fall. Wenn mein Navigationsgerät mir sagt, ich soll nach Westen starten, bin ich überfordert. Ich fahre los und hoffe, dass es die richtige Richtung ist. Wenn nicht, wende ich.

Aber hier auf der Insel ist das ganz einfach. Sie ist nur siebzehn Kilometer lang und fünfhundert Meter breit. Der Strand befindet sich an der Nordseite, das Watt im Süden. Im Osten kommt man an, zumindest, wenn man mit dem Flieger übersetzt. Denn dort befindet sich der kleine Flugplatz. Und im Westen ist Juist zu Ende, wie Enna so schön gesagt hat. Dafür muss man einfach immer nur geradeaus gehen. Außerdem hilft uns heute der Wind, der uns automatisch in die richtige Richtung weht.

Auch diesmal sind wir wieder ganz allein unterwegs, zumindest was Spaziergänger angeht. Die Möwen fliegen heute wieder. Bestimmt haben sie Hunger, weil sie gestern nichts zu futtern gefunden haben. Über den schneebedeckten Sand huschen außerdem kleine weiße Vögel mit gräulichen Flecken, die aussehen wie Minimöwen. Ich hole mein Handy aus der Jackentasche, ziehe meinen rechten Handschuh aus und knipse ein Selfie von mir vor dem Meer. Es sieht aus, als würde ich mich irgendwo am Polarmeer befinden und nicht auf Juist. Ich drehe mich zu allen Seiten, bewundere noch einmal die schneebedeckte Strandlandschaft und gehe weiter. Fast empfinde ich das als ein bisschen unheimlich. Ich bin noch nie so lange am Strand entlanggegangen, ohne einer Menschenseele zu begegnen. Ich leine Einstein ab, behalte ihn aber die ganze Zeit im Blick. Wir spazieren nah am Wasser entlang, Eis knirscht unter meinen Füßen, wir hüpfen über zugefrorene Priele und lassen uns vom Wind treiben. Zwischendurch halte ich immer wieder an und lehne mich zurück. Es macht mir Spaß, vom Wind aufgefangen zu werden. Einstein schnüffelt neugierig den Boden entlang, bleibt mal bei einer Muschel, einem Stück Treibholz oder einer abgerissenen Krebsschere stehen und genießt den Spaziergang ebenso wie ich.

Wir sind vielleicht eine Viertelstunde unterwegs, als vor uns plötzlich eigenartige Gebilde in unterschiedlichen Farben auftauchen, die quer über den Strand verteilt sind. Manche von ihnen liegen einfach nur da, andere bewegen sich, werden vom Wind über Sand und Schnee gepustet und bleiben ein Stück weiter liegen.

Auch Einstein sind die merkwürdigen Teile aufgefallen. Er bleibt stehen und bellt.

»Alles gut«, sage ich. »Komm, lass uns nachschauen, was das ist.« Er lässt sich von meiner ruhigen Stimme überzeugen und trottet neben mir her.

Es sind Winterjacken, vollgesogen mit Meerwasser. Und ein paar Turnschuhe entdecke ich auch dazwischen. Das sieht mir ganz nach Strandgut aus, das hier angeschwemmt wurde.

Vor ein paar Jahren haben Jörn und ich mal ein paar Tage Urlaub auf Amrum gemacht. Dort wurden zu dem Zeitpunkt massenhaft Orangen an Land gespült. Irgendwo scheint auf dem Meer ein Container ins Wasser gefallen zu sein. Noch mehr Müll im Meer und auch am Strand. Ob ich darüber jemanden informieren sollte? überlege ich. Da sehe ich in einiger Entfernung ein paar Personen den Dünenweg, der hier zum Meer führt, zum Strand kommen. Sie tragen hellgraue Müllsäcke. Das Strandgut hat sich also schon rumgesprochen. Ich rufe Einstein zu mir, leine ihn an und gehe weiter. Mir ist nicht nach Gesellschaft zumute. Ich genieße es, hier nur für mich zu sein.

Nach einer weiteren halben Stunde haben wir es geschafft. Wir sind an der Aussichtsdüne angekommen. Ich verschnaufe kurz, bevor ich die breiten Stufen in Angriff nehme.

Von hier oben hat man auf der einen Seite einen wundervollen Blick über die Dünen, den Strand und das Meer. Ich drehe mich um und bewundere auch die andere Seite, das Watt und gleich in der Nähe den Hammersee, der komplett zugefroren ist. Zwei Schlittschuhläufer fahren Hand in Hand darauf ein paar Meter, kommen aber nicht weit, denn einer von beiden landet auf seinem Hintern. Einen Moment schaue ich den beiden zu, bevor ich schmunzelnd wieder von der Düne hinabsteige und endlich auch am See ankomme.

Ich erkenne Max sofort, obwohl ich ihn nur von hinten sehe. Seine dunklen Locken blitzen unter seiner Mütze hervor, und er trägt wieder die blaue Daunenjacke. Er ist einer der beiden Schlittschuhläufer, die ich eben schon von oben beobachtet habe, und bewegt sich mit unsicheren Beinen auf dem zugefrorenen See. Am Ufer sitzt am Boden eine Frau, die ihre Schuhe zuschnürt.

»Schön stehen bleiben«, ruft sie.

»Das sagst du so einfach.«

Prompt fängt Max an zu schwanken und sitzt kurz darauf wieder auf seinem Po, so wie ich das eben schon von oben beobachtet hatte.

Die Frau lacht laut auf und tippelt auf ihren Schlittschuhen bis zur Eisfläche. Dabei wippt der große flauschige Bommel auf ihrer wollweißen Strickmütze lustig hin und her, genau wie ihre dunklen geflochtenen Zöpfe.

»Warte, ich helfe dir«, ruft sie, gleitet mit geübten Schritten bis zu Max und streckt ihre Hand aus. Max greift zu und lässt sich von ihr hochziehen. Die beiden umarmen sich lachend, wobei Max immer wieder wegrutscht.

Bemerkt haben die beiden mich noch nicht. Max steht immer noch mit dem Rücken zu mir, und die Frau achtet nur auf ihn.

Ich zögere einen Moment, unschlüssig, ob ich mich bemerkbar machen soll. Aber die beiden sehen so harmonisch und einträchtig miteinander aus, dass ich mich dagegen entscheide. Außerdem schleicht sich ein kleiner giftiger Gedanke in meinen Kopf, der mir gar nicht gefällt. Das mit dem Zufällig-Treffen gilt anscheinend nur für mich. »Komm, Einstein«, sage ich. »Wir gehen zurück.«

Enna hat uns den Weg zwischen den Dünen empfohlen, den wir nun einschlagen. Zum ersten Mal, seitdem wir unterwegs sind, kommt uns hier schon nach wenigen Metern eine Person entgegen. Es ist ein Mann. Er trägt eine blaue, dick wattierte Sportjacke und dazu graue Jogginghosen. Seine Füße stecken in weißen Turnschuhen. Die hellgraue Wollmütze trägt er tief ins Gesicht gezogen. Einstein gibt ein leises, tiefes Knurren von sich und schlägt kurz an. Das ist ungewöhnlich, er bellt sehr selten bei Menschen und nur, wenn er davon überzeugt ist, dass derjenige nichts in unserer Nähe zu suchen hat. Ein ungutes Gefühl macht sich in mir breit. Der Weg ist sehr schmal, wir können nicht ausweichen. Doch der Mann hebt grüßend seine Hand, lächelt, sagt: »Brav, du Guter« und drückt sich fast komplett in ein Gebüsch hinein, sodass wir an ihm vorbeigehen können.

»Lieben Dank«, sage ich und schaue ihm direkt in die Augen, die mich in einem ungewöhnlich hellen Blau anblitzen.

»Kein Problem. Schöner Hund.« Er nickt und geht weiter. Dabei sehe ich, dass er einen schwarzen Rucksack auf dem Rücken trägt.

Seinem Akzent nach war das kein Deutscher. Seine Aussprache klang etwas hart, und die Vokale hat er viel zu kurz ausgesprochen. Ein Sportler? überlege ich. Ich würde frieren, wenn ich bei diesem Wetter so gekleidet durch den Schnee marschieren würde. Ohne weiter darüber nachzudenken, drehe ich mich noch mal nach ihm um – aber der Mann ist verschwunden. Ich kneife die Augen zusammen, schaue etwas genauer hin und sehe die blaue Jacke in einer kleinen Einbuchtung aufleuchten, die zum See führt. Vielleicht hatte er Schlittschuhe in seinem Rucksack.

Der Rest des Weges gestaltet sich recht anstrengend. Zwar bieten die Dünen ein wenig Schutz vor dem Wind, aber er weht uns doch sehr eisig entgegen und immer wieder Sand und Schnee ins Gesicht. Was auf dem Hinweg wie von ganz allein ging, ist jetzt doppelt so anstrengend. Zudem ist der Boden mit einer hohen Schneeschicht bedeckt, uneben und führt nicht geradeaus, sondern in Schlängellinien und teilweise im Zickzack zurück zu unserem Ausgangspunkt.

Als ich um Viertel vor fünf die Stufen zu meiner Ferienwohnung hochgehe, atme ich erleichtert auf. Es folgt das übliche Abrubbelritual für Einstein. Danach verschwindet er direkt auf seine Decke. Er ist genauso platt wie ich.

Ich schlüpfe aus meiner Jacke und der Hose, ziehe auch meinen Pullover aus und gehe ins Bad, um mir die Hände zu waschen. Aus dem Spiegel über dem Waschbecken sieht mich eine Frau mit aschblondem Haar und rausgewachsenen Strähnchen an. Sie trägt rosa-braun-blau geringelte Merinounterwäsche. Ihr Gesicht ist von Kälte und Wind gerötet, die Lippen sind etwas aufgesprungen. Ich strecke der Frau die Zunge raus und ziehe danach eine Grimasse. Vielleicht sollte ich mir auch Pippi-Langstrumpf-Zöpfe flechten, überlege ich, wie die Frau auf dem Eis. Zumindest zu meiner sexy Ringelunterwäsche würde der Look passen. Davon mal ganz abgesehen wäre das eine der wenigen Frisuren, die wahrscheinlich ihre Form behält, wenn ich damit bei Wind und vielleicht sogar auch Schnee mit dem Rad bis in den Hauptort fahre. Aber bei meinem Glück taucht die dunkelhaarige Schönheit auch heute Abend bei Merle und Jannes auf, und dann würde ich mich noch schlechter fühlen.

Ich schüttele unwillkürlich den Kopf. Positiv denken, Caro. Immerhin fällt dir endlich auch selbst wieder auf, dass du dich die letzten Monate etwas hast gehen lassen. Die Zeit der unrasierten Beine und des lustlosen Trockenföhnens meiner Haare hat ein Ende. Ab heute wird sich das ändern!

Hätte ich doch nur den Rasierer nicht vergessen und wenigstens eine Haarspange eingepackt. Aber alles, was ich in meiner Kosmetiktasche finde, sind ein paar Haargummis, wie ich kurz darauf feststelle. Für einen Einkaufsbummel im Hauptort ist es jetzt zu spät. Das nehme ich mir für morgen vor. Immer positiv zu denken ist gar nicht so einfach. Und manchmal muss ich schärfere Geschütze auffahren, damit es funktioniert.

»Dance it out!«, sage ich zu meinem Spiegelbild. Zwar habe ich an Kosmetikzeugs beim Reisegepäck gespart, aber meine Bluetooth-Kopfhörer habe ich eingepackt.

Ich setze sie auf meine Ohren, verbinde mein Handy damit, scrolle durch meine Playlist und entscheide mich für Cher. Mein Musikgeschmack war schon immer etwas ungewöhnlich. Ich mag außergewöhnliche Stimmen. Und ich liebe Chers Version von ABBAs *Dancing Queen*.

Ich stelle den Lautstärkeregler weiter nach oben und drücke auf Play.

You can dance, you can jive … Mein Körper bewegt sich langsam im Takt – oder auch nicht im Takt, denn das ist mir in dem Moment egal … *See that girl, watch that scene …*

Ich singe lautstark den Text mit, bewege meinen Körper, schmeiße meine Arme in die Luft, zur Seite, ganz nach ABBA-Manier, und höre erst auf, nachdem das Lied vorbei ist.

Jana wäre stolz auf mich, denke ich, als ich die Kopfhörer abziehe – und erstarre in meiner Bewegung. Im Garten steht Ole. Er sieht zu mir hoch, grinst über das ganze Gesicht und klatscht Beifall.

Am liebsten würde ich auf der Stelle in einem großen Loch verschwinden. Aber da das nicht möglich ist, beschließe ich, stattdessen einen Schritt nach vorne zu gehen. Ich öffne das Fenster und sage: »Zehn Euro Eintritt. Normalerweise zahlt man vor der Veranstaltung. Aber in deinem Fall mache ich eine Ausnahme. Du kannst mir das Geld später geben.«

Ole lacht und zeigt einen Daumen nach oben. Dabei mustert er mich von oben bis unten. »Sehr süßes Outfit übrigens.«

»Ja, finde ich auch. Und dazu noch kuschelig warm.«

»Lässt du das an, wenn wir nachher zu Jannes und Merle fahren?«

»Selbstverständlich«, antworte ich. »Die modebewusste Frau trägt Merino.« Ich schaue auf die Uhr. »Was machst du schon hier? Wir sind für sechs verabredet, oder?«

»Ich hole das Rad meiner Mutter und schau mal, ob ich es reparieren kann.«

»Okay.« Ich reibe mir die Arme. »Mir wird kalt. Ich komm dann um sechs runter.«

»Okay, bis gleich.« Ole grinst mich noch einmal an, bevor er in Richtung des Hauses verschwindet.

Ich knipse ein Selfie von mir, schicke es an Jana und schreibe darunter:

Gerade vor der Fensterfront zum Garten getanzt wie Meredith Grey. ☺

Dann knipse ich ein Foto von den Fußabdrücken, die man draußen im Schnee sehen kann, und schicke auch die an meine Freundin.

Da stand Ole und hat applaudiert. Die zehn Euro Eintritt bekomme ich heute Abend, wenn er mich abholt.

Innerhalb von ein paar Sekunden klingelt das Telefon. »Wer ist Ole?«

»Jannes' Bruder, Merles Schwager, Connys Freund mit gewissen Vorzügen und heute Abend mein Date«, erkläre ich. »Oder besser gesagt meine Begleitperson ohne Hintergedanken für ein nettes Beisammensein.«

»Aha«, sagt Jana. »Kaum lass ich dich allein, stehen bei dir die Kerle Schlange. Ole, Max ...«

»Max kommt heute Abend auch.«

»Okay, dann jetzt bitte noch mal von Anfang an.«

Eine halbe Stunde später habe ich Jana auf den neuesten Stand gebracht.

»Okay, jetzt kann ich verstehen, dass du deinen Frust raustanzen musstest. Vielleicht mache ich das auch gleich noch.« Jana seufzt kurz auf. »Simons Bruder hat sich übrigens wieder mit der Pissnelke vertragen. Ich vermute, das wird eine Never Ending Story werden. Die beiden fetzen und vertragen sich. Gut, dass ich mich nicht allzu offensichtlich negativ über sie geäußert habe. Simon hat mich vorhin darauf hingewiesen, es sei vielleicht besser, mich mal langsam an ihren richtigen Namen zu gewöhnen, damit ich sie nicht irgendwann wirklich mal mit Pissnelke anspreche.«

»Das passiert dir nicht aus Versehen. Wenn du das machst, bin ich mir sicher, dass es Absicht war. Tauchen die beiden denn jetzt Silvester bei euch auf?«

»Nein, diesmal habe ich mich durchgesetzt. Oder vielmehr habe ich die Schwangerenkarte ausgespielt und meinem Mann gesagt, dass es unser letztes gemeinsames Silvester ohne Kind ist. Das hat ihn überzeugt.«

»Gut, dann bekommst du deinen ruhigen Abend.«

»Was machst du? Gehst du irgendwo feiern?«

»Nein, auf keinen Fall. Ich werde den Abend mit Einstein hier in der Wohnung verbringen. Ich freu mich darauf, mal ganz allein ins neue Jahr zu starten. Irgendwie brauche ich das, so wie du deinen Kuschelabend mit Simon.«

Jana lacht kurz auf. »Weißt du was? Ich freue mich auf unsere Alten-WG. Da werden wir dann eine richtig heiße Silvester-Party schmeißen.«

»Das machen wir, aber jetzt muss ich mich erst mal für den Abend fertig machen. Ich melde mich morgen wieder.«

»Okay, viel Spaß.«

Ich schlüpfe in meine Jeans und einen dicken dunkelgrünen Rollkragenpulli. Schicker geht es nicht, und immerhin passt die Farbe zu meinen Augen. Die Merinowäsche lasse ich drunter. Abends ist es noch kälter, und wir sind immerhin mit dem Rad unterwegs. Meine Haare binde ich zu einem Zopf. Und meinen Lippen und meinem Gesicht gönne ich eine reichhaltige Pflegecreme.

»Schöner geht es nicht«, sage ich zu meinem Spiegelbild. »Das muss reichen.«

Um kurz vor sechs gehe ich mit Einstein runter zu Enna.

»Da seid ihr ja, ihr beiden«, sagt sie.

Da taucht Ole hinter ihr auf. Bisher habe ich ihn nur in dicker Jacke und Schneehose gesehen. Jetzt trägt er Jeans und darüber einen grünen Rollkragenpullover, so wie ich.

»Partnerlook«, sagt er und grinst.

Er hat den Bart etwas gestutzt. Um seine Augen entdecke ich viele kleine Lachfältchen. Er ist zwar kleiner als Jannes, aber doch ein gutes Stück größer als ich. Mir ist vorhin gar nicht aufgefallen, wie gut er aussieht. Vor allen Dingen wirkt er dabei verdammt sympathisch.

»Dann mal viel Spaß, ihr beiden«, sagt Enna. »Grüßt die anderen von mir.« Sie sieht zu Einstein. »Und du? Ein bisschen Hühnchen?«

Ole schnappt sich seine Jacke. Vor der Tür legt er wie selbstverständlich seinen Arm um meine Schultern. Normalerweise bin ich eher zurückhaltend, was Körperkontakt zu Menschen angeht, die ich noch nicht gut kenne. Aber zu meinem Erstaunen stört mich das bei Ole nicht. Ich fühle mich sehr wohl in seiner Nähe.

»Bist du schon mal mit einem E-Bike gefahren?«, fragt er.

»Nein.«

»Okay, dann gibt es erst einmal eine kleine Einführung. Nicht, dass du zu viel Gas gibst und einen Satz nach vorne machst beim Losfahren. Außerdem ist es etwas gewöhnungsbedürftig, auf dem Schnee zu fahren.«

»Das ist gut, mir ist ehrlich gesagt schon etwas mulmig zumute, bei dem Wetter mit dem Rad zu fahren.«

Er grinst mich an. »Aber deinen motorischen Fähigkeiten nach zu urteilen, bekommst du das hin. Deine Tanzeinlage war sehr genial.«

»Zehn Euro«, sage ich.

»Bekommst du später. Um an mein Portemonnaie zu kommen, müsste ich mich fast komplett entkleiden.«

»Dann warte ich.«

Ole öffnet die Schuppentür.

Zehn Minuten später bin ich instruiert und habe das System verstanden. Ich fahre mit einem E-Bike bei Schnee, Eis und Wind über das Töwerland.

15. Kapitel

Unterhalten können wir uns während der Fahrt nicht. Ich muss mich darauf konzentrieren, heil unten im Ort anzukommen. Und außerdem habe ich die Kapuze meiner Jacke aufgezogen und trage darunter noch meine Wollmütze. Ich würde nur die Hälfte von dem verstehen, was Ole sagt. Wir fahren in Richtung Osten, also gegen den eisigen Wind. Zwar ist das mit dem E-Bike weit weniger anstrengend, als ich erwartet habe, aber es macht das Sprechen so gut wie unmöglich.

»Alles okay?«, ruft Ole.

»Ja«, brülle ich zurück und wünsche mir wie heute Morgen eine Skibrille, da der Wind mir die Tränen in die Augen treibt.

Doch glücklicherweise dauert die Fahrt nicht lang. Nach nur wenigen Minuten rollen wir an dem Bäcker vorbei, der mir auch auf der Hinfahrt mit der Kutsche bereits aufgefallen ist.

»Lass uns schieben. Hier sind viele Fußgänger und hin und wieder auch eine Kutsche unterwegs«, ruft Ole und hält an. »Enna hat gesagt, du warst noch nie auf Juist. Hier im Hauptort kannst du alles besorgen, was du für das tägliche Leben brauchst. Der Bäcker ist ganz gut, wobei Merle natürlich um Klassen besser ist.« Obwohl der Fahrtwind jetzt wegfällt, muss er immer noch recht laut reden, damit ich ihn verstehe.

Hier sind die Menschen, die ich am Strand vergebens gesucht habe, also alle, denke ich. Sie gehen einkaufen oder treffen sich zum Abendessen in einem der Restaurants.

Wir kommen an einem kleinen Schuhgeschäft vorbei, an einer geschlossenen Eisdiele, zwei Modegeschäften, mehreren Hotels und Pensionen.

An einem Lebensmittelgeschäft halte ich an.

»Ich würde Jannes und Merle gerne eine Kleinigkeit mitbringen, als Dankeschön für die Einladung.«

»Ach was«, sagt Ole. »Das ist nicht nötig.«

»Ich geh trotzdem kurz rein. Was mögen die beiden denn gern?«

»Jannes isst für sein Leben gern Schokolade, Merle mag auch Schokolade – und danach saure Gurken, dann Chips und danach Gummibärchen.«

»Okay.«

Fünf Minuten später stehe ich wieder draußen und verstaue meine Einkäufe hinten im Fahrradkorb.

»Was hast du geholt?«, fragt Ole.

»Schokolade, saure Gurken, Chips und Gummibärchen«, antworte ich.

Ole grinst mich an. »Du bist der Hammer.«

Wir schieben unsere Räder weiter, und ich entdecke zu meinem Entzücken einen Drogeriemarkt. »Hier müsste ich auch mal kurz rein.« Ich lächle Ole an. »Ich habe vergessen, ein paar Sachen einzupacken.«

»Frauen.« Er rollt mit den Augen, hält aber brav mein Rad fest, während ich einkaufen gehe.

»Was hast du geholt?«, fragt er erneut, als ich wieder rauskomme, und grinst frech.

Geht dich nichts an, liegt mir auf der Zunge, aber irgendwie mag ich Oles freche Art.

»Eine schöne Kerze für Enna, Badeschaum mit Milch und Honig und einen Damenrasierer mit fünf Klingen für makellose glatte Beine.«

»Du bist echt der Hammer – das meine ich ernst.«

»Das liegt an der netten Gesellschaft.«

Wir schieben weiter.

»Wo kommst du noch mal her?«, fragt Ole.

»Aus dem Ruhrgebiet, Oberhausen.«

»Gefällt es dir da?«

»Ja. Ich bin in Oberhausen aufgewachsen, meine Familie lebt da, meine beste Freundin wohnt in der Nähe. Mit Juist kann man es natürlich überhaupt nicht vergleichen. Aber es gibt auch landschaftlich gesehen ganz nette Fleckchen dort.«

»Ganz nett hört sich danach an, als müsste man das nicht unbedingt gesehen haben. Zauberland klingt besser.«

»Das stimmt. Es ist wirklich wunderschön hier. Aber auch alles sehr überschaubar. Wie ist das mit dir? Hast du noch nie das Bedürfnis gehabt, die Insel mal zu verlassen? Fällt einem hier nicht irgendwann die Decke auf den Kopf?«

»Nö«, sagt Ole. »Jannes war mal eine Zeit lang auf dem Festland. Hat sich da überhaupt nicht wohlgefühlt. Und ich denke, wir ticken da ähnlich. Wir lieben die Insel. Wenn die Saison im Oktober vorbei ist, haben wir genug Zeit, uns den Rest der Welt anzuschauen. Am besten hat es mir in der Sahara gefallen.« Er grinst wieder frech. Dabei bilden sich viele kleine Lachfalten um seine Augen, die blau sind, wie ich gerade feststelle. »Da trifft man noch weniger Leute als hier.«

Wir schieben unsere Räder am Hafen vorbei. Ich bin erst

seit gestern auf Juist, denke ich, aber es kommt mir so vor, als wäre ich schon länger hier.

»Sind heute Gäste angekommen?«, frage ich.

»Kein einziger. Die Fähre hat den Betrieb eingestellt. Und bei dem Wind sind auch die Flieger nicht gestartet. Und das wird auch die nächsten Tage so bleiben.«

»Das heißt, wenn die Urlauber Pech haben, kommen sie gar nicht hier an.«

»Was auch schlecht für die Gastronomen ist, die sich auf die Winterurlauber eingestellt haben.«

»Das stimmt.« Ich drehe mich noch einmal um und schaue zum menschenleeren Hafen. »Ich habe die letzte Fähre erwischt.« Ein Lächeln huscht über mein Gesicht. »Man muss auch mal Glück haben. Ursprünglich hatte ich vor, einen Tag später zu fahren. Aber nachdem ich dann mit Enna telefoniert hatte, wollte ich unbedingt so bald wie möglich los.«

»Das war eine gute Entscheidung. Sonst wärst du jetzt nicht hier.«

»Ja.« Und Max auch nicht, denke ich.

»Ab hier sind kaum noch Leute unterwegs. Jetzt können wir wieder mit den Rädern fahren«, schlägt Ole vor. »Jannes und Merle wohnen direkt am Deich. Sie haben das Haus meiner Großeltern umgebaut.«

Nur kurze Zeit später sind wir da. Wir schieben unsere Räder durch einen kleinen Vorgarten und stellen sie neben zwei anderen ab, die in einem großen Fahrradständer direkt neben der Eingangstür stehen.

»Praktisch«, sage ich.

»Wir sind mit Rädern groß geworden«, erklärt Ole. »Da gehört so was einfach dazu.«

»Hast du eigentlich einen Führerschein?«, frage ich. »Wo man hier eh kein Auto fahren darf.«

»Klar. Aber das Auto teilen wir uns mit der ganzen Familie. Es steht in Norden auf einem Dauerparkplatz«, erklärt Ole und klingelt.

Nun wird mir plötzlich etwas mulmig zumute. Wie wird Max reagieren, wenn ich – so ganz zufällig – bei Jannes und Merle auftauche? Ob sie ihn vorgewarnt haben?

»Da seid ihr ja, wie schön.« Es ist Merle, die uns die Tür öffnet. »Kommt rein.« Sie deutet mit dem Kopf auf eine verschlossene Tür. »Die Männer sind in der Küche und bereiten das Essen vor. Wir dürfen nicht reinkommen, und sie verraten auch nicht, was es gibt. Conny ist im Wohnzimmer. Agata und Adam kommen etwas später.«

Ich drücke Merle die Einkaufstüte in die Hand. »Ein kleines Mitbringsel für den Abend.«

»Oh, das ist ja lieb. Danke.« Merle wirft einen Blick auf meine Einkäufe und grinst. »Perfekt zusammengestellt.«

»Oles Idee.«

»Hab ich mir gedacht.« Merle grinst Ole an. »Danke, Lieblingsschwager«, und geht vor uns den Flur entlang.

»Sie hat nur einen«, erklärt Ole.

Aus der Küche ertönt ein mir bisher unbekanntes Männerlachen. Das muss Paul sein, denke ich.

Im Wohnzimmer ist eine kleine, sehr zierliche Frau mit einem kinnlangen Bob und rabenschwarzem Haar gerade dabei, den Tisch zu decken. Sie trägt eine schwarze enge Lederhose und eine dezent durchsichtige petroleumfarbene Bluse, durch die man ihren BH blitzen sehen kann. Ich bin aufgrund Oles Wunsch nach Helene Fischer automatisch von einer Blondine ausgegangen, aber das hier ist wohl eher eine Audrey Tautou.

»Hi, ich bin Conny.«

»Caro«, sage ich. »Schön, dich kennenzulernen.«

Sie sieht zu Ole. »Bart gestutzt.«

Ole kratzt sich mit den Fingern durch seine Gesichtsbehaarung. »Ja, wurde mal Zeit.«

»Kann ich irgendwas helfen?«, frage ich und bekomme gleich von zwei Frauen gleichzeitig eine Antwort.

»Danke, aber ich bin gleich fertig«, sagt Conny, während Merle hinter mir vorschlägt: »Du kannst nachher mit mir die Bratäpfel zubereiten.«

»Okay.«

»Ich helfe dann beim Aufessen«, sagt Ole.

»Diejenigen, die gar nix machen, sich nur bedienen lassen und futtern, müssen abräumen und spülen«, kontert Conny.

Ole kratzt sich am Bart. »Okay, dann helfe ich bei der Bratapfelzubereitung.«

Ich muss lachen. Conny findet das jedoch gar nicht witzig.

»Du Bazi«, sagt sie und sieht ihn streng an.

Das klang nach Bayern. »Kommst du auch aus München, wie Merle?«, frage ich.

»Ja, wir haben beide die Nähe zu den Bergen gegen das Meer getauscht.« Sie legt einen Stapel Servietten auf den Tisch. »So, fertig, habe ich schon erwähnt, dass ich Hunger habe?«

Wie auf Kommando geht die Küchentür auf. Zuerst sehe ich ein großes Tablett, danach einen Mann mit etwas längerem blondem Haar, das er zu einem Minipferdeschwanz gebunden hat.

»Hunger?«, fragt er und kommt ins Wohnzimmer. Als er mich entdeckt, stutzt er. »Ein neues Gesicht. Hi, ich bin Paul.«

»Caro«, sage ich, und mein Blick fällt auf das Tablett. Darauf liegen Sandwiches.

»Aber nicht zufällig die Caro, die gestern hier angekommen ist und Max mitgebracht hat, oder?«

Ich komme nicht mehr dazu, ihm zu antworten, denn die anderen beiden Männer treten, ebenfalls voll beladen, ins Wohnzimmer.

»Ach nee«, sagt Max und grinst mich an. »Habe ich nicht gesagt, dass die Insel klein ist und man sich zwangsläufig über den Weg läuft?«

»Leute, das ist Caro«, mischt sich Merle da ins Geschehen ein. »Sie hat eine der beiden Ferienwohnungen meiner Oma gemietet. Wir haben uns gestern Abend bei einem Grog kennengelernt.«

Ich brauche einen Moment, um zu verstehen, warum Merle mich allen noch einmal vorstellt, obwohl augenscheinlich alle darüber informiert sind, wer ich bin. Sie versuchen es tatsächlich wie einen Zufall aussehen zu lassen, dass Max und ich uns hier wiedersehen.

Max lächelt mich an. »Es gibt Sandwiches.«

»Habe ich schon gesehen. Da bin ich ja mal gespannt.«

»Fein«, sagt Merle. »Ich würde sagen, dann setzen wir uns und lassen es uns schmecken. Agata und Adam essen dann später. Das kann noch eine Weile dauern, bis die beiden hier sind.«

Ole ist der Erste, der sitzt. Er zieht den Stuhl neben sich nach vorne. »Caro?«

Warum nicht? »Danke«, sage ich, als ich neben ihm Platz nehme.

Ich streiche mit der Hand über das dunkle Holz des großen massiven Tisches. »Der ist wunderschön.«

»Jannes ist gelernter Tischler. Die Möbel sind fast alle von ihm«, erklärt Ole. »In der Saison repariert und verleiht er Räder, danach baut er Häuser um. Und wenn er Zeit hat, baut er Möbel. Die Stühle sind auch von ihm.«

Ich rutsche mit dem Hintern auf der Sitzfläche herum. »Sehr bequem.« Und überhaupt ist das Zimmer sehr geschmackvoll eingerichtet. Auf dem Boden liegt Parkett. Die Wände sind im unteren Drittel in einem Grauton gestrichen, der leicht ins Bräunliche geht, darüber in einem gedeckten Weiß. Eine gemütliche Couchlandschaft und zwei Sessel laden zum Kuscheln vor dem großen Fernsehgerät ein. Das Beste aber ist der Blick nach draußen. Ans Wohnzimmer schließt sich eine große Terrasse an, dahinter der Garten, in dem die gleichen Lichtkugeln im Schnee leuchten wie bei Enna.

Der Tisch ist für sieben Personen eingedeckt. Merle setzt sich neben mich, Jannes wählt das Tischende. Uns gegenüber sitzen Conny, Paul und Max.

»Das Essen heute Abend habt ihr Caro zu verdanken«, erklärt Max. »Sie hat mich an einer Raststätte, noch im Ruhrpott, eingesammelt und während der Fahrt mit sauleckeren Sandwiches versorgt. Das hat mich dazu inspiriert, euch heute auch mal damit zu überraschen.«

»In der Deluxe-Variante«, erklärt Paul und zeigt in Richtung des Tabletts, auf dem sich die Sandwiches stapeln. »Wir haben Ente à l'orange, Rinderfilet mit scharfer Rhabarbersoße, Scholle in Honig-Dill und die Veggie-Version,

Büffelmozarella mit Mango und gegrillter Paprika. Greift zu. Heute ist Selbstbedienung. Getränke stehen auf dem Tisch. Guten Hunger!«

»Was trinkst du? Wein oder Bier?«, fragt Ole und zeigt auf die Getränkeansammlung in der Mitte des Tisches, bestehend aus Weißwein, Rotwein, Wasser, Apfelsaft und Bier.

»Wasser«, antworte ich. »Sonst kannst du mich nachher auf dem Gepäckträger zu Enna bringen.«

»Wäre auch kein Problem.« Er lächelt verschmitzt. »Darin bin ich geübt.«

»Im Laufe des Abends soll es noch mal richtig schneien«, mischt Merle sich da ins Gespräch ein. »Das wäre eine sehr wackelige Angelegenheit. Adam hat angeboten, dich nachher mit der Kutsche zurückzubringen, Caro. Er muss sowieso noch was vom Loog abholen.«

Ich überlege nicht lange. »Das ist super, das Angebot nehme ich gerne an.«

»Schön, dann fahren wir also Kutsche«, sagt Ole.

Merle zieht eine Augenbraue nach oben. »Und dann gurkst du mit dem Rad wieder zurück, oder was?«

Er schüttelt den Kopf. »Ich übernachte heute auch im Loog bei meiner Mutter«, erwidert er und schaut mich an. »Was trinkst du? Wein oder Bier?«

»Zum Essen gerne ein Glas Weißwein.«

Ich warte, bis Ole mir eingeschenkt hat, und beobachte dabei die anderen, die schon genussvoll in ihre Sandwiches beißen oder etwas trinken. Dabei bemerke ich, dass Max zu mir rübersieht.

»Welches Sandwich ist dein Favorit?«, frage ich.

»Alle.«

»Schaff ich nie!«

»Wir können uns jeweils eins teilen«, schlägt Merle vor. »Was hältst du davon?«

»Gute Idee.« Ich lächle sie an. »Und danke noch mal für die Einladung.«

Da sagt Ole neben mir: »Schön, dass du hier bist, Caro.« Er hält mir mein Weinglas hin. Seins hält er in der anderen Hand. »Lass uns anstoßen. Auf eine schöne gemeinsame Zeit hier bei uns auf dem Töwerland.«

Ich greife zu. Kurz darauf klirren sanft unser Gläser aneinander.

»Der Anfang ist auf jeden Fall schon mal sehr schön«, sage ich. »Danke fürs Abholen und die Radbegleitung.«

»Immer wieder gerne.« Er strahlt mich an. »Vielleicht überlegst du es dir ja am Ende noch, und du bleibst hier bei uns. Du wärst nicht die Erste. Ich würde mich auf jeden Fall darüber freuen.«

»Ich freue mich jetzt erst einmal auf das Sandwich«, sage ich ausweichend und beiße in die Ente à l'orange, die Merle zuerst für uns ausgesucht hat. »Mmh«, mache ich, konzentriere mich vorerst aufs Essen, lasse meinen Blick durch die Runde schweifen und sortiere meine Gedanken.

Ole flirtet mit mir, und zwar ganz offensichtlich. Hat er tatsächlich Interesse? Oder will er Conny, seine Freundin mit gewissen Vorzügen, eifersüchtig machen, so wie Jannes das nach der Schneeballschlacht angedeutet hat? Sie unterhält sich angeregt mit Max, schielt aber hin und wieder zu uns rüber, so wie ich zu den beiden. Max hingegen ist auf Conny konzentriert. Ihn scheint es nicht die Bohne zu interessieren, was zwischen Ole und mir gerade passiert.

Ich bin ehrlich genug, mir selbst gegenüber einzugestehen, dass ich das sehr schade finde. Ich fühle mich zu Max hingezogen. Das weiß ich nicht erst seit dem Traum. Allerdings bin ich mir nicht sicher, ob das auch so wäre, wenn ich nicht dieses eine Bild vor Augen hätte, Max am Bett seiner Frau, Gitarre spielend und seine leisen Töne singend. Und schließlich der Moment, in dem er entschieden hat, sie für immer gehen zu lassen. Was habe ich damals geweint! Obwohl ich weder Max noch Meret persönlich kannte, habe ich mit Max getrauert.

Aber wie meinte Kerstin, die Stationsärztin, letztens so treffend? Manchmal trifft es uns mitten ins Herz.

16. Kapitel

Einen Favoriten habe auch ich nicht ausmachen können. Alle vier Sandwichhälften haben köstlich geschmeckt. Ich seufze auf und lehne mich zufrieden im Stuhl zurück.

»Das kommt raus, wenn zwei geniale Köche sich zusammentun«, sagt Merle. Paul ist Koch im *Achterdiek*, das für seine sehr gute Slowfoodküche bekannt ist.

»Es war superlecker!« Ich fahre mir mit dem Handrücken über die Stirn.

»Alles in Ordnung bei dir?«, fragt Merle.

»Ja, mir ist nur etwas warm.« Ich zupfe an meinem Rollkragenpullover. Ole hat seinen mittlerweile ausgezogen. Er sitzt im T-Shirt neben mir und unterhält sich angeregt mit Paul.

»Ich hätte dich vorwarnen müssen. Seitdem ich schwanger bin, friere ich ständig. Hier läuft die Heizung auf Hochtouren. Deswegen ist eigentlich immer Zwiebellook angesagt. Hast du kein Shirt drunter? Dann könnte ich dir eins leihen.«

Ein rosa-blau-braun geringeltes Merinoshirt, denke ich. Aber was solls, weiß ja niemand, dass es Unterwäsche ist. Letztendlich sieht es aus wie ein Langarmshirt in Ringeloptik. Nicht sehr sexy, besonders nicht im Vergleich zu Connys Outfit, aber letztendlich muss und will ich mich hier auch nicht vergleichen. Kurz entschlossen ziehe ich also meinen Rolli über den Kopf, suche in meiner Tasche nach meiner neu erstandenen Spange, mit der ich mein Haar lose hochstecke, und fühle mich kurz darauf schon wesentlich besser.

Allerdings hält der Moment nicht lang an, denn ich habe damit Oles Aufmerksamkeit erregt. Er springt auf, geht aus dem Raum und kommt kurz darauf mit einem Zehn-Euro-Schein zurück, den er mir direkt vor die Nase legt.

»Eintrittsgeld für deine Tanzshow heute Nachmittag«, sagt er, natürlich so laut, dass es alle mitbekommen.

»Du tanzt?«, fragt Paul. »Professionell?«

Ich werfe Ole einen bösen Blick zu, danach lächle ich Paul an. »Nur für mich privat. Aber wenn mich jemand heimlich dabei beobachtet, kassiere ich zehn Euro.«

»Ich verstehe«, sagt Paul, aber das bezweifle ich.

»Caro ist der absolute Hammer. Sie tanzt wie eine Göttin.« Ole schmachtet mich an. Er hat eindeutig zu viel getrunken.

Es ist Merle, die mich aus der unangenehmen Situation rettet. »Hilfst du mir jetzt mit den Bratäpfeln, Caro?«, fragt sie.

Ole hebt sofort seine Hand. »Ich bin auch dabei.«

»Du bleibst schön brav hier sitzen«, bestimmt Merle. »Komm, Caro.«

Auf dem Weg zur Küche kommen wir an einem Garderobenspiegel vorbei. »Ich seh ja heiß aus«, stelle ich sarkastisch fest. Meine Haarspange sitzt schief, und aus meiner hüftig geschnittenen Jeans ragen oben am Bund gut drei Zentimeter meiner Ringelunterhose raus, die ich über das Shirt gezogen habe. »So richtig sexy.«

»Bist du«, sagt Merle. »So ziemlich jeder der anwesenden Männer steht auf dich. Vielleicht gerade, weil du dir keine Gedanken um dein Aussehen machst. Du bist natürlich schön und strahlst Wärme aus.«

»Ja, super, Max hat mir auf der Fahrt nach Norddeich gesagt, ich habe was Mütterliches!« Ich fummele mein Shirt aus der Hose, damit wenigstens der Unterhosenbund nicht mehr zu sehen ist. Und natürlich mache ich mir Gedanken um meine Optik – und finde sie momentan ganz fürchterlich.

Merle lacht und geht in die Küche. »Ole himmelt dich gnadenlos an, Max versucht es zu verheimlichen, und Paul hält sich zurück, weil er Max mag.«

»Paul hat mich bisher kaum beachtet, Ole flirtet mit mir, weil er Conny eifersüchtig machen will, und Max hat mir eine Abfuhr erteilt, als ich ihn bei unserer Ankunft gefragt habe, ob wir uns wiedersehen.«

»Ich weiß, das hat Jella mir erzählt.« Sie wird ernst. »Jannes hat mir gesagt, Max hat vor einigen Jahren seine Frau verloren. Die beiden waren frisch verheiratet gewesen. Seitdem hat er nie wieder eine ernsthafte Beziehung geführt.«

»Das tut mir leid«, sage ich und nehme mir vor, unbedingt bei nächster Gelegenheit Max zu erzählen, dass ich damals auf der Intensivstation in Essen gearbeitet habe.

»Mir auch, das ist ein unvorstellbarer Gedanke.« Merle streicht sich über ihren Bauch. »Aber jetzt lass uns über schöne Dinge reden.« Sie sieht sich in der Küche um. »Haben die Männer nicht gut aufgeräumt? Ich dachte, wir würden das reine Chaos hier vorfinden.«

»Vorbildlich.«

»Finde ich auch.« Sie sieht sich noch einmal um. »Hier hat ganz sicher Paul das Regiment geführt. Er ist es gewohnt zu delegieren. Er hat sich übrigens die Bratäpfel gewünscht, weil er die selbst normalerweise nicht mag. Ich soll ihn überraschen.«

»Und wie machst du das? Mein Fall sind die Dinger ehrlich gesagt auch nicht.«

»Was stört dich daran? Oder was fehlt dir?«, fragt Merle.

»Meistens stecken mir zu viele Rosinen drin. Oder Unmengen an Marzipan. Was mir fehlt? Teig! Ich habe schon mal welche im Schlafrock gebacken, aber überzeugt haben die mich auch nicht.«

»Geht mir ähnlich. Deswegen habe ich mir einen Bratapfel mit Crumble überlegt. Ich kenne niemanden, der einen guten Crumble nicht mag. Aber wir schneiden die Äpfel nicht klein, sondern lassen sie ganz, höhlen sie aus und füllen sie mit leckeren Streuseln und den Apfelresten, die wir vom Aushöhlen übrig behalten. Die Streusel habe ich vorhin schon vorbereitet, bevor die Männer die Küche beschlagnahmt haben.«

»Das ist eine tolle Idee.«

Wir machen uns an die Arbeit. Dabei erzählt Merle mir, dass es ein altes Familienrezept für eine Apfelrosentorte war, das sie vor zwei Jahren nach Juist geführt hat, wie sie sich in Jannes verliebt, spontan entschieden hat, auf der Insel zu bleiben, und Conny ihr dann gefolgt sei. »Sie kümmert sich um den reibungslosen Ablauf im Café, erstellt die Arbeitspläne, stellt die Mitarbeiter ein, bedient aber auch selbst. Ich bin für die Küche verantwortlich. Allein ist das nicht zu bewältigen. Im Sommer steppt hier wirklich der Bär. Da kommt man kaum zum Durchatmen. Aber dafür haben wir ja dann die Wintermonate.«

»Also habt ihr hier entweder volles Programm und Stress oder Ruhe pur.«

»Ja.«

»Und wie machst du das, wenn die kleine Ilvy oder Meret da ist?«

»Dann springen Oma und Jella ein.« Sie zwinkert mir zu. »Aber ich brauche noch jemanden für die Küche.«

»Du bist aber hartnäckig.«

»Wer weiß, vielleicht erinnerst du dich irgendwann an mich und mein Angebot«, sagt Merle. »Und übrigens denke ich, dass Ole dich wirklich mag. Er ist kein guter Schauspieler.« Sie mustert mich. »Was ist mit dir? Ganz abgeneigt bist du auch nicht, oder?«

»Ganz ehrlich? Darüber habe ich mir noch gar keine Gedanken gemacht. Ich finde ihn durchaus attraktiv, sehr charmant, und ich glaube, dass man mit ihm viel Spaß haben kann.« Ich seufze wehleidig. »Aber ich stehe wohl eher auf die dunklen, komplizierten Typen.«

»Hab ich mir gedacht. Warten wir mal ab, was der Abend noch so bringt.« Merle deutet auf mein Shirt. »Willst du was von mir anziehen?«

Ich recke mein Kinn nach vorn. »Wieso sollte ich? Wenn doch alle Kerle auf meinen natürlichen Ringel-Look stehen.«

»Da hast du auch wieder recht.«

»Davon mal ganz abgesehen, muss ich unbedingt zum Friseur. Weißt du, ob es hier auf der Insel einen guten gibt, bei dem man noch spontan einen Termin bekommt?«

»Frag doch Conny«, schlägt Merle vor. »Sie war Friseurin, bevor sie hier auf der Insel gestrandet ist. Und sie ist wirklich sehr gut. Mir macht sie auch immer die Haare.«

Ob das mal eine so gute Idee ist, überlege ich, während Merle das Blech mit den Bratäpfeln in den Ofen schiebt. Als sie wieder aufsieht, fällt ihr Blick aus dem Fenster.

»Da kommen Agata und Adam. Die Männer haben noch ein paar Sandwiches für sie im Kühlschrank deponiert. Holst du sie raus? Einen großen Teller findest du im Schrank neben der Spüle. Dann mach ich schon mal auf.«

»Ja, klar.«

Kurz darauf höre ich Stimmen im Flur, und schon steht eine Frau mit dunklen geflochtenen Zöpfen in der Küche. In der Hand hält sie eine weiße Wollmütze mit einem großen Bommel. Es ist die Schlittschuhläuferin vom Hammersee.

»Hi, ich bin Agata«, sagt sie. Eine zweite, männliche Person erscheint. »Und das ist mein Adam, der Mann mit der Kutsche, der dich nachher nach Hause fahren wird.« Beide strahlen mich an.

»Hallo, ich bin Caro.« Ich halte den Teller mit den Sandwiches hoch. »Die Frau mit eurem Essen. Habt ihr Hunger?«

Lachend gehen wir ins Wohnzimmer.

»Ich habe dich vermisst«, sagt Ole, als ich mich neben ihn setze. Und ich kann ganz genau sehen, dass Conny mit den Augen rollt, bevor sie sich wieder in das Gespräch mit Max vertieft.

»Hast du einen sitzen, Ole?«, frage ich leise.

Er lässt seinen Kopf auf meine Schultern sinken. »Nur einen kleinen. Habe ich dir schon gesagt, dass du der Hammer bist?«

Na super! »Ja, schon zweimal, und dem Rest der Runde auch bereits einmal.«

»Und dabei stehe ich gar nicht auf Blondinen.«

»Und was ist mit Helene Fischer?«

»Das war ein Scherz.«

»Das heißt, du stehst normalerweise eher auf dunkelhaarige Frauen? So wie Conny?«, flüstere ich.

Oles Kopf sinkt wieder auf meine Schulter. »Ich will sie, und zwar für den Rest meines Lebens. Aber sie ist zickig. Und du bist wirklich sehr nett.«

»Okay.« Ich drücke ihn zurück.

»Das liegt am Wein, ich trinke normalerweise nur Bier«, erklärt Ole und legt seinen Arm um mich.

Die Flasche, die er für uns geöffnet hat, ist leer. Und daneben steht eine halb volle.

»Conny gefällt es gar nicht, dass du so mit mir flirtest«, flüstere ich.

»Gut so.« Ole grinst mich an und wirkt dabei wie ein kleiner Junge.

»Kann dir irgendjemand böse sein?«, frage ich.

»Conny«, antwortet Ole. »Aber das mit dem Hammer habe ich absolut ernst gemeint. Und Max ist ein Idiot, wenn er das nicht bemerkt.«

»Da hast du recht.« Ich seufze. »Schade, dass ich nicht auf blonde Männer stehe.«

»Nö, das ist schon in Ordnung so. Alles andere würde die Sache verkomplizieren. Und ich bin eher einfach gestrickt.«

Ich kann gar nicht anders, als laut zu lachen.

Das bewirkt, dass jetzt beide, Conny und Max, zu uns rüberschauen. Oles Arm liegt immer noch auf meiner Schulter. Ich schenke Max und Conny ein strahlendes Lächeln, bevor ich zu der Flasche Wein greife und mir nachschenke.

»Wie lange bleibst du auf Juist, Caro?«, fragt Conny.

»Für immer«, antwortet Ole. Ich verkneife mir das Lachen. Ole ist wirklich putzig, aber das geht zu weit. Ich habe keine Lust, mich als Spielfigur benutzen zu lassen.

»Eine Woche«, antworte ich.

»Dann wünsche ich dir viel Spaß in der Zeit hier.«

Ups, das war eine Spitze. Das konnte man am ironischen Tonfall hören.

»Spaß suche ich hier eigentlich nicht«, erkläre ich. »Eigentlich hat ein Versprechen mich nach Juist geführt – und die Sehnsucht nach Stille.«

»Sieht man«, sagt Conny.

Mir liegt eine bissige Antwort auf der Zunge. Aber im letzten Moment wird mir klar, dass Oles Strategie anscheinend aufgegangen ist. Conny ist eifersüchtig.

Ich komme nicht mehr dazu, ihr zu antworten, denn in dem Moment klopft Agata gegen ihr Glas.

»Ihr Lieben, ich habe eine Bitte an euch«, sagt sie. Der Akzent erinnert mich an den des Mannes, den ich heute auf meinem Spaziergang getroffen habe. Jetzt bin ich mir sicher, dass er aus Polen kam, so wie Agata. »Ich gehe davon aus, dass Damian, mein Exmann, auf der Insel ist. Deswegen wollte ich euch bitten, die Augen offen zu halten. Ich befürchte, dass er wegen Liliana da ist. Ihm gefällt es gar nicht, dass unsere Tochter in Zukunft hier bei Adam und mir leben wird. Ganz sicher bin ich mir nicht. Aber ich habe ständig das Gefühl, beobachtet zu werden. Und heute habe ich einmal gedacht, ihn vor der *Strandrose* gesehen zu haben. Aber es war nur ein flüchtiger Moment. Als ich nachgesehen habe, war er nicht mehr da.«

Ach herrje! »Wie sieht er denn aus?«, frage ich.

»Blond, eins dreiundachtzig groß, sehr schöne blaue Augen, wie die von Daniel Craig.«

Mir wird augenblicklich mulmig zumute. »Heute ist mir während meines Spaziergangs zum Hammersee ein Mann begegnet, der auf deine Beschreibung passt. Er trug eine blaue Sportjacke, helle graue Jogginghosen und weiße Turnschuhe. Als er mit mir gesprochen hat, ist mir sein Akzent aufgefallen, der deinem ähnlich ist. Tut mir leid, wenn ich das gewusst hätte, hätte ich dir natürlich Bescheid gesagt, aber ich bin davon ausgegangen, dass er Schlittschuhlaufen will. Auf dem Rücken trug er einen schwarzen Rucksack. Er ist in einem Zugang zum See verschwunden, nicht weit von der Stelle entfernt, an der du mit Max Schlittschuh gelaufen bist – sofern du das warst.« Ich lächle etwas unsicher, weil es mir irgendwie unangenehm ist. »Seine Augen waren blau, sie sind mir sofort aufgefallen.«

Agata nickt, legt ihre Hand auf die Grube unter ihrem Hals und atmet tief durch. »Dann ist er also wirklich hier. Ich wusste es! Das ist Damian. Die Jogginghose, die Turnschuhe … das passt zu ihm.«

»Bist du sicher, Agata?«, hakt Max nach. »Woher soll er denn gewusst haben, dass wir heute Schlittschuhlaufen gehen? Wir haben uns ganz spontan entschieden.«

»Vielleicht ist er uns gefolgt? Wie gesagt, ich hatte heute ständig das Gefühl, dass er in der Nähe ist.« Agata schüttelt den Kopf. »Das habe ich geahnt, es passt ihm gar nicht, dass ich wieder heiraten möchte und glücklich bin.« Sie steht auf. »Ich bin gleich wieder da. Ich rufe meine Eltern an. Sie passen heute Abend auf Liliana auf.«

Niemand sagt ein Wort, alle wirken betroffen.

»Wie alt ist Liliana?«, frage ich.

»Acht«, antwortet Adam. »Sie hat bisher bei ihren Großeltern in Polen gewohnt. Agata hat hier während der Saison für alle das Geld verdient. Und im Winter ist sie zu ihrer Familie nach Polen zurückgekehrt. Jetzt verdienen wir zu zweit, wir haben endlich eine größere Wohnung gefunden und können es uns leisten, Liliana hier bei uns leben zu lassen.« Er lächelt. »Sie hat schon sehr fleißig Deutsch gelernt in den letzten beiden Jahren und freut sich sehr, dass sie jetzt bei ihrer Mama auf der Insel leben kann. Und ich freue mich auch.«

Adam wischt sich verstohlen eine Träne aus den Augen. Ole klopft ihm auf die Schulter. »Alles wird gut, Mann, da bin ich mir sicher. Liliana wird es hier gut gehen. Wir passen alle auf sie auf.« Sein Arm wandert weiter und liegt jetzt über Adams Schultern. »Und auf euch passen wir auch auf. Ihr gehört zur Familie.«

Adam nickt und fasst sich wieder. »Versteht das nicht falsch, Damian liebt seine Tochter. Er würde ihr nie etwas antun, zumindest nicht bewusst. Aber wenn er getrunken hat, weiß er manchmal nicht, was gut und richtig ist. Agata traut ihm durchaus zu, dass er versucht, Liliana wieder nach Polen zu holen.«

»Was ihm schwerlich gelingen wird«, sagt Jannes. »Denn dafür muss er mit der Fähre oder dem Flieger rüber. Das können wir verhindern. Und wir können auch die Personen mit privaten Booten darüber informieren. Das übernehmen Ole und ich.«

»Ja«, stimmt Ole sofort zu. »Das machen wir.«

Da kommt Agata wieder zurück. »Es ist alles in Ordnung«, sagt sie. »Liliana geht es gut. Meine Eltern wissen jetzt Bescheid. Sie passen auf.«

»Sollen wir gehen?«, fragt Adam, doch Agata schüttelt den Kopf.

»Bei meinen Eltern ist Liliana sehr gut aufgehoben. Das war sie all die Jahre. Sie machen nicht auf, wenn jemand klingelt. Ich glaube auch nicht, dass Damian ihr schaden würde. Er ist kein schlechter Mensch.« Sie seufzt. »Mir wäre nur lieber, er hätte mich angesprochen, anstatt vor der *Strandrose* rumzulungern.«

»Wenn er uns allerdings bis zum Hammersee gefolgt ist, ist das schon ein starkes Stück«, wirft Max ein.

»Nachdem mein Mann mich wegen einer anderen Frau verlassen hat, habe ich mir auch die Blöße gegeben, vor ihrer Haustür rumzulungern, oder vielmehr habe ich im Auto gesessen und darauf gewartet, die beiden zu sehen. Im Nachhinein schäme ich mich dafür, aber ich wollte es einfach noch mal mit eigenen Augen sehen. Allerdings sind sie die ganze Zeit in der Wohnung geblieben, und ich habe mich im Auto kaputt geschwitzt.« Ich atme tief durch. »Ich hätte mir den Aufwand sparen können. Zwei Tage später habe ich die beiden ganz zufällig doch noch zu Gesicht bekommen, eng umschlungen in der Umkleidekabine. Versteht mich nicht falsch, ich will Damians Verhalten damit keinesfalls entschuldigen. Aber sowohl du, Agata, als auch du, Adam, habt eben gesagt, dass er kein schlechter Mensch ist. Und manchmal lässt man sich zu Dingen verleiten, bei denen man dummerweise das Gehirn ausschaltet.« Ich räuspere mich. »Nicht jeder natürlich, aber ich schon.«

»So etwas in der Art habe ich auch gedacht«, sagt Agata. »Er kennt dich nicht, Adam. Vielleicht wollte er einfach nur sehen, wer du bist.« Sie sieht in die Runde. »Am besten, ihr ruft mich an, wenn ihr einen Mann seht, der auf Damians Beschreibung passt. Hier haben ja alle meine Nummer, und dir gebe ich sie auch gleich, Caro.«

Ein lautes Piepen aus der Küche ertönt. Die Bratäpfel sind fertig. Merle ist im Begriff aufzustehen, doch ich halte sie zurück. »Bleib sitzen, ich geh schon.«

17. Kapitel

In der Küche atme ich tief durch. Ich hoffe, dass ich mit meiner Vermutung richtigliege und Damian einfach nur wissen wollte, mit wem Agata und vor allem aber auch seine Tochter nun glücklich werden.

Ich ziehe gerade das Blech aus dem Ofen, da merke ich, dass hinter mir jemand die Küche betritt.

»Nicht erschrecken.« Es ist Max' Stimme.

Ich stelle die Äpfel auf der Arbeitsplatte ab und drehe mich zu ihm. Mein Herz klopft etwas schneller, und ich fühle mich plötzlich wieder wie sechzehn. Mir fällt nichts ein, was ich sagen könnte. Also ziehe ich eine Schublade nach der anderen raus, um nach einem Pfannenwender zu suchen, mit dem ich die Äpfel unfallfrei auf die Teller setzen kann.

»Neben dem Kochfeld, an der Küchen-Reling«, sagt Max.

»Okay, danke.« Ich setze den ersten Bratapfel auf einen der Teller. »Sehen super aus.« Ich schnuppere. »Und riechen verdammt lecker.«

»Warum hast du dich nicht bemerkbar gemacht, als du Agata und mich am See gesehen hast?«

»Weil du mir eine Abfuhr erteilt hast, als ich dich gefragt habe, ob wir uns wiedersehen. Und zu dem Zeitpunkt wusste ich nicht, dass es Agata ist, mit der du da auf dem gefrorenen See herumalberst. Warum hätte ich da auf mich aufmerksam machen sollen?«

»Aber du wusstest, dass ich heute Abend hier bin. Merle hat es dir doch ganz sicher gesagt. Und du bist trotzdem da.«

»Trotzdem, du hast es erfasst. Ich wollte eigentlich nicht kommen. Aber dann hat Jannes die Trumpfkarte gezogen und Merles Backkünste ins Spiel gebracht.« Ich deute mit dem Kopf auf die Bratäpfel. »Er hatte recht. Allein dafür hat es sich gelohnt.«

»Soso, Jannes also auch. Mich hat Paul überredet.«

Ich befördere den nächsten Apfel auf einen Teller und fluche leise, als er mir beinahe dabei umkippt.

Max holt einen Löffel aus einer der Schubladen und reicht ihn mir. »Stütz damit ab, so müsste es funktionieren.«

Er steht jetzt ganz nah bei mir, und mein Herz, das sich gerade ein wenig beruhigt hat, schlägt wieder ein bisschen schneller.

»Und was ist mit Ole? Du flirtest ganz schön mit ihm.« Er rümpft die Nase. »Und ich muss zugeben, dass mir das gar nicht gefällt.«

Damit habe ich nicht gerechnet. »Was hältst du davon, wenn wir nachher mal ganz in Ruhe reden?«, schlage ich vor. »Oder vielleicht morgen? Ich möchte dir da nämlich gerne was erklären.«

Max lächelt schief. »Deinem Tonfall nach scheint das Gespräch nicht angenehm zu werden. Du magst ihn also wirklich?«

»Wie kommst du denn darauf? Nein, das hat gar nichts mit Ole zu tun. Er …« Ich komme nicht dazu, den Satz auszusprechen, denn Conny betritt den Raum.

»Oh, sorry, ich wollte nicht stören, ich dachte, du seist zum Klo gegangen, Max«, sagt sie.

Ich trete ein Stück von Max zurück, der immer noch verdammt nah bei mir steht. »Du störst nicht, du kommst genau richtig, Conny«, erwidere ich. »Ich wollte Max gerade erklären, dass ich nicht mit Ole flirte, sondern er mit mir. Aber er macht das nicht, weil er auf mich steht, sondern weil er dich eifersüchtig machen will.« Ich atme tief durch. »Und ganz ehrlich, langsam wird mir das zu blöd. Ich weiß, dass Ole ein netter Kerl ist, der bis über beide Ohren in dich verliebt ist und davon träumt, den Rest seines Lebens mit dir zu verbringen. Und wenn du ähnlich empfindest, dann solltet ihr aufhören mit dem Blödsinn. Wenn ich die Chance hätte, den Rest meines Lebens mit einem Mann zu verbringen, der mir sehr viel bedeutet, dann würde ich wollen, dass der Rest des Lebens sofort beginnt.« Ich schnappe mir zwei Teller mit Äpfeln. »So, und jetzt bring ich die Bratäpfel rüber. Die restlichen fünf schafft ihr bestimmt allein.«

Ich spüre selbst, dass ich knallrot bin. Meine Gesichtsfarbe ändert sich nicht nur, wenn mir etwas unangenehm ist, sondern auch, wenn ich mich aufrege. Passt zu meinem Ringel-Look, denke ich trotzig und verschwinde ins Wohnzimmer.

»Die ersten beiden Portionen«, verkünde ich und platziere einen der Teller vor Paul. »Da Merle das Rezept für dich entwickelt hat, darfst du zuerst probieren.« Den zweiten stelle ich vor Merle. »Es riecht köstlich.«

Sie sieht mich kurz an. »Alles okay?«, fragt sie leise.

Ich nicke und lasse mich auf meinen Stuhl fallen.

»Da ist sie ja wieder, meine Traumfrau«, verkündet Ole laut.

»Mann, Ole. Heb dir das für Conny auf«, schimpfe ich. Und es ist mir egal, dass alle es mitbekommen. Hier weiß ja eh jeder über jeden Bescheid. »Lass dir was einfallen, um sie zu beeindrucken, bei mir ist das nicht nötig.«

»Ich habe doch schon alles versucht«, gibt Ole kleinlaut von sich. »Aber immer, wenn es gerade schön wird, macht sie einen Rückzieher. Was soll ich denn machen?«

»Keine Ahnung. Draufsetzen und nie wieder aufstehen – überleg dir was.«

Hinter mir ertönt ein glockenklares, lautes Lachen. Ich drehe mich um und sehe, dass Conny und Max mit den restlichen Bratäpfeln hinter uns stehen.

»Ich finde, das ist eine sehr charmante Idee. Aber ich würde den Spieß gerne umdrehen. Ole ist mir eindeutig zu schwer. Mir wäre es lieber, wenn ich mich oben draufsetze.« Conny lächelt schelmisch und stellt Ole einen Teller vor die Nase. Obwohl sie flüstert, kann ich ganz genau hören, wie sie »Das macht mir auch mehr Spaß« sagt. Sie küsst Ole sanft auf den Mund. »Ich liebe dich, Ole.«

Geht doch! Ich atme erleichtert auf. Und auch die anderen scheinen erleichtert zu sein.

»Gut gemacht, Caro«, sagt Merle leise zu mir, bevor sie laut verkündet: »Dann mal guten Appetit. Bratapfel à la Crumble.«

Der Apfel ist verdammt heiß. Ich puste einen Moment, bevor ich die erste Gabel in meinen Mund schiebe und genussvoll die Augen schließe.

»Der ist der Hammer«, sagt Ole da neben mir. Und ich finde, diesmal hat er damit recht.

»Saulecker«, sagt nun auch Paul.

»Liegt an den aromatischen Äpfeln«, erklärt Merle. »Sie sind aus Omas Garten. Wir ernten sie im Oktober, wickeln sie in Zeitungspapier ein und lagern sie kühl im Keller. Dort halten sie sich ein paar Monate.«

»Und der Crumble?«, hakt Paul nach. »Klassisch? Butter, Zucker, Rohrzucker wahrscheinlich, Mehl, Zimt?«

»Und Muskatnuss«, ergänze ich.

»Bist du sicher, dass du nicht doch lieber Kuchen backen möchtest, anstatt dich um kranke Menschen zu kümmern, Caro?«, fragt Merle.

»Für mich wird Backen immer ein Hobby bleiben. Es ist der Ausgleich zu meinem Job, der mich manchmal an meine Grenzen bringt«, erkläre ich. »Aber ich werde auf jeden Fall in dem Bereich weiterarbeiten.«

»Was machst du denn?«, fragt Conny. »Bist du Ärztin?«

»Ich bin Intensivkrankenschwester«, antworte ich. »Ursprünglich wollte ich mal Medizin studieren, mein Abi war aber zu schlecht. Und dann bin ich doch in meinem jetzigen Beruf hängen geblieben.« Ich werfe Max einen Blick zu. Bisher habe ich ihm nur erzählt, dass ich Krankenschwester bin, das Intensiv hatte ich während der Fahrt weggelassen. Er hört interessiert zu, scheint aber nicht überrascht zu sein.

»Schade. Wir könnten eine Inselärztin gut gebrauchen. Momentan arbeiten zwei Männer hier. Die sind ja ganz nett – aber eben keine Frauen.« Conny lächelt mich an. Zum ersten Mal an diesem Abend habe ich das Gefühl, dass es echt ist, denn es sind nicht nur ihre Mundwinkel, die sie nach oben zieht, auch ihre Augen lächeln mich an.

»Studieren kannst du immer noch. Ich bin gelernte Konditorin«, erklärt Merle neben mir, »habe danach aber noch ein BWL-Studium drangehängt.«

»Und jetzt backst du doch wieder Kuchen«, sagt Ole. »Dein Studium war also für die Katz.«

»Das würde ich so nicht sagen«, entgegnet Merle. »Mir hat das Studium im kaufmännischen Bereich schon was gebracht.«

Da meldet sich Agata zu Wort, die seit dem Gespräch über Damian sehr ruhig war. »Mein Studium war allerdings wirklich für die Katz. Ich habe Polnisch und Pädagogik studiert. In Polen war ich Lehrerin. Hier bin ich Hausdame einer Pension und erziehe Gäste.«

»Kannst du dein Studium nicht anerkennen lassen?«, frage ich.

»Doch, könnte ich, aber nur zum Teil. Und dann müsste ich trotzdem noch mal studieren und Referendariat machen. Und darauf habe ich überhaupt keine Lust. Außerdem könnte ich es mir nicht leisten.«

»Wie schade«, sage ich.

Doch Agata schüttelt den Kopf. »Mir gefällt meine Arbeit. Ich bin glücklich und habe hier alles, was ich brauche.« Sie greift nach Adams Hand. »Wir haben hier alles, was wir brauchen.«

Es ist schön zu sehen, wie glücklich Agata und Adam sind. Einen Moment blitzt Jörn vor meinem inneren Auge auf. Damals habe ich mich in seine unbekümmerte Art verliebt. Er kam genau im richtigen Moment und hat mir durch eine sehr schwierige Zeit geholfen. Ich esse schweigend den Bratapfel auf und lausche dabei nur noch halb den Erzählungen der anderen. Zum ersten Mal seit Langem habe ich wieder positive Gedanken, wenn ich an Jörn denke.

Es ist Agata, die mich wieder zurück in die Gegenwart bringt. »Merle hat erzählt, du bist hier, weil du nach einer

Frau namens Jorinde suchst. Und dass du die Kette einer alten Dame zu ihrer großen Liebe nach Juist bringen sollst.«

Ich nicke. »Ja, sie hat mich kurz vor ihrem Tod darum gebeten, aber ich habe sie leider nicht ernst genommen …«, erzähle ich. Und auch, wie die Geschichte sich weiterentwickelt hat. »Morgen treffe ich mich mit Teeske. Das hat Enna für mich ausgehandelt. Ich bin gespannt, vielleicht kann sie mir ja weiterhelfen.«

»Jorinde ist die weibliche, friesische Form von Georg«, erklärt Paul, »das weiß ich so genau, weil mein Vater sich mal sehr für Namenskunde interessiert hat. Er heißt Jörn, was eine männliche Kurzform von Georg ist.«

Na so was, denke ich, kaum denke ich an meinen Ex, kommt er auch schon um die Ecke, auch wenn es nur in der Form von Namensgleichheit ist.

»Frau Fischermann hat von einer Freundin gesprochen, nicht von einem Mann«, überlege ich laut. »Aber ich werde morgen noch mal in Ruhe nach den Namensbedeutungen googeln. Das ist eine gute Idee.«

»Wir haben allerdings eine Georgina auf der Insel«, sagt Merle, »die Mutter von Jorina, die diesen Sommer eingeschult wurde. Georgina ist allerdings auch erst knapp über dreißig. Die dürfte vom Alter her nicht infrage kommen.«

»Und wie heißt ihre Mutter?«

»Jolanda«, sagt Merle. »Sie dürfte etwa in Jellas und Svantjes Alter sein. Sie waren früher alle miteinander befreundet. Auch mit meiner Tante, Undine.«

»Das ist ja ein Ding!«, entfährt es mir. »Frau Fischermanns Zweitname ist Jolanda. Elfriede Jolanda Fischermann. Weißt du zufällig, wie Jolandas Mutter heißt?«

»Bentje«, antwortet Merle. »Sie ist ein paar Jahre älter als meine Oma. Und mindestens genau so fit. Vielleicht fragst du Oma einfach mal.«

»Das mache ich.« Ich blicke in die Runde. »Es ist übrigens sehr schön hier mit euch. Es ist ein wundervolles Gefühl, wenn man von allen Seiten so herzlich aufgenommen wird.«

»Darauf trinken wir einen Grog!«, sagt Jannes und grinst mich an. »Mit Ennas Rum. Wer will?«

»Na gut, aber diesmal nur einen.« An meinem zweiten Glas Wein habe ich bisher nur genippt, weil ich genau das befürchtet habe. Aber in Anbetracht der Tatsache, dass Adam mich zurück zum Loog bringt, werde ich mir auf jeden Fall wenigstens ein Gläschen gönnen.

Ole hebt die Hand. »Ich sage auch nicht Nein.«

»An deiner Stelle würde ich aber heute nicht zu viel trinken. Du hast später noch was vor«, sagt Conny und klingt zuckersüß dabei.

Ole strahlt mich mit roten Ohren an. »Ist sie nicht der Hammer?«

Kurz darauf stehen Gläser vor uns. Der Duft des Rums zieht verführerisch in unsere Nasen. Nur Adam und Merle schauen auf einen Kinderpunsch.

»Bevor ihr trinkt, muss ich euch noch was erzählen«, meldet sich da Paul zu Wort. Er lächelt sanft. »Ich habe eine Frau kennengelernt. Sie heißt Pia, ist wunderschön, und sie macht die besten Sahnekaramellen der Welt.« Er greift neben sich und holt eine Schachtel aus einer Tasche, die unten auf dem Boden steht. »Normalerweise sind ihre Rezepte streng geheim. Aber eins hat sie mir zu Weihnachten geschenkt. Gestern bin ich endlich dazu gekommen, den Kochlöffel mal ganz in Ruhe zu schwingen.« Er hebt die Schachtel hoch. »Pias Winter-Fudge. Ich denke, er wird ganz hervorragend zum Grog passen.«

»Pia?«, fragt Ole. »Warum weiß ich noch nichts von ihr?«

»Weil ich eher der stille Genießer bin.« Paul seufzt. »Und weil sie auf Rügen lebt. Sie betreibt dort einen kleinen Laden in Putbus, wo sie ihre hausgemachten Süßigkeiten, aber auch ihre Bilder anbietet. Sie ist Künstlerin.« Er reicht die Kiste Agata. Sie nimmt sich ein Stück Fudge heraus, und die Kiste wandert weiter durch die Runde.

Währenddessen fährt Paul fort: »Wir haben uns im Januar auf der ISM, einer Messe für Süßwaren und Snacks, kennengelernt. Ihr Großvater ist ein Schokoladenfabrikant der ersten Stunde. Eine tolle Frau, ich liege nicht nur ihren süßen Kreationen zu Füßen. Das Problem ist nur, dass sie Rügen nicht verlassen will. Ihre Großmutter und ihr Großvater leben dort, und ihre beiden Schwestern. Ihren Großvater hat sie erst letztes Jahr kennengelernt. Und sie möchte möglichst viel Zeit mit ihm verbringen. Und ich bin momentan hier auf Juist verpflichtet. Das heißt, dass wir zurzeit eine Fernbeziehung führen und uns bisher immer in der Mitte getroffen haben, in Hamburg.« Er greift zu seinem Grog. »Wenn ich mich jetzt betrinke, dann liegt es daran, dass ich euch Pia heute gerne persönlich vorgestellt hätte. Aber aufgrund der Wetterlage hat sie die Reisepläne sozusagen bis auf Weiteres auf Eis gelegt. Wir hatten vor, hier auf Juist unser erstes gemeinsames Silvester zu feiern.«

»›Das Wetter kommt, das Wetter geht‹, sagt Oma immer. Vielleicht klappt es ja doch noch mit Silvester.« Merle betrachtet das quadratische Stück Fudge in ihrer Hand. »Deine

Pia ist mir auf jeden Fall jetzt schon sympathisch.« Sie beißt ein Stück des goldbraunen Karamells ab. »Himmlisch!«

»Das ist es!«, stimme ich zu, nachdem ich mir auch den ersten Bissen gegönnt habe. »Und das Rezept ist geheim?«

Paul nickt und lächelt schelmisch. »Aber ihr könnt Pias Kreationen gerne online bestellen.«

Jannes hebt sein Glas. »Auf Pia und dass sie möglichst bald den Weg zu Paul auf die Insel findet.«

»Von Insel zu Insel«, sagt Ole. »Prost!«

Der Grog schießt mir sofort in den Kopf. Er ist um einiges stärker als der, den Enna gemacht hat. Aber er schmeckt trotzdem sehr lecker. Während wir trinken, erzählt Paul noch ein wenig von der Frau, in die er sich verliebt hat. Ich hoffe für ihn, dass die beiden sich für eine der beiden Inseln entscheiden werden.

Auch Max hört seinem Freund interessiert zu. Er wirkt völlig entspannt, hat die Beine lang ausgestreckt, die Arme locker vor der Brust verschränkt und sich leicht in den Stuhl zurückgelehnt. Doch plötzlich sieht er in meine Richtung. Sein Blick ist ernst. Ich lächle ihn an. Da steht er auf und geht aus dem Wohnzimmer.

Der Grog hat mich jetzt auch innerlich aufgeheizt. Ich puste mir ein paar Haare aus dem verschwitzten Gesicht. Zwar trage ich den Rollkragenpullover nicht mehr, aber mein Merino-Ringel-Shirt erledigt seine Arbeit hervorragend. Es wärmt! Ich überlege gerade, ob ich meine lange Unterhose unter der Jeans ausziehe, solange ich noch hier bin, da kommt Max zurück. Und er hat seine Gitarre dabei.

Sofort verstummen alle Gespräche. Max zieht seinen Stuhl etwas in den Raum hinein und setzt sich. Seine Stimme klingt rau, als er sagt: »Als ich von zu Hause aufgebrochen bin, habe ich mir vorgenommen, die Gitarre am Ende meiner Reise im Irgendwo zu versenken. Aber dann ist gestern etwas passiert, womit ich nicht gerechnet habe. Ich habe angefangen, einen Text zu schreiben, und habe ein bisschen komponiert. Es ist jetzt Jahre her, seit ich das letzte Mal …« Er lächelt schief. »Ich weiß nicht, ob ich es noch kann, aber ich würde euch gerne etwas vorspielen.«

Max zupft ein paar Mal an den Saiten seiner Gitarre. Und dann singt er.

ZEHENSPITZEN

Daumen raus – auf meinem Schild steht »Irgendwohin«
Augen auf – ist mir egal, wenn keiner weiß, wo ich bin
Leinen los – leichter Wind treibt das Leben zu mir
Tut nicht weh, jetzt zu gehen, ich glaub, ich war zu lange hier

Und ich geh aufs Eis und tanz auf Zehenspitzen
So lange, bis es bricht
Und ich geh aufs Eis und tanz auf Zehenspitzen
Entweder es bricht – oder nicht

Daumen raus – auf meinem Schild steht »Auf und davon«
Geradeaus wär zu leicht, um nach Hause zu kommen
Kann schon sein, dass ich morgen wieder hier steh
Muss nicht sein – kommt drauf an, wie lange ich mich noch dreh

Und ich geh aufs Eis und tanz auf Zehenspitzen
So lange, bis es bricht
Und ich geh aufs Eis und tanz auf Zehenspitzen
Entweder es bricht – oder nicht

Und immer wieder holt es mich ein
Ein bisschen zu Hause zu sein

Und ich geh aufs Eis und tanz auf Zehenspitzen
So lange, bis es bricht
Und ich geh aufs Eis und tanz auf Zehenspitzen
Entweder es bricht – oder nicht

Max hört auf zu spielen. Sein erster Blick gilt mir. Tränen laufen über mein Gesicht. Es fällt mir schwer, die Gefühle zu sortieren, die gerade in mir kämpfen. Ich sehe Max, den Mann, zu dem ich mich hingezogen fühle – und ich sehe den Mann, der trauernd am Bett seiner Frau sitzt und für sie singt, in der Hoffnung, sie könne ihn hören.

»Hier.« Oles Stimme hört sich ganz sanft an, als er mir das Taschentuch reicht.

»Danke.« Ich wische mir die Tränen aus dem Gesicht, stehe auf und sage laut: »Tut mir leid, ich muss mal an die frische Luft.«

18. Kapitel

Es schneit. Ich gehe ein paar Schritte in den Vorgarten, atme vorsichtig die eiskalte Luft ein und versuche, wieder einen klaren Kopf zu bekommen. Aber das ist, auch aufgrund des Grogs, gar nicht so einfach. Jetzt ärgere ich mich, dass ich mich wieder darauf eingelassen habe, mitzutrinken. Er lässt mich noch emotionaler werden, als ich sowieso schon bin. Im Flur höre ich Merles Stimme. Kurz darauf geht die Tür auf. Schritte knirschen hinter mir auf dem schneebedeckten Weg. Es ist Max. Obwohl ich ihn nicht sehen kann, spüre ich ihn.

Das ist doch verrückt, schießt es mir durch den Kopf. Kurz darauf legt er meine Jacke über meine Schultern.

»Nicht, dass du krank wirst.«

»Danke.« Ich drehe mich zu ihm um. »Tut mir leid, dass ich den Raum verlassen habe. Das war wunderschön. Aber ich konnte es da drinnen plötzlich nicht mehr aushalten.«

»Schon okay. Ich bin der Letzte, der so was nicht versteht. Ich befinde mich seit Jahren ständig auf der Flucht.« Er lächelt. »Ich habe das schon mal gesagt. Mit dir habe ich nicht gerechnet. Das war nicht als Abfuhr gemeint.« Er bewegt seine Hand in Richtung meines Gesichts, lässt sie jedoch wieder sinken. »Ich habe seit fast genau zehn Jahren nicht mehr gespielt.« Max sucht nach den richtigen Worten. »Es fällt mir nach all dieser Zeit noch immer schwer, darüber zu sprechen.«

Mein Herz wird schwer. »Max, ich bin Intensivkrankenschwester«, sage ich. »Ich habe meine Ausbildung in der Essener Uniklinik absolviert. Damals lag deine Frau auf unserer Station. Sie hat eine Hirnblutung erlitten. Du hast jeden Tag an ihrem Bett gesessen und für sie gesungen. Ich weiß, was passiert ist.«

Max braucht einen Moment, bis er sich wieder sortiert hat. »Und ich habe die ganze Zeit gewusst, dass ich dich irgendwoher kenne«, sagt er schließlich. »Doch dann habe ich das Gefühl abgeschüttelt und mir eingeredet, es fühle sich einfach so vertraut an, weil ich mich in deiner Nähe so dermaßen wohlfühle.« Er schüttelt den Kopf. »In Wirklichkeit sind wir uns schlicht und ergreifend früher schon ein paar Mal über den Weg gelaufen, aber ich habe es nicht mitbekommen. Oder einfach vergessen. Weil es keine Bedeutung hatte.«

Das tut weh. Ich beiße mir auf die Unterlippe, aber das hilft nichts. Wieder schießen Tränen aus meinen Augen.

Noch einmal schüttelt Max den Kopf. »Puh … Gib mir bitte einen Moment.« Er sieht in die Ferne.

Wahrscheinlich nach Irgendwohin, denke ich.

Zu allem Übel fängt meine Nase jetzt auch noch an zu laufen, und ich muss schniefen.

Max sieht wieder zu mir. Als er meinen Zustand bemerkt, lächelt er. »Scheiße, Caro, ich bin ein Idiot, der gerade versucht, einem Engel die Flügel zu stutzen. Das ist unverzeihlich.« Er wühlt in seiner Jackentasche und reicht mir ein zerknülltes Taschentuch.

»Danke.« Ich säubere meine Nase. »Tut mir leid, ich hätte es dir von Anfang an sagen müssen. Ich habe dich an der Raststätte erkannt, sonst hätte ich dich gar nicht mitgenommen.«

Max legt seine Hand auf meine Wange. »Nein, du musst dich nicht entschuldigen. Wie gesagt, ich bin der Idiot. Ich fühle mich in deiner Nähe verdammt wohl, und das hat überhaupt nichts damit zu tun, dass wir uns irgendwann schon mal über den Weg gelaufen sind.«

»Ja, ich weiß, ich hab so was Mütterliches an mir«, sage ich und zaubere ein kleines Lächeln auf Max' Gesicht.

»Du hast mich in dem Moment gehabt, in dem du auf meine Aussage, ich wäre in meinem anderen Leben schon mal auf Juist gewesen, geantwortet hast, dass ich die Insel in diesem Leben dann komplett neu kennenlernen könnte. Da wusste ich, dass es eine Bedeutung hat, dass ausgerechnet du angehalten hast.« Er lächelt verschmitzt. »Oder es war der Moment, in dem du die Leckerchen zielsicher nach hinten zu deinem Hund gepfeffert hast, ohne dich umzudrehen.«

»Jahrelange Übung«, erkläre ich grinsend.

Max zieht seine Hand zurück. Aber ich kann sie immer noch spüren. Dort, wo sie eben noch lag, bin ich ganz warm.

»Ja, genau das sagtest du auch im Auto schon.« Max sieht mich an und pustet sich eine Locke weg, die über die Stirn in sein Gesicht fällt. Ich würde liebend gerne mit meiner Hand durch sein Haar wuscheln, bin aber unsicher, ob das angemessen ist, und halte mich zurück.

»Ich will ehrlich sein, Caro. Ich habe nie wieder eine Frau so geliebt wie Meret«, erklärt er. »Was nicht heißt, dass ich nicht die eine oder andere Liaison gehabt habe. Das war jedoch alles nur oberflächlich. Das wird bei dir allerdings nicht funktionieren. Du gehst unter die Haut. Und ich weiß nicht, ob ich bereit dazu bin.«

»Das kann ich verstehen«, sage ich.

Max schüttelt den Kopf. »Das glaube ich nicht.«

Oh doch, ich kann es verdammt gut nachempfinden. Aber ich habe keine Lust, hier und jetzt mit Max darüber zu diskutieren, wer von uns beiden schon mehr Leid in seinem Leben erfahren hat und sich mit den größeren Verlustängsten plagt.

»Du hast Angst«, sage ich.

Er nickt.

»In den meisten Fällen ist Angst eine Entscheidung«, erkläre ich.

»Ich wusste, dass du es mir nicht leicht machen wirst.« Max kommt einen Schritt näher. »Darf ich dich einfach mal in den Arm nehmen?«

»Gerne.«

»Die dicken Jacken stören«, murmelt Max in mein Ohr, geht einen Schritt zurück, öffnet den Reißverschluss seiner Jacke und hält sie auf. »Komm.«

Mein Bauch fährt Achterbahn, als ich meinen Kopf auf Max' Brust und meine Arme um seinen Körper lege. Der Duft eines würzigen Aftershaves zieht in meine Nase, nicht aufdringlich, es ist nur ein Hauch. Max riecht nach Zimt, Nelke und Holz, denke ich.

Einen Moment stehen wir einfach so da. Max hält mich fest in seinen Armen. »Kann es sein, dass du ein Engel bist?«, fragt er.

Ich muss lachen und schaue auf. Da sehe ich einen Mann am Haus vorbeigehen. Er trägt eine blaue Sportjacke und graue Jogginghosen.

»Scheiße«, flüstere ich. »Ich glaube, da ist Agatas Mann.«

»Sag den anderen Bescheid. Ich geh ihm nach.«

Ich nicke und laufe zum Haus. Dummerweise haben wir die Tür zugemacht, und ich muss klingeln. Es dauert eine gefühlte Ewigkeit, bis jemand öffnet. Es ist Ole.

»Hat er dich geküsst?«, fragt er und grinst wie ein Honigkuchenpferd.

»Er geht Agatas Mann hinterher. Der ist gerade hier vorbeigelaufen«, erkläre ich.

»Wo?« Ole läuft sofort los.

»He!«, rufe ich. »Du musst dir eine Jacke überziehen, sonst erfrierst du. Komm zurück. Ich hole die anderen.«

Die haben schon mitbekommen, dass etwas nicht stimmt. Paul kommt in den Flur.

»Was ist los?«

»Damian ist gerade vorbeigegangen. Max ist ihm gefolgt.«

»Scheiße!« Paul rennt zur Garderobe und holt seine Jacke. »Kommt, Leute«, ruft er. »Max verfolgt gerade Agatas Exmann.«

»Du bleibst hier.« Jannes hält Merle zurück.

»Vielleicht sollten die Frauen alle hierbleiben«, schlägt Paul vor. Doch Agata schüttelt energisch den Kopf. »Ich geh auf jeden Fall mit.«

»Nein, du bleibst auch hier«, bestimmt Adam. »Keine Sorge, wir machen das schon.«

Kurz darauf sitzen Conny, Merle, Agata und ich gemeinsam im Wohnzimmer.

»Was für ein Abend!«, sagt Conny. Sie sieht zu mir. »Erzählst du uns, was da zwischen dir und Max abgeht? Das lenkt uns vom Warten ab. Hier hat den ganzen Abend die Luft zwischen euch gebrannt. Das hat jeder gespürt.« Sie grinst. »Nur Ole nicht, weil er zu sehr damit beschäftigt war, mit dir zu flirten, um mich eifersüchtig zu machen – was ich übrigens wusste. Merle hat mich vorgewarnt. Was meinst du, warum ich mich heute Abend so in Schale geworfen habe? Ich wollte ihn ein bisschen leiden lassen. Ein bisschen Strafe fürs bewusste Fremdflirten musste sein. Tut mir leid, dass ich teilweise so unfreundlich gewirkt habe. Das war nur geschauspielert.«

»Echt? Das hast du aber wirklich gut gemacht. Ich habe es nicht bemerkt.«

»Ole ist nicht so ohne. Er jammert zwar rum, wenn ich mich zurückziehe, aber wenn ich das nicht mache, wird er bequem.« Sie lächelt. »Ach ja, und bevor ich es vergesse. Ich bin vorhin nur in die Küche gekommen, um dir meine Dienste als Friseurin anzubieten. Merle hat mir gesagt, du suchst jemanden, der dir die Haare macht. Und ehrlich gesagt, das hast du auch bitter nötig, meine Liebe.«

Ich muss lachen. »Sehr gerne! Ich habe mich lange genug gehenlassen. Es wird Zeit, mal wieder ein bisschen mehr an mich zu denken. Manchmal braucht man eben einen kleinen Schubser.«

»Durch Max«, sagt Conny, »wobei wir wieder beim Thema wären.«

»Okay, erzähl bitte etwas Interessantes«, meldet sich nun Agata zu Wort. »Sonst halte ich das Warten nicht aus.«

»Also gut, ich war einundzwanzig, als ich Max das erste Mal gesehen habe …«

Ich erzähle den Frauen die ganze Geschichte. Jetzt muss ich nichts mehr verheimlichen. Es geht nur um die Details.

Am Ende hat Merle Tränen in den Augen. »Ich hoffe, ihr kriegt das hin. Ihr wärt so ein süßes Paar«, sagt sie.

»Das wünsche ich mir auch«, sagt Agata und sieht im

nächsten Moment auf die Uhr. »Halb elf, die sind jetzt schon zwanzig Minuten weg.«

»Halb elf?«, frage ich. »Ich habe Enna gesagt, dass ich gegen elf da bin. Sie wollte dann schlafen gehen.«

»Ich ruf eben an«, bietet Merle sich an.

»Das ist lieb. Sag ihr, dass ich Einstein dann morgen früh zum Spaziergang abhole, ja?«

»Mach ich.« Merle steht auf.

»Wie hättest du denn deine Haare gerne, Caro?«, fragt Conny.

»Nur ein bisschen kürzer, auf jeden Fall die kaputten Spitzen ab. Und Farbe. Aber ich tendiere dazu, mal einen Rotton auszuprobieren. Merles Haarfarbe gefällt mir.«

»Die hat einen dunkleren Naturton, das passt nicht. Aber in Richtung Rot können wir schon gehen. Oder in einen wärmeren Blondton. Honig würde gut zu dir passen. Mit einem Hauch Cognac.«

»Das nehme ich, das klingt sehr lecker.«

»Und es passt zu dir«, sagt Conny. »Was hältst du von morgen früh?« Sie überlegt einen Moment. »Oder lieber etwas später, so gegen elf, in der *Strandrose*.«

»Das ist eine gute Idee. Da kann ich auch gleich Käsekuchen beim Bäcker für Teeske besorgen«, sage ich.

Merle zieht eine Augenbraue nach oben. »Den kannst du auch bei uns bekommen. Ich habe Ewigkeiten gebraucht, bis ich das perfekte Rezept für Käsekuchen im Glas entwickelt habe. Er wird gebacken und danach noch eingeweckt, damit der Kuchen haltbar bleibt.«

»Super, sehr gerne. Welche Varianten hast du noch ausprobiert?«

»Mein Favorit ist ein ganz schlichter Nusskuchen …«

Wir lauschen noch ein paar Minuten Merles Berichten über ihre Backexperimente, da springt Agata plötzlich auf.

»Tut mir leid, ich halt das nicht mehr aus. In welche Richtung ist Damian gegangen?«

»Zum Hafen«, sage ich.

»Da geh ich jetzt auch hin.« Agata marschiert in den Flur.

»Warte mal«, ruft Conny. »Du gehst auf keinen Fall allein. Ich komme mit.« Sie sieht zu Merle. »Du bleibst auf jeden Fall hier«, und danach zu mir. »Und du passt auf Merle auf.«

»Gut, dann komm«, ruft Agata, die bereits in ihre Jacke schlüpft. Doch zum Glück geht genau in dem Moment die Tür auf.

Jannes betritt das Haus, gefolgt von Adam.

»Hab ich dir nicht gesagt, Jannes, dass sie nicht mit ihrem Hintern im Warmen sitzen bleiben wird und wartet?«, sagt Adam.

Agata erwidert irgendwas auf Polnisch. Sie klingt erregt. Adam jedoch bleibt ganz gelassen, als er mit ihr spricht.

Neben mir steht Merle. »Alles gut«, flüstert sie. »Jannes sieht entspannt aus.«

Auch Adam lächelt, aber ich frage mich, wo der Rest der Männer abgeblieben ist.

»Okay!« Endlich dreht Agata sich zu uns um. »Damian ist jetzt bei Paul im Hotel. Er schläft bei Max im Zimmer. Ole holt ihm etwas zum Anziehen, die beiden haben die gleiche Größe.« Sie seufzt. »Was für eine Aufregung.«

Gemeinsam gehen wir rüber ins Wohnzimmer, und Adam erzählt in seiner ruhigen Art, was sich eben ereignet hat.

»Max hat Damian eingeholt. Zuerst ist Damian davon ausgegangen, Max sei ich, weil er Agata mit ihm zusammen gesehen hat. Auf jeden Fall hat er auf Polnisch mit ihm gesprochen. Das haben die beiden aber schnell geklärt. Das Problem war nur, dass Damian nur ein paar Brocken Deutsch spricht. Zum Glück haben wir die beiden gleich gefunden. Du hattest recht, Merle. Er ist hier, weil er es mit eigenen Augen sehen wollte. Er sagt, er würde seiner Tochter niemals die Perspektive einer glücklichen Zukunft verbauen. Und er weiß auch nicht ganz genau, was ihn dazu getrieben hat, bei Schnee und Eis auf diese kleine Insel zu kommen.« Er spricht einen Moment Polnisch mit Agata, und als sie nickt, fährt er fort. »Damian hat ein Alkoholproblem. Deswegen hat Agata sich von ihm getrennt. Er sagt, er habe seit einem halben Jahr keinen Tropfen mehr getrunken und möchte nicht auch noch seine Tochter verlieren. Und jetzt ist er also hier. Gestern hat er in der Jugendherberge übernachtet. Agata und Max hat er zufällig gesehen. Die Jugendherberge befindet sich ja auch im Loog. Die beiden sind an ihm vorbeigefahren, ohne ihn zu bemerken. Er hat die Schlittschuhe in Agatas Fahrradkorb gesehen und hat sich erkundigt, wo man hier laufen geht. Er wollte heute eigentlich wieder zurück. Aber die Fähre legte nicht ab. Gut, dass du ihn erkannt hast, Merle. Wahrscheinlich wäre er aus Verzweiflung irgendwo eingebrochen, um dort zu schlafen. Er hat keinen Pfennig Geld mehr.«

Agata sagt nun wieder etwas auf Polnisch. Dabei sieht sie in unsere Richtung.

»Deutsch, mein Liebling«, sagt Adam und lächelt.

»Oh ja, wenn ich aufgeregt bin, vergesse ich das immer noch. Ich habe gesagt, dass ich auch froh bin. Damian ist ein guter Mensch. Er hat es nicht leicht gehabt im Leben. Es wäre eine Katastrophe für ihn gewesen, wenn er jetzt auch noch straffällig geworden wäre.« Sie seufzt. »Manchmal frage ich mich, warum uns das Leben immer wieder Stolpersteine in den Weg legt.«

Adam legt seinen Arm schützend um sie. »Alles wird gut, mein Liebling. Du wirst sehen. Ich habe Damian für morgen eingeladen. Dann können wir alles besprechen.«

Jetzt ist es Agata, der die Tränen über das Gesicht laufen. Und mich steckt sie damit natürlich direkt wieder an.

»Scheiße«, fluche ich leise. »Seit ich auf dieser Insel bin, bin ich verdammt nah am Wasser gebaut.«

»Nah am Wasser, da hast du recht. Egal, in welche Richtung du gehst, du kommst hier irgendwann immer ans Meer«, erklärt Merle.

»Und wo käme ich hin, wenn ich über das Meer gehen könnte? Immer weiter geradeaus?«

»Witzige Frage. Das kommt darauf an, in welche Richtung du gehst«, sagt Merle. Da klingelt jemand Sturm. »Bestimmt Ole.«

Ich sitze am nächsten zur Tür, also stehe ich auf, um ihn reinzulassen.

»Was für ein Akt!«, sagt er und schüttelt den Schnee von seinem Kopf. »Immerhin bin ich jetzt wieder nüchtern.«

»Das ist gut. Da freut Conny sich.«

»Ich hab was für dich.« Ole lächelt schelmisch. »Warte.« Er zieht seine Jacke aus, hängt sie an die Garderobe, holt einen zusammengefalteten Zettel aus der Tasche und hält ihn mir hin. »Von Max.«

Ich falte ihn auseinander. Max hat ein Strichmännchen für

mich gezeichnet. Es trägt ein kastiges Kleid, hat Engelsflügel und einen Heiligenschein über dem Kopf. Es steht nur ein einziges Wort darunter: *Danke.*

»Ts«, mache ich.

»Ich glaube, zeichnen gehört nicht zu Max' Stärken«, sagt Ole.

»Du hast es dir angesehen?«

»Klar, ich musste doch wissen, ob es was Nettes ist. Den Boten für schlechte Nachrichten hätte ich nicht gespielt.«

»Aha.« Ich halte den Zettel hoch. »Und du meinst, das ist eine gute Nachricht?«

»Neutral – mit der Tendenz zum Guten.«

Ich ziehe eine Schnute und dabei gleich beide Augenbrauen hoch. »Mütterlich, fürsorglich, neutral – mit der Tendenz zum Guten. Und dann auch noch ein Engel. Hört sich nach der Beschreibung einer Krankenschwester an, nicht nach einer Frau, die ein Hammer ist, wie du vorhin ein paar Mal so schön gesagt hast.«

Ole breitet die Arme aus. »Komm mal her.«

»Ach, ist doch Scheiße«, schimpfe ich, als ich mich in Oles starke Arme sinken lasse.

Er streicht über meinen Kopf. »Ich habe zwar zu viel getrunken, aber ich habe das ernst gemeint. Du bist der Hammer. Und wenn ich mein Herz nicht schon an Conny verloren hätte, würde ich es dir schenken.«

»Danke.« Ich schniefe. Aber diesmal halte ich mich zurück und weine nicht schon wieder. Es ist der Duft nach Zitrone und Gräsern, der mich davon abhält. Ich schnuppere an Oles Hals. »Warum riechen hier auf der Insel alle Kerle nur so gut?«

»Weil du bereit bist für was Neues«, sagt Ole, und ich schaue überrascht auf. »Sonst würde dir das gar nicht auffallen.«

»Klingt logisch.«

»Ja«, sagt Ole. »Manchmal habe ich auch schlaue Gedanken.« Er schiebt mich etwas von sich weg. »Gib ihm etwas Zeit. Er wird sich bei dir melden.«

»Da bin ich mir nicht so sicher.«

»Ich schon.« Er lächelt verschmitzt. »Ich habe ihm gesagt, dass ich Conny vergesse und dich ihm vor der Nase wegschnappe, wenn er sich nicht beeilt.«

Ich schubse fest gegen Oles Bauch. »Hast du nicht!«

»Autsch! Doch, habe ich. Aber das mit Conny war gelogen.«

»Ole, Ole, du begibst dich auf verdammt dünnes Eis!« In dem Moment, in dem ich den Satz ausgesprochen habe, denke ich: Entweder es bricht – oder es bricht nicht.

19. Kapitel

Ich wickle mich fest in meine Decke ein. Momentan schneit es nicht. Und der Wind ist auch nicht mehr so stürmisch. Es ist eiskalt. Aber ich genieße die Heimfahrt mit Adams Kutsche. Ich sitze vorne neben ihm und nehme die Stille in mir auf, die nur durch das durch den Schnee gedämpfte Klappern der Pferdehufe unterbrochen wird. Die Atmosphäre ist wunderschön, fast romantisch.

»Weißt du, was ich erschreckend finde, Adam? Ich kenne kaum jemanden, der nicht irgendwelche Päckchen aus der Vergangenheit mit sich rumschleppt. Außer vielleicht Ole. Der wirkt so herrlich unbekümmert.«

»Alle, die heute Abend da waren, haben eine Vergangenheit. Auch Ole hatte es nicht einfach. Nur geht jeder anders damit um. Ole lebt in der Gegenwart. Das ist etwas, was ich sehr an ihm schätze.« Er sieht zu mir rüber. »Er ist tiefgründiger als auf den ersten Blick ersichtlich. Max hingegen ist nicht so tiefgründig, wie er sich gerne sieht.«

Ich horche überrascht auf. »Wie meinst du das?«

»Ole bekommt mit, wie es seinen Freunden geht. Max dreht sich nur um sich selbst. Er gefällt sich in seiner Rolle des armen, unverstandenen Witwers.« Adam schüttelt den Kopf. »Das ist nicht böse gemeint. Ich mag ihn. Aber hat er dich schon einmal gefragt, wie es dir geht? Du hast vorhin erzählt, dass dein Mann dich wegen einer anderen Frau verlassen hat.« Er lächelt. »Übrigens hat mir deine kleine Geschichte über das Ausspionieren deines Ex-Mannes gefallen. Du hast sehr viel von dir preisgegeben. Das war mutig.«

»Aber hat Max das nicht auch? Er hat seit Ewigkeiten mal wieder nach seiner Gitarre gegriffen und gesungen. Ich fand den Text sehr schön.«

»Ja, da schmilzt jede Frau dahin. Sogar Agata hatte Tränen in den Augen.« Adam lehnt sich etwas zurück und trällert los: »Daumen raus, auf meinem Schild steht Irgendwohin, Augen auf, ist mir egal, wenn keiner weiß, wo ich bin.«

Ich muss lachen. »Du bist mindestens so unmusikalisch wie ich. Das war total schief.«

»Ja, deswegen stehen die Frauen auch nicht reihenweise auf mich. Und ich habe auch nicht so schöne dunkle Locken.«

»Du kannst ja richtig böse sein.« Ich grinse breit. »Das gefällt mir.«

Adam wird wieder ernst. »Versteh mich nicht falsch. Ich will das, was Max erlebt hat, auf keinen Fall kleinreden. Das war schlimm. Aber es ist zehn Jahre her. Und es wird Zeit für ihn, endlich Verantwortung zu übernehmen. Die Vergangenheit ist ein Sprungbrett, kein Sofa.«

»Ein weiser Spruch. Was hast du in Polen gearbeitet?«, frage ich. »Warst du da auch schon Kutscher?«

»Ich habe Philosophie studiert.«

»Echt?«

Zum ersten Mal, seit ich Adam kenne, lacht er laut. Es ist ein herzliches, sehr sympathisches Lachen. »Nein, meine Eltern hatten früher einen kleinen Bauernhof in Masuren. Und ich bin Automechaniker. Die braucht man hier auf Juist nicht. Aber das ist egal. Wenn man in Armut aufgewachsen ist und schon als Kind wusste, wie sich Hunger anfühlt, ist es nicht wichtig, womit man sein Geld verdient, solang es ehrenhaft ist. Ich bin glücklich.«

»Ich weiß nicht, wann ich das das letzte Mal über mich sagen konnte«, überlege ich.

»Glück ist die Fähigkeit, es zu erkennen.«

»Du hättest doch Philosoph werden sollen.«

»Du hast einen Job, der dir Freude bereitet, ich geh davon aus, dass du gesund bist, du kannst dir einfach so eine Woche Urlaub auf Juist leisten und musst dir keine Gedanken darüber machen, irgendwo einzubrechen, damit du nicht erfrierst. Glück ist relativ. Ich bin gerade jetzt in diesem Moment glücklich, weil ich dich bei eisigem Wetter durch Schnee mit einer Kutsche transportieren darf und wir uns dabei sehr nett unterhalten.«

Ich denke einen Moment nach und kuschele mich noch etwas weiter in die Decke hinein. »Du hast recht. Mir geht es gut. Und jetzt in diesem Moment bin ich glücklich.«

»Na siehst du, geht doch. Keiner hat behauptet, dass Glück ein Dauerzustand ist. Und was ist mit deinem Ex-Mann? Hast du ihm schon verziehen?«

Die Frage überrascht mich. »Darüber muss ich erst nachdenken.«

Adam lacht. »Also noch nicht.«

»Ich bin auf dem besten Weg. Zumindest blitzen hin und wieder positive Gedanken auf.« Ich seufze. »Es hat wahrscheinlich, wie alles im Leben, seinen Sinn.«

»Stimmt. Sonst würden wir jetzt nicht so ein schönes Gespräch führen.«

Ich lasse meinen Blick über die Schneelandschaft gleiten. Wir fahren mittlerweile auf der Billstraße. Außer uns ist kein Mensch unterwegs.

»Du hast recht. Das ist ein einmaliges und schönes Erlebnis. Vielleicht bedanke ich mich demnächst bei der Kackbratze, die mir den Mann ausgespannt hat.«

»Was ist eine Kackbratze?«, fragt Adam.

»Ein Schimpfwort, das ich eigentlich nicht mehr benutzen wollte. Jörns neue Freundin heißt Fiona.«

»Das ist mir klar. ›Kack‹ habe ich verstanden. Aber was ist eine Bratze?«

»Das ist eine gute Frage für meine Liste«, antworte ich. »Das heißt, dass ich keine Ahnung habe, es aber rausfinden werde.«

»Okay.«

»Wie ist es so in Masuren?«

»Unwahrscheinlich schön und leider ebenso arm. Ich komme aus Udryn, das ist ein Dorf im Bezirk Suwalki, nah an der Grenze zu Litauen …«

Es ist schon nach eins, als Adam vor Ennas Haus anhält. In der Küche brennt noch Licht. Und prompt geht die Tür auf. Einstein kommt auf uns zugeschossen, als ich gerade von der Kutsche klettere.

»Hast du mich vermisst?«

»Er ist glücklich«, sagt Adam, »weil sein Frauchen wieder da ist.«

Enna steht im Bademantel im Flur und winkt nach draußen.

»Danke fürs sichere Heimbringen, Adam. Wo musst du jetzt noch hin?«

»Ich fahre zurück zu Agata.«

»Merle hat gesagt, du müsstest noch was abholen aus dem Loog.«

»Ach, das habe ich vorhin schon erledigt. Deswegen sind wir ja zu spät gekommen.«

»Dann bist du extra für mich gefahren?«

Adam lächelt mich an. »Es war mir eine Ehre. Bis bald. Ich denke, wir sehen uns noch mal.«

Mit einem warmen Gefühl im Bauch schaue ich der Kutsche hinterher.

»Einstein war unruhig«, erklärt Enna. »Und ich auch. Als ich das mit Agatas Mann erfahren habe, war es mit dem Zubettgehen vorbei.«

»Ja, das war ein ganz aufregender Abend«, sage ich. »Aber auch sehr schön.«

»Wo ist Ole?«, fragt Enna.

»Liegt wahrscheinlich jetzt gerade glücklich in Connys Armen.«

»Das ist gut.« Sie gähnt laut. »Dann geh ich jetzt mal schlafen.«

»Wir auch.« Ich zeige auf Einstein. »Muss ich noch eine Runde mit ihm gehen?«

»Wir waren um elf Uhr noch mal, das sollte bis morgen früh passen.«

»Ach ja.« Ich hole die Kerze, die ich im Drogeriemarkt erstanden habe, aus der Tasche. »Für dich, als kleines Dankeschön fürs Hundesitten.« Ich greife noch einmal hinein und gebe ihr ein kleines Marmeladenglas, in das Merle ein Stück Winter-Fudge geschmuggelt hat. »Und das soll ich dir von deiner Enkelin geben. Sie meint, du wirst begeistert sein. Und ich soll dir sagen, dass Paul die Leckerei hergestellt hat, das Rezept aber von seiner Freundin ist.«

»Ach was! Paul hat eine Freundin? Das freut mich aber. Er hat etwas Glück verdient. Der Arme hat schon so viel Pech gehabt.«

Auch Paul hat also seine Geschichte, wie wir alle. »Sie heißt Pia«, sage ich.

»Ist sie nett? Wo kommt sie denn her?«

»Von Rügen«, antworte ich. »Und sie war nicht da, weil die Fähre nicht übergesetzt hat. Deswegen weiß ich nicht, ob sie nett ist, aber ich gehe schwer davon aus, so wie Paul über sie gesprochen hat.«

Enna sieht in den Himmel. »Ich denke mal, spätestens übermorgen läuft zumindest der Flugverkehr wieder.«

Auch ich schaue nach oben. »Woher weißt du das? Weil man heute Abend die Sterne am Himmel sehen kann?«

»Quatsch, von der Wettervorhersage«, erwidert Enna und lacht. »Gute Nacht, Caro«, sagt sie dann, winkt mir noch einmal zu und schließt die Tür.

Keine Viertelstunde später liege ich im Bett. Die Vorhänge habe ich auch diesmal nicht zugezogen. Ich schaue raus in den Sternenhimmel, lausche Einsteins zufriedenem Schnarchen und denke über das Gespräch mit Adam nach. Hat er recht? Dreht Max sich nur um sich? Es ist richtig, dass er mich noch nicht danach gefragt hat, wie es mir geht. Aber genau genommen hatten wir dafür ja auch noch gar nicht die Gelegenheit.

Ich schließe die Augen, und wie immer suche ich nach meinen positiven Gedanken. Heute habe ich jede Menge davon. Deswegen picke ich mir nur einen heraus, den ich für sehr wichtig halte. Heute hat das Glück in Form einer Kutschfahrt an meine Tür geklopft. Ich habe es erkannt und mich dafür entschieden, es reinzulassen.

Um halb neun klingelt mein Handywecker.

»Mist«, maule ich. Ich habe das Telefon extra unten liegen gelassen, damit ich aufstehen muss, um den Wecker auszuschalten. Ich strecke mich, gähne, klettere aus dem Bett, schalte das unangenehme Piepen aus und werde freudig von Einstein begrüßt, so wie jeden Morgen.

»Na, mein Freund. Dir gefällt es hier auch.« Ich schaue aus dem Fenster. »Gleich gehen wir eine Runde spazieren.«

Aber erst einmal muss ich ein paar Nachrichten beantworten. Meine Mutter, Jana und Jörn haben mir geschrieben, so wie gestern.

Als Erstes lese ich, was meine Mutter geschrieben hat:

Wie geht es euch? Ist die Insel schön?

Die Antwort fällt mir leicht:

Uns geht es sehr gut hier. Juist ist unwahrscheinlich schön, die Leute sind sehr herzlich.

Ich zögere einen Moment, tippe aber dann doch weiter:

Beim nächsten Mal musst du mitkommen. Es wird dir ganz sicher auch gefallen.

Janas Nachricht ist ganz kurz.

Max oder Ole?

Adam, antworte ich.

Ich ruf dich gleich an, muss
zuerst mit Einstein raus, der
platzt sonst, schicke ich gleich
noch hinterher.

Jörns Nachricht ist noch kürzer.

Caro???

Ich suche eins der Fotos aus, das ich von Einstein am Strand geschossen habe, schicke es an Jörn und schreibe ihm eine Nachricht.

Wir sind auf Juist. Uns geht's gut. Wenn du die Wohnung doch verkaufen möchtest, mach das. Ich werde sie auf keinen Fall nehmen. Ich melde mich, sobald ich zurück bin, versprochen. Aber ich brauche noch ein paar Tage nur für mich.

Bevor ich die Nachricht abschicke, lese ich sie mir noch einmal durch. Beim letzten Satz bleibe ich hängen. Dafür, dass ich hier eigentlich Ruhe gesucht habe, ist verdammt viel passiert. Und auch mein heutiger Tag ist schon verplant. Um elf treffe ich mich mit Conny und um drei mit Teeske. Und ein paar Lebensmittel einkaufen muss ich auch noch.

»Komm, Einstein, wir gehen ans Wasser.«

Obwohl es noch relativ früh am Tag ist, sind wir heute ausnahmsweise mal nicht allein unterwegs. Das windstille Wetter hat noch mehr Spaziergänger an die frische Luft gelockt. Und auch die Möwen schießen schreiend über das Wasser, um ihre Bäuche zu füllen.

Ich lasse meinen Blick über das Meer schweifen und nehme mir dabei vor, die nächsten Tage ganz langsam angehen zu lassen und mir dabei möglichst keine Gedanken über Max zu machen. Doch das funktioniert leider nicht so, wie ich mir das vorstelle. Wir gehen weiter. Eis zerbricht unter meinen Füßen, und prompt blitzt Max' Bild vor meinem inneren Auge auf.

Egal, ob Adam recht hat oder nicht. Mein Verstand mischt hier nicht mit. Der hatte schon in dem Moment verloren, in dem ich Max an der Raststätte eingesammelt habe. Und zumindest momentan weigere ich mich noch, meine rosarote Brille abzusetzen. Ich habe mich verliebt. So einfach ist das.

Ich hebe einen Stein auf, um ihn ins Wasser zu schmeißen. Dabei entdecke ich ein relativ großes Stück Bernstein. Zumindest vermute ich, dass es Bernstein ist. Ich ziehe einen von Einsteins Hundebeuteln aus meiner Jackentasche und hebe den Stein damit auf. Irgendwo habe ich mal gelesen, dass es eine Phosphorverbindung gibt, die fast genauso aussieht und zu Verbrennungen führen kann, wenn man Pech hat.

Gut gelaunt greife ich nach dem Stock, der nur ein bisschen weiter weg liegt, und schleudere ihn durch die Luft. Einstein stürmt über Sand und Schnee hinterher. Ich lache, als er mir seine Beute zurückbringt, gehe weiter und atme dabei tief die Meeresluft ein.

Eine halbe Stunde später machen wir uns auf den Rückweg.

»Soll ich auf Einstein aufpassen, während Conny dir die Haare macht?«, fragt Enna, die mal wieder vor dem Haus auf mich wartet.

»Das wäre ganz wunderbar.«

»Gut, dann liefere ihn einfach gleich bei mir unten ab.«

Das Leben kann so einfach sein, denke ich. Und dass ich mich schon lange nicht mehr so leicht und unbeschwert gefühlt habe.

Oben in der Wohnung kontrolliere ich zuerst mein Handy. Meine Mutter hat eine Antwort geschickt:

Sehr, sehr gerne! Schön, dass es euch so gut geht. Liebe Grüße, Mama.

Das war längst überfällig, denke ich. Zwar wird mir etwas mulmig zumute bei dem Gedanken, mit meiner Mutter zu verreisen. Aber es war eine gute Entscheidung, mal wieder etwas auf sie zuzugehen.

Auch hinter Jörns Namen steht eine kleine Eins, und ich öffne den Chatverlauf.

Einstein am Meer, da wird er glücklich sein. Danke für die Antwort. Es freut mich, dass es euch gut geht. Die Wohnung werde ich doch behalten. Aber dazu dann mehr, wenn ihr wieder da seid. Ich freue mich, euch zu sehen.

»Okay«, sage ich laut. Ob Fiona es sich doch wieder anders überlegt hat?

Auch Jana hat mir geantwortet:

Adam, is klar, Superwoman, ich warte sehnsuchtsvoll auf deinen Anruf.

Sofort drücke ich die Kurzwahltaste für Jana.

»Du machst mich fertig«, sagt sie. »Wer ist jetzt wieder Adam?«

»Adam«, verbessere ich. »Nicht englisch, deutsch ausgesprochen, oder besser gesagt polnisch. Er ist Kutscher hier auf Juist – und sehr nett. Aber das war nur ein Scherz.«

»Muah, du machst mich irre. Jetzt erzähl schon. Wie war es gestern?«

Ich werfe einen Blick auf die Uhr. Es ist halb zehn. In einer Stunde muss ich los, denke ich. Endlich genug Zeit, um ein bisschen zu quatschen und hinterher trotzdem noch zu duschen und eine Scheibe Brot mit Butter zu essen. Ein ausführlicheres Telefonat mit Jana ist jetzt wirklich fällig. Seit ich auf Juist bin, habe ich sie ständig abgewürgt. Dabei habe ich doch so viel zu erzählen. Also lege ich los.

Um kurz nach halb elf stehe ich unten bei Enna.

»Da seid ihr ja«, sagt sie. »Gehst du zu Fuß, oder möchtest du das alte Klapprad nehmen, das noch im Stall steht? Mein E-Bike habe ich gestern Jella geliehen. Ihres hat Ole noch nicht ganz repariert.«

Mist! Daran habe ich ja überhaupt nicht mehr gedacht. Mein Rad steht bei Merle und Jannes. »Wie lange brauche ich denn zu Fuß bis zur *Strandrose*?«

»Eine gute halbe Stunde.«

»Dann nehme ich gerne das Angebot mit dem Klapprad an.«

»Ist gut. Das lässt du dann unten stehen und kommst mit dem E-Bike zurück.«

»Prima. So machen wir das. Und du bleibst schön bei Enna, Einstein.«

Ich verabschiede mich und gehe zum Stall. Das Rad habe ich schnell gefunden und zum Glück auch eine Luftpumpe, denn der Vorderreifen ist fast platt.

Um Viertel vor elf sitze ich endlich auf dem alten Vehikel. Na, das kann ja was werden, denke ich, bin aber positiv überrascht über das gute Fahrgefühl. Es macht Spaß, mit dem Rad die Billstraße entlangzufahren, auch wenn ich hin und wieder von anderen Radlern überholt werde. Gut gelaunt komme ich in der *Strandrose* an, stelle das Rad in den Fahrradständer davor und drücke die schwere blaue Eingangstür auf.

Die große Standuhr, die an der Wand hinter der Rezeption steht, zeigt fünf vor elf. Da niemand hier ist, schaue ich mich erst einmal um. Gleich neben der Haustür befindet sich ein Raum, der gemütlich im Landhausstil eingerichtet wurde. An der Wand steht ein weißes Regal, das mit Büchern vollgepackt ist. In der Ecke daneben befindet sich ein großer, altertümlicher Kaminofen. Davor steht ein runder Tisch, auf dem vier Kaffeegedecke stehen und in der Mitte eine Schüssel mit Plätzchen. Zwei große weiß-beige gestreifte Ohrensessel und zwei gepolsterte Stühle warten hier auf Gäste.

Und die treffen prompt ein. Die blaue Tür geht auf. Agata und Adam kommen zuerst herein, gefolgt von einem blonden Mann und einem hübschen braunhaarigen Mädchen mit Pippi-Langstrumpf-Zöpfen.

Als Agata mich entdeckt, strahlt sie über das ganze Gesicht, umarmt mich und drückt mir links, rechts und wieder links einen Kuss auf die Wange. Und auch Adam lässt es sich nicht nehmen, mich gebührend zu begrüßen. Bei Damian ziehe ich jedoch die Reißleine.

»Hi, ich bin Caro.« Ich halte ihm meine Hand hin, die er nimmt, um einen zarten Kuss darauf zu hauchen. Dabei sieht er mir tief in die Augen. Tatsächlich kann ich eine gewisse Ähnlichkeit zu Daniel Craig erkennen.

»Und du bist bestimmt Liliana.«

Sie nickt schüchtern und ergreift brav meine Hand.

»Wir haben uns hier zum Reden verabredet«, erklärt Agata. Hier ist es ruhig. Sie sagt etwas auf Polnisch und zeigt auf den Raum mit dem gedeckten Tisch, woraufhin Damian, Adam und Liliana schon mal rübergehen.

»Conny macht dir jetzt die Haare?«, fragt Agata. »Meine schneidet sie auch immer. Ich habe schon alles ausprobiert, Braun, Dunkelrot und jetzt Schwarz. Nur Blond hatte ich noch nicht.«

»Schwarz steht dir. Es hat was Edles«, sage ich. »Conny kommt um elf.«

Prompt fliegt die Tür auf.

»Bin da!«, ruft Conny.

Agata sieht mich an und grinst. Connys Haar ist zerzaust, ihre Wangen sind gerötet. Und sie stahlt über das ganze Gesicht.

»Sie hatte eine gute Nacht«, sagt Agata trocken. »Das hat Endorphine freigesetzt. Bestimmt bekommst du eine wunderschöne Frisur.«

»Auf jeden Fall«, entgegnet Conny fröhlich. Sie winkt in

das Kaminzimmer hinein. »Komm mit, Caro, im Aufenthaltsraum neben der Küche haben wir jede Menge Platz. Da hat Merle auch die Käsekuchen im Glas für dich hingestellt.«

Ich gehe hinter Conny her und werfe einen sehnsuchtsvollen Blick auf den Ofen, als wir die Küche durchqueren. Er sieht genauso aus wie Ennas. Wenn ich irgendwann umziehe, muss ich mir auch so einen kaufen.

»Dann wollen wir mal.« Conny öffnet ihre Friseurtasche. »Wie viel darf denn ab?«

»So viel wie nötig.«

Zwei Stunden später bin ich ein neuer Mensch. Mein Haar ist gute fünf Zentimeter kürzer. Den Schnitt hat Conny beibehalten. Es ist immer noch ein Bob. Aber er leuchtet jetzt in einem Mix aus Honig und Cognac, aufgelockert durch ein paar schlichte blondierte Strähnchen. In meinem Korb befinden sich sechs Gläser mit Merles perfektem Käsekuchen. Ein paar Lebensmittel und eine Flasche Rotwein für einen gemütlichen Abend habe ich auch eingekauft. Das Klapprad habe ich vor Merles Haus im Fahrradständer abgestellt und fahre jetzt mit Motorunterstützung zu Enna und Einstein zurück. Obwohl die Sonne scheint, ist es immer noch sehr kalt.

Auch Enna findet, Conny habe ihre Sache sehr gut gemacht. »Du siehst verändert aus«, sagt sie. »Sehr schön.«

Ich gehe eine Runde mit Einstein spazieren, schieße ein Selfie von uns beiden und schicke es an Jana.

Die Haarfarbe ist super.
Aber was noch viel schöner
ist: Du siehst glücklich aus,
Caro, schreibt meine Freundin
beinahe sofort zurück.

Ja, das bin ich, antworte ich.

Aber wie hat Adam gestern so treffend gesagt, »Glück ist kein Dauerzustand.« Und weil ich das ganz genau weiß, werde ich diesen einen Moment in vollen Zügen auskosten. Ich breite meine Arme aus, lasse den Wind durch meine Haare wehen, flute meine Lungen mit der salzigen Meeresluft und fühle tief in mich hinein.

20. Kapitel

Eine zierliche, sehr alte Frau mit vielen Falten und hochgestecktem grauem Haar steht vor mir und sieht mich über den Brillenrand hinweg an. Sie trägt eine hellblaue Kittelschürze, darüber eine dunkelblaue Strickjacke, braune Stützstrümpfe und feste schwarze Schuhe.

»Na dann komm mal rein, Kind«, sagt sie.

Ihr Gang ist zwar langsam, aber erstaunlich sicher. Ich gehe hinter ihr her bis ins Wohnzimmer. Dort steht schon eine Kanne Tee auf dem Tisch, der durch ein Stövchen warm gehalten wird. Außerdem zwei filigrane Teetassen und dazu passende Kuchenteller.

»Du hast doch Torte mitgebracht?«

»Ja, Käsekuchen. Merle hat ihn gebacken.«

»Das ist gut, dann schmeckt er. Setz dich.«

»Danke, Frau Frerich.« Ich stelle zwei der Käsekuchen auf den Tisch. »Merle hat sie im Glas gebacken, damit sie lange haltbar sind und man immer Kuchen im Haus hat, wenn man mal Hunger darauf bekommt.«

Frau Frerich nimmt eines der Gläser hoch und betrachtet es kritisch. »Früher hat man Obst und Gemüse in solchen Gläsern eingeweckt. Und ich bin Teeske, nicht Frau Frerich. Und du bist Caro.«

»Sehr gerne.« Ich zeige auf den Käsekuchen. »Der wurde erst gebacken und anschließend auch eingeweckt.«

»Merle ist ein schlaues Mädchen. Hat sie dir erzählt, wie sie herausgefunden hat, dass ihre Tante doch nicht ertrunken ist? Nach all den Jahren taucht Undine einfach so wieder auf der Insel auf. Nur der Vater ist für immer im Wasser geblieben.« Sie schüttelt den Kopf. »Ich hoffe, ich komme trotzdem in den Himmel, wenn ich jetzt sage, dass er es nicht anders verdient hat.«

Mein Bauch zieht sich zusammen. Da muss etwas Schlimmes vorgefallen sein. »Nein, das hat sie mir nicht erzählt«, antworte ich, und im gleichen Moment schießt Enna mir durch den Kopf und dass sie zu mir gesagt hat, sie habe ihre Tochter wiedergefunden.

»Merle hat die richtigen Fragen gestellt, als sie damals auf die Insel kam«, erklärt Teeske. »Und nun kommst du und stellst auch Fragen. Ich hoffe, dass ich dir helfen kann.« Sie greift nach der Teekanne. Ihre Hand zittert beim Einschenken etwas, aber sie vergießt keinen Tropfen. Der Tee läuft in die Tassen und lässt den Kandis knistern, der sich schon darin befindet. »Kümmer du dich um den Kuchen. Ich habe nicht genug Kraft, um die Gläser zu öffnen.«

»Mach ich gerne.« Die Deckel knacken laut, als ich sie aufdrehe.

Teeske schüttelt den Kopf. »Käsekuchen im Glas. Darauf kann auch nur eine Tamena kommen. Undine hat auch so gerne gebacken wie Merle.«

»Ich backe auch sehr gerne«, erzähle ich, während ich vorsichtig den Kuchen mit einem Messer vom Rand löse und ihn auf unsere Teller gleiten lasse.

Teeske macht einen langen Hals und greift nach ihrer Gabel.

»Sehr gut«, stellt sie nach dem ersten Bissen fest, den sie auf ihrer Zunge hat zergehen lassen. »Kuchen im Glas, sagst du?«

»Ja, ich habe Ihnen – dir – noch vier mitgebracht. Als Vorrat, falls dich mal der kleine Kuchenhunger packen sollte oder falls unvorbereitet Besuch eintrifft.«

»Das ist lieb von dir, Kind. Und jetzt zeig mir mal die Kette.«

Ich hole das Samtsäckchen aus meiner Tasche, lasse die Kette hinausgleiten und reiche sie Teeske.

»Das ist ein hübsches Filigran«, sagt sie, nachdem sie das Schmuckstück ausgiebig betrachtet hat. »Aber eher ungewöhnlich für Friesenschmuck. Wie alt war die Frau, die sie dir gegeben hat?«

»Sechsundachtzig, sie hieß Elfriede Jolanda Fischermann. Und sie hat mir gesagt, sie habe früher immer Urlaub auf Juist gemacht. Und dass ich sie an ihre Juister Freundin erinnere, Jorinde.«

Teeske hebt etwas das Kinn an und betrachtet mich eine Weile. Schließlich sagt sie: »Du erinnerst mich auch an jemanden, aber ich komme im Moment nicht drauf, an wen.« Sie schüttelt den Kopf. »Aber es fällt mir bestimmt noch ein. Wie hieß die Frau noch mal mit Vornamen?«

»Jorinde.«

»Nein, der Name der anderen Frau.«

»Elfriede.«

Teeske schüttelt den Kopf und schnalzt ungeduldig mit der Zunge. »Der ganze Name.«

»Elfriede Jolanda Fischermann.«

»Genau!« Teeske schlägt mit der flachen Hand auf den

Tisch. »Du erinnerst mich an Jolandas Mutter. Die grünen Augen, das sanfte Lächeln, ganz Bentje.«

Der Name sagt mir etwas. Über sie haben wir gestern auch schon bei Merle und Jannes gesprochen, als Paul auf die Idee mit der Namenskunde kam.

Teeske zeigt auf das Filigran. »Der Name Jolanda kommt aus dem Lateinischen und bedeutet Veilchen.«

»Das wusste ich nicht.« Und ich verstehe auch noch nicht genau, worauf das Ganze hier hinausläuft.

»Ich würde mal Bentje fragen«, sagt Teeske da. »Du siehst ihr wirklich ähnlich. Lass mich mal nachdenken.« Ihre Stirn legt sich noch mehr in Falten, und sie zieht einen Schmollmund beim Grübeln. Mir fallen die vielen Pigmentflecken in Teeskes Gesicht auf. Sie ist schon so alt und hat dementsprechend viel erlebt, denke ich. Sechsundneunzig, das bedeutet, sie wurde 1923 geboren. »Hol doch mal das Notizbuch und den Kuli vom Küchentisch. Wenn du mich fragst, ist es verwunderlich, dass Bentje ihrer Tochter nicht ihren Zweitnamen gegeben hat, wie das üblich ist in der Familie.«

Ich stehe auf und gehe durch den Flur in die Küche. Über der Eckbank hängen viele gerahmte Portraitfotos in unterschiedlichen Formaten. Einige sind schwarz-weiß, andere Farbfotos. Bestimmt alles Familienmitglieder, denke ich. Und dass es wahrscheinlich einen Sinn hatte, dass Jörn und ich keine Kinder bekommen haben, obwohl ich vor zwei Jahren die Pille abgesetzt habe.

»Der Käsekuchen ist wirklich verdammt lecker«, sagt Teeske, als ich mit den Schreibutensilien zurückkomme. »Und so praktisch. Wenn du mich fragst, bräuchte man dazu gar keinen Teller. Man könnte ihn direkt aus dem Glas löffeln.«

»Merle verkauft die Kuchen. Und sie entwickelt Rezepte für den Delikatessenladen ihrer Tante in Amerika.«

»Also steckt Undine auch mit drin. Da haben die beiden ja was Schönes gemeinsam ausgeheckt. Gibt es noch mehr Sorten? Wie lange sind die Kuchen haltbar?«

»Der Käsekuchen wohl ein halbes Jahr, andere Sorten aber bis zu einem Jahr, hat Merle gesagt.«

Teeske winkt ab. »Ein paar Wochen reichen. Wenn man so alt ist wie ich, denkt man nicht mehr in Jahren. So, und nun schreib mal Jorina Bentje auf das Blatt Papier. Obendrüber lass Platz. Die Nachnamen lassen wir weg, das ist uninteressant. Aber schreib das Alter daneben. Die Kleine wurde gerade eingeschult. Darüber schreibst du Georgina Jorina ...«

Bentje Georgina, 87 Jahre alt
Jolanda Georgina, 59 Jahre alt
Georgina Jorina, 32 Jahre alt
Jorina Bentje, 6 Jahre alt

»Fällt dir was auf?«, fragt Teeske.

»Der Name Jolanda passt nicht rein. Bentje hätte ihre Tochter eigentlich Georgina taufen müssen. Aber vielleicht kommt der ja aus der Generation davor. Wie hieß denn Bentjes Mutter?«

»Teda, den Zweitnamen kenn ich nicht. Aber der Vater hieß Friedemann. Und ich bin mir sicher, sein Zweitname war Benedict, deswegen haben sie die Tochter Bentje getauft. Er kam nicht von der Insel. Er ist vom Festland zugezogen.«

»Friedemann? So heißt Frau Fischermanns Sohn«, überlege ich laut.

»Na«, sagt Teeske und zuckt mit den Schultern. »Dann hat sie ihm vielleicht den Namen seines Vaters verpasst. Er wäre nicht der Erste, der sich hier auf der Insel mit einer Touristin vergnügt hat. Wir befinden uns hier in einem Dorf mit Wasser drumherum. Da wird einem auch schnell mal langweilig. Und manche Männer sind nun mal Hurenböcke.«

Ich weiß einen Moment lang nicht, was ich sagen soll. Teeskes klare Worte haben mir die Sprache verschlagen.

»Na, jetzt guck nicht so entsetzt.« Teeske lächelt schelmisch. »Schreib seinen Namen ganz obendrüber. Er ist allerdings recht früh verstorben. Lass mich überlegen … Er ist um die fünfzig geworden. Das muss 1963 gewesen sein. Der Winter war damals sehr hart, und wir waren längere Zeit komplett vom Festland abgeschnitten. Daran kann ich mich noch genau erinnern. Wir sind durch Hubschrauber mit Lebensmitteln versorgt worden. Ts …« Sie schüttelt den Kopf. »Es ist schon verrückt, dass man sich im Alter plötzlich an viele Details aus der Vergangenheit erinnert, aber von einer Sekunde auf die andere nicht mehr weiß, was man aus der Küche holen wollte, und wie doof den Kühlschrank inspiziert.«

»Das Kurzzeitgedächtnis lässt nach, und das Langzeitgedächtnis wird wieder aktiver. Das ist ganz normal«, erkläre ich.

»Du bist Krankenschwester, hat Enna gesagt. Bleibst du bei uns auf der Insel? Hier gäbe es genügend zu tun. Wir haben einige Kranke und Pflegebedürftige.« Sie zeigt auf den Käsekuchen. »Wenn du davon immer einen mitbringen würdest, würde ich dich auch engagieren. Du scheinst das Herz am rechten Fleck zu haben. Bist du verheiratet?«

»Ja, aber wir leben getrennt.«

»Die Jugend. Eine Ehe ist Arbeit. Und viele sind heutzutage nicht mehr bereit dazu, sich anzustrengen.«

»Kinder?«, fragt sie, und ich schüttele den Kopf. »Leider nein.«

»Das kommt noch. Du wirst eine gute Mutter sein. Da bin ich mir sicher.«

»Danke.«

»Ich nehme an, er hat dich verlassen?«

»Sieht man mir das an?«, frage ich.

»Das hört man. Du klingst wehmütig. Hat er eine andere?«

»Ja.«

»Na, sag ich doch. Manche Männer sind Hurenböcke.«

Jetzt muss ich doch lachen.

Teeske tippt mit dem Finger auf den Notizzettel. »Schreib auch mal die groben Geburtsdaten der anderen und das Sterbedatum von Bentjes Vater auf.«

Friedemann Benedict, geb. etwa 1910, gest. 1963
Bentje Georgina, 87 Jahre alt, geb. 1932
Elfriede Fischermann, 86 Jahre alt, geb. 1933
Jolanda Georgina, 58 Jahre alt, geb. 1961
Georgina Jorina, 32 Jahre alt, geb. 1987
Jorina Bentje, 6 Jahre alt, geb. 2013

»Wie alt ist Frau Fischermanns Sohn?«, fragt Teeske.

»Über fünfzig auf jeden Fall.« Ich überlege einen Moment. »Das Geburtsdatum steht auf dem Schreiben, in dem sie mir die Kette vermacht hat. Aber ich kann mich nicht daran erinnern.«

»Hast du es dabei?«

»Nicht hier, aber ich habe es mit nach Juist gebracht. Es ist in meiner Ferienwohnung.«

»Dann siehst du später direkt nach.« Ihre Stimme wird streng. »Und du sagst mir dann auf jeden Fall gleich Bescheid.«

»Das mache ich gerne.«

»Gut.« Teeske greift nach meiner Hand. »Und wenn wieder Fragen auftauchen, kommst du auch. Ich spiele gerne ein bisschen Miss Marple. Es tut gut, hin und wieder die Gehirnzellen zu aktivieren. Hast du schon mal was von der *Schule am Meer* gehört? Das war eine Freiluftschule, ein Internat, hier auf Juist, gegründet im Jahr 1925, geschlossen ein Jahr nach der NS-Machtergreifung, im Jahr 1934. Bentjes Vater war dort eine Zeitlang Schüler gewesen. Im Mittelpunkt standen wohl die Natur und die Gemeinschaft. Es gab aber auch ein Orchester und eine Theater-Laienspielgruppe. So kam Friedemann auf jeden Fall aufs Töwerland. Er ist hier zur Schule gegangen. Und hat sich in Teda verliebt.«

Es ist schon halb sechs, als ich mich schließlich von Teeske verabschiede. Wir haben beide noch einen weiteren Käsekuchen verspeist, ich habe zwischendurch neuen Tee gekocht und viel über die Insel erfahren.

»Und du kommst gleich und sagst mir Bescheid«, erinnert mich Teeske.

»Ja, auf jeden Fall. Ich sehe nach und gehe dann eine Runde mit meinem Hund spazieren. Da unternehmen wir einen Abstecher zu dir.« Ich winke noch einmal und mache mich auf den Weg zurück. Teeske wohnt nur wenige Minuten von Enna entfernt. Der Spaziergang an der frischen Luft tut mir gut. Ich versuche dabei, meine Gedanken zu sortieren. Kann es sein, dass Frau Fischermann einen Mann gemeint hat, als sie von ihrer großen Liebe sprach, und dass es doch nicht die Insel war? Ich weiß nicht, warum, aber irgendwie fände ich es schade, wenn hinter Frau Fischermanns Geschichte letztendlich doch wieder nur ein Mann stecken sollte, der zudem mit einer anderen verheiratet gewesen war.

Einstein sitzt schon vor der Tür und begrüßt mich schwanzwedelnd. Wie immer geht mein Herz dabei auf. Es ist schön, dass sich jemand freut, wenn man nach Hause kommt, auch wenn – oder gerade weil – es ein Hund ist.

»Warst du brav?«, frage ich und schaue mich um, ob er nicht doch aus Frust irgendwas angeknabbert hat. Enna ist unterwegs, und Einstein ist es normalerweise gewohnt, auch mal allein zu bleiben. »Fein hast du das gemacht und so brav gewartet.« Ich belohne Einstein mit einem Leckerchen und hole Frau Fischermanns Nachlassschreiben, das ich gemeinsam mit dem Briefpapier im Trolley gelassen habe.

Ich bin im Vollbesitz meiner geistigen Kräfte. Mein Sohn, Friedemann Fischermann, geboren am 06.04.1965 in Düsseldorf, ist in diesem Moment bei mir und mein Zeuge.

»Gut!«, sage ich laut. »Wenn Teeske recht hat, und davon gehe ich aus, ist der Friedemann auf Juist im Jahr 1963 gestorben. Er kann also unmöglich der Vater von Frau Fischermanns Sohn sein.«

Trotzdem liegt es nahe, dass die Familie und Frau Fischermann irgendeine Verbindung haben, überlege ich. Wie sagte Paul noch gleich? Jorinde sei die friesische weibliche Form für Georg. Und Bentjes Zweitname ist Georgina.

»Komm, Einstein, wir gehen spazieren.«

Unten vor dem Haus treffe ich auf Jannes und Merle.

»Wow, du siehst toll aus«, sagt Merle. »Die neue Frisur steht dir gut.«

Auch Jannes nickt anerkennend. »Wie hast du den Abend gestern bei uns überstanden?«

»Ich fands schön. Und sehr lecker. Teeske hat sich übrigens schwer in deinen Käsekuchen verliebt, Merle. Ich bin gerade noch mal auf dem Weg zu ihr.«

»Da hat sie aber Glück.« Merle sieht zu Jannes. »Gib Caro doch bitte mal zwei Nusskuchen. Sie stehen unten im Korb.«

»Hast du heute schon wieder gebacken?«, frage ich.

»Ja, nachdem ich dir gestern von meiner Lieblingsvariante erzählt habe, musste ich sie heute unbedingt essen. Meine Laune ist mehr als mies, wenn ich meinen Gelüsten nicht nachgebe.« Sie runzelt die Stirn. »Es wird Zeit, dass die kleine Ylvie aus meinem Bauch auszieht.«

»Ylvie?«, frage ich.

»Meret«, sagt Jannes.

»Der Trend geht zum Doppelnamen«, feixe ich. »Mir gefällt beides. Ylvie klingt sehr hübsch, und Meret, in Gedenken an Max' Frau, finde ich auch sehr schön.«

Die beiden sehen mich aus großen Augen an.

»Scheiße«, sagt Jannes. »Das wusste ich gar nicht. Als Paul mir davon erzählt hat, hat er immer nur von Max' Frau gesprochen, ohne einen Namen zu erwähnen. Und mit Max selbst habe ich noch nie darüber gesprochen. Er ist da sehr zurückhaltend.«

Merle streichelt über ihren Bauch. »Gut, dass ich das weiß.« Sie sieht zu Jannes auf. »Was hältst du von Meret Ylvie? Oder von Ylvie Meret?« Sie seufzt. »Wir entscheiden spontan, wenn sie da ist. Und wie war es bei Teeske? Habt ihr etwas über Jorinde rausgefunden?«

»Wir vermuten, dass es etwas mit Bentjes Familie zu tun hat«, erkläre ich. »Teeske meint, Bentje muss einen Grund gehabt haben, ihre Tochter Jolanda zu nennen.«

»Das klingt nach einer spannenden Geschichte«, sagt Merle und verzieht das Gesicht.

»Was ist?«, frage ich besorgt.

»Ach, die Kleine tritt mir heute schon den ganzen Tag in den Rücken. Und irgendwie ist mir zwischendurch immer mal wieder übel. Das hatte ich während der ganzen Schwangerschaft nicht.« Sie richtet sich auf und strafft die Schultern. »Aber die paar Tage schaffen wir jetzt auch noch. Kommst du gleich noch mal bei meiner Oma vorbei? Jannes, Ole und Conny helfen einem Nachbarn, dem das Dach seines Schuppens unter den Schneemassen eingekracht ist. Mich haben sie dazu verdonnert, bei meiner Oma zu bleiben, damit immer jemand in meiner Nähe ist.«

»Ich klopfe gleich mal an«, sage ich. »Und danke für die Nusskuchen. Teeske freut sich bestimmt.«

»Frau Fischermanns Sohn wurde 1965 geboren. Somit kann der Insel-Friedemann nicht sein Vater sein. Es sei denn, er ist doch später gestorben.«

»Nein, das war 1963, das weiß ich ganz genau. Den Winter werde ich nie vergessen.« Sie deutet hinter sich. »Kommt rein. Ich habe eben ein bisschen telefoniert und noch was rausgefunden.«

»Ist das denn in Ordnung mit meinem Hund?«

»Ich geb dir ein Handtuch. Du kannst ihm die Pfoten säubern. Und ein Stück Wurst gibt es auch.«

»Das wird ihm gefallen.«

Die Wurst befindet sich schon auf dem Tisch. Teeske hat das Kaffeegedeck gegen ein Brett mit Aufschnitt getauscht. In einem Korb entdecke ich außerdem Brot. Und eine Flasche *Beerenauslese* steht auch auf dem Tisch.

»Du isst doch eine Scheibe mit? Ich freue mich, wenn ich mal Besuch habe, besonders, wenn er vom Festland ist und ich mal was anderes höre als immer nur das Inselgeflüster.«

Wie könnte ich da Nein sagen? »Ja, gerne, aber wirklich nur eine Scheibe.« Ich stelle die beiden Kuchen im Glas auf den Tisch. »Von Merle, es ist ihre Lieblingsvariante: Nusskuchen.«

»Ach, das ist ja nett.« Teeske deutet auf meinen Stuhl. »Setz dich, und bedien dich.«

»Was hast du denn rausgefunden?«, frage ich, während ich Butter auf meine Brotscheibe schmiere.

»Ich habe bei Bentje angerufen. Aber die ist nicht da. Hatte ganz vergessen, dass heute keine Fähre ging und Bentje über Weihnachten auf dem Festland war. Sie wird also erst zurück sein, sobald der Verkehr wieder funktioniert. Danach habe ich einen befreundeten Juwelier in Leer angerufen. Er hat mir gesagt, jeder Filigran-Juwelier erfasse seine Entwürfe in einem Musterbuch. Das heißt, wenn das Filigran hier auf Juist hergestellt wurde, finden wir das raus.«

»Der Juister Juwelier, der Filigrane herstellt, ist allerdings momentan im Urlaub.«

Teeske winkt ab. »Der ist viel zu jung und erst seit 1992 hier auf dem Töwerland. Das muss in der Generation davor entstanden sein. Wenn deine Frau Fischermann 1933 geboren wurde und hier Urlaub gemacht hat, war sie sicher schon erwachsen. Einem Kind schenkt man solchen Schmuck nicht. Das bedeutet, dass das Filigran wahrscheinlich irgendwann in den Fünfzigern oder Sechzigern hergestellt wurde. Und da gab es hier nur einen Juwelier, der Filigrane hergestellt hat. Das war Ocke. Der lebt zwar nicht mehr, aber ich kenne seine Tochter gut. Das ist eine Jugendfreundin meiner Tochter. Sie sagt, sie habe das Buch aufgehoben. Du sollst ihr ein Foto schicken, dann sieht sie nach. Die Nummer steht auf dem Notizblock.«

Die Kette habe ich in der Wohnung gelassen, aber glücklicherweise habe ich sie schon in Oberhausen fotografiert.

»Wie heißt die Frau denn?«

»Ude, Ude Fritz.«

»Mit einem D in der Mitte?«

»Ja, Ude Fritz, das D ist ein Schreibfehler in der Geburtsurkunde. Jetzt heißt sie so.«

»Was es alles gibt.« Ich leite das Foto an die angegebene Nummer weiter und schreibe einen kurzen Gruß dazu.

»Und du meinst, es könnte tatsächlich ihr Vater entworfen haben?«

»Wenn es auf Juist hergestellt wurde, ja, ansonsten könnte es wer weiß wer gewesen sein. Aber ich habe da so ein Gefühl. Ocke und Bentje waren ein Jahrgang, sind nur mit ein paar Monaten Abstand zur Welt gekommen. Ich war damals zehn …«

Zwei Scheiben Brot und ein paar Geschichten aus Teeskes Vergangenheit später schüttele ich den Kopf und lehne dankend ab, als Teeske mir den Nusskuchen zum Nachtisch anbietet. »Nein, danke, ich bin pappsatt. Und Einstein sollte jetzt besser auch keine Wurst mehr bekommen. Sonst muss ich die ganze Nacht mit ihm runter, weil er Durchfall hat.«

»Das ist so ein lieber Kerl«, sagt Teeske. »Und so gut erzogen.«

Da piept mein Handy, das ich auf dem Tisch liegen habe. Ich habe eine Antwort von Ude bekommen, in Form eines Fotos. Ich öffne es und gehe um den Tisch herum zu Teeskes Sessel, damit sie es auch sehen kann.

Sie rückt ihre Brille zurecht und sagt: »Wusste ich's doch! Es ist von Ocke.«

Auf dem Foto sieht man eine detailgetreue Zeichnung des Filigrans. »4. Juni 1960«, lese ich laut vor. »Blütenfiligran für Frau Elfriede Jolanda Dunkel, in zweifacher Ausfertigung.«

»Dunkel?«, fragt Teeske.

»Ja, das scheint der Mädchenname von Frau Fischermann zu sein. Sie hat die Kette zweimal anfertigen lassen.«

»Elli Dunkel, das sagt mir irgendwas. Kann es sein, dass sie gemalt hat? Ich habe da das Bild einer Frau im Kopf, die mit Pinsel und Farbe stundenlang am Meer gesessen hat.«

»Das weiß ich leider nicht.« Es hätte zu ihr gepasst. Doch ich habe mir nie Zeit genommen, mich richtig mit ihr zu unterhalten. Und dabei hätte sie bestimmt so viel zu erzählen gehabt – genau wie Teeske, Enna und bestimmt auch Bentje, die ich besuchen werde, sobald sie wieder auf Juist ist.

21. Kapitel

»Dass ich nicht schon früher darauf gekommen bin, mich mal nach Frau Fischermanns Mädchennamen zu erkundigen«, sage ich, nachdem ich Enna und Merle erzählt habe, was wir herausgefunden haben.

Enna runzelt die Stirn. »Elli Dunkel, mir sagt der Name gar nichts. Aber Teeske hat in dieser Hinsicht ein gutes Gedächtnis.«

»Dann waren die beiden Frauen also Freundinnen«, überlegt Merle laut. »Das gefällt mir.«

»Sieht zumindest so aus. Soweit ich das verstanden habe, hat Bentje ihre Tochter Jolanda genannt. Und Elfriede hat ihren Sohn Friedemann genannt, nach Bentjes Vater.«

»Fragt sich nur, warum deine Frau Fischermann nie wieder hier war«, wirft Enna ein. »Wenn die beiden doch so gut befreundet waren.«

»Stimmt«, sagt Merle. Sie lächelt ihre Oma sanft an. »Manchmal hat man dafür seine Gründe.«

Enna schnalzt mit der Zunge. »So ist es. Und am Ende wird alles gut«, sagt sie energisch.

Ich kann mir mittlerweile denken, was sie damit meint, behalte es aber für mich. »Das ist ein gutes Lebensmotto«, sage ich stattdessen.

»Das ist es!«, bestätigt Enna. »Ein Glas Grog?«

Ich winke ab. »Seit ich hier bin, habe ich jeden Tag Alkohol getrunken. Sogar heute. Obwohl ich dreimal abgelehnt habe, hatte ich am Ende doch ein Glas Wein vor mir stehen – Beerenauslese.«

»Bei Teeske kann niemand Nein sagen«, erklärt Enna. Sie mustert mich. »Du siehst müde aus.«

»Ja, irgendwie war es ein anstrengender Tag. Ich geh gleich noch eine Runde mit Einstein, dann in die Wanne und dann ins Bett.« Ich schaue zu Merle. »Was ist mit dir? Was machen die Tritte in den Rücken?«

»Kneift und ziept. Und müde bin ich auch. Ich werde heute nicht alt und schlafe bei Oma. Jannes holt mich morgen früh.«

»Ruf mich an, wenn irgendwas ist. Dann komme ich runter«, biete ich an.

»Das ist lieb, aber ich leg mich wahrscheinlich gleich hin.«

Ich schaue auf die große Küchenuhr. Es ist neun, spät genug für eine letzte Runde, wenn ich morgen früh nicht so lange schlafe. »Na gut, dann geh ich jetzt mit Einstein spazieren«, sage ich. »Und wir sehen uns morgen. Schlaft gut.«

Ich ziehe mir meine Jacke über und setze die Mütze auf, schnalle Einstein die Leine um und wage mich in die Kälte hinaus. Ich entscheide mich für den Weg die Billstraße entlang. Auch diesmal treffen wir dabei wieder Rehe, und Einstein findet, dass sie hier nichts zu suchen haben. Aber zum Glück kommt diesmal kein Radfahrer die Straße entlanggefahren. Wir beide sind allein unterwegs. Die Ruhe tut mir gut.

Morgen gönne ich mir einen Tag nur für mich, ohne Pläne und Termine. Ich werde bis zum Billriff gehen, um mir das Ende der Welt anzuschauen. Davor werde ich den berühmten

Stuten in der Domäne Bill essen, von dem alle hier schwärmen. Und nach dem Spaziergang werde ich einen Brief schreiben, ein Buch lesen oder einfach mal nichts tun. Während wir unsere Runde gehen, träume ich von dem morgigen Tag.

Um halb zehn sind wir wieder zurück. Während ich die Wanne volllaufen lasse, genieße ich den Blick auf die beleuchtete Elfenparade. Im Sommer sieht der Garten bestimmt auch hübsch aus. Ob Merle mit ihrer Großmutter oft auf der Bank unter dem Apfelbaum sitzt? Schade, dass ich zu meiner noch lebenden Großmutter väterlicherseits nicht so ein gutes Verhältnis habe, denke ich – und dass meine andere Oma schon gestorben ist.

Kurz darauf liege ich mit geschlossenen Augen in der Wanne. Als ich dabei fast einnicke, setze ich mich auf, greife zum Rasierer und entferne die Stoppeln auf meinen Beinen. Es ist wirklich Zeit, wieder mehr auf mich zu achten. Und heute habe ich mit Connys Hilfe einen guten Anfang gemacht. Ich dusche mich ab, rubbele mich trocken, creme mich ein und schlüpfe in meinen Pyjama. Gerade als ich mir die Zähne putze, höre ich, dass jemand laut an meine Tür klopft.

Merle! denke ich, hoffentlich ist ihr nichts passiert. Ich spucke die Zahnpasta ins Waschbecken, rufe »Ich komme!« und sprinte die Treppe hinunter.

»Hi«, sagt Max, als ich die Tür öffne.

»Hi.« Ich starre ihn völlig verdattert an.

»Darf ich reinkommen?«

Ich nicke und gehe einen Schritt zur Seite. Dabei merke ich, dass ich die Zahnbürste noch in der Hand halte. Ich hebe sie hoch, sage: »Ich bin noch mal eben im Bad, geradeaus geht es in den Wohnbereich.«

Auf dem Weg ins Bad kommt Einstein mir entgegen, um Max zu begrüßen. Dabei erwischt seine Zunge im Vorbeihuschen meinen Knöchel.

»Sausack!«, schimpfe ich, und Max lacht leise. »Deine Jacke kannst du an die Garderobe hängen.«

»Okay.«

»Is klar, Caro«, sage ich leise zu meinem Spiegelbild. In meinen Mundwinkeln klebt Zahnpasta, meine Haut glänzt von der Creme, die ich im Gesicht extradick aufgetragen habe. Der kalte Wind hier macht meiner Haut ganz schön zu schaffen, und sie hat die Pflege dringend nötig. Außerdem trage ich einen sexy karierten Männerpyjama und auf dem Kopf einen Turban aus einem Frotteehandtuch. Ach, was soll's, denke ich trotzig, das passt auf jeden Fall zu meiner Ringeloptik von gestern Abend. Ich wische mir die Zahnpasta vom Mund und beschließe, genauso zu bleiben, wie ich bin.

Max steht vor der Fensterfront und sieht in den Garten. Als er mich kommen hört, dreht er sich um.

»Möchtest du etwas trinken?«, frage ich und werfe meinen Anti-Alkoholvorsatz über Bord. »Vielleicht ein Glas Wein?«

»Gerne. Und ins Bad müsste ich auch kurz. Dein Hund hat mich abgeschlabbert.«

»Du weißt ja, wo es ist.«

Ich gehe in die Küche, öffne den Wein und widerstehe dem Bedürfnis, das erste Glas hinunterzustürzen, um mir Mut anzutrinken. Nebenan im Bad läuft Wasser ins Waschbecken, während ich den Wein eingieße. Im Flur treffen wir beide wieder aufeinander.

»Bitte schön«, sage ich und reiche ihm den Wein.

»Danke.«

Im Garten ist es nun dunkel. »Eine Zeitschaltuhr«, erkläre ich. »Um zehn Uhr gehen die Aliens schlafen.«

»Und morgen sind sie dann plötzlich wieder da.«

»Ja, und sie stehen immer an der gleichen Stelle und schauen zu mir hoch«, sage ich und denke im nächsten Moment, dass ich nur Blödsinn rede. Ich hebe mein Glas. »Prost!«

»Prost!«

Der Wein schmeckt etwas bitter, weil der Geschmack der Zahnpasta noch in meinem Mund hängt, aber nach dem zweiten Schluck geht es.

»Warum bist du hier, Max?«, frage ich und versuche mir nicht anmerken zu lassen, wie wahnsinnig aufgeregt ich bin. Mein Herz klopft schneller, meine Beine fühlen sich wackelig an, und ich bin froh, dass ich ein Glas in der Hand habe, an dem ich mich wenigstens ein bisschen festhalten kann.

»Weil ich ununterbrochen an dich denke, seitdem wir die Fähre verlassen haben. Weil ich bisher jede Nacht geträumt habe, dass ich dich küsse. Und weil ich einfach wissen muss, wie es sich anfühlt, wenn ich es wirklich tue.« Ein Lächeln huscht über sein Gesicht. »Süßes Outfit übrigens. Gefällt mir noch besser als das von gestern.«

Ich löse meinen Handtuchturban, wuschele mir durch mein immer noch nasses Haar und sage: »Ich habe auch von dir geträumt. Du hast hinter mir gestanden und meinen Nacken geküsst.«

»Das hört sich gut an. Und dann?«, fragt Max. Seine Stimme ist einen Tonfall dunkler geworden.

»Dann ist Einstein gekommen und hat dich angebellt«, erzähle ich. »Leider bin ich dadurch aufgewacht. Im Garten stand ein Fasan, den Einstein laut bellend von hier oben vertreiben wollte. Deswegen weiß ich nicht, was danach passiert wäre.«

»Dreh dich um«, sagt Max.

Ich trinke noch einen Schluck Wein, bevor ich Max den Rücken zudrehe.

»Gib mir dein Glas.«

Ich halte es hoch, höre, wie Max beide Gläser auf dem kleinen Couchtisch abstellt und danach seine Schuhe auszieht. »Schön stehen bleiben.«

Max kommt wieder näher und bleibt hinter mir stehen. Er schiebt mein Haar zur Seite, küsst sanft meinen Nacken, und sekundenschnell stellen sich alle Härchen auf meinem Körper auf. Ich halte die Luft an, als Max noch ein bisschen näher rückt, diesmal etwas fester seine Lippen auf meine Haut drückt und dabei etwas abrutscht, bis in meine Halsbeuge hinein. Im nächsten Moment lässt er mein Haar wieder auf meine Schultern fallen. Seine Hände wandern nach vorne, und Max knöpft einen Knopf meines Pyjamas nach dem anderen auf.

Ich denke daran, dass ich keinen BH trage, unter meiner Pyjamahose nur schlichte Baumwollhipster anhabe, aber wenigstens frisch rasiert und eingecremt bin. Und dass ich die Pille abgesetzt habe und auf so einen Fall nicht vorbereitet bin. Aber ich bin unfähig, etwas zu sagen oder mich zu bewegen. Ich stehe einfach da, fühle Max' Hände, die nun über meinen nackten Oberkörper streichen und schließlich in einem Rutsch meine Pyjamahose samt meines Hipsters nach unten schieben. Ich bin nackt, aber Max ist noch komplett angezogen. Doch als ich mich umdrehen will, um das zu ändern, hält er mich fest. »Warte noch …«

Auf der Decke liegt Einstein. Er hebt träge den Kopf und sieht mich an. Nicht bellen, denke ich. Und bloß nicht auf die Idee kommen, jetzt hier zu mir zu kommen. Aber das hat Einstein gar nicht vor. Er lässt den Kopf sinken, schließt die Augen und schnauft zufrieden.

»Du bist schön, Caro.«

Ich versuche den Gedanken über mein Gewicht, der sich prompt in mein Gehirn schleicht, zu verdrängen und schließe die Augen. Aber es gelingt mir nicht, mich zu entspannen und mich auf Max einzulassen, also halte ich seine Hand fest. »Max, ich muss dich auch berühren dürfen.«

»Warte«, sagt Max. »Hab Geduld.« Ich höre, wie er sich auszieht, spüre, wie er seine Hände auf meine Schultern legt, mich sanft zu sich dreht und mich an sich zieht.

Erleichtert atme ich auf. »Du riechst gut.«

»Du auch.« Max hebt mit dem Zeigefinger sanft mein Gesicht an. »Darf ich dich jetzt küssen?«

Ein Lächeln huscht über mein Gesicht. »Ja.«

Max' Lippen finden meine, und endlich höre ich auf zu denken. Als er mich noch fester an sich zieht, seufze ich wohlig auf.

»Scheiße, Caro, das fühlt sich gut an«, sagt Max mit rauer Stimme, schiebt mich etwas von sich weg und sieht sich im Zimmer um. »Da steht nicht ernsthaft ein Hochbett?!«

»Doch.« Ich muss lachen.

»Na gut.« Er grinst mich an. »Ladys first.«

»Spinnst du? Du kletterst zuerst hoch«, antworte ich. »Und außerdem solltest du wissen, dass ich nicht die Pille nehme und nicht – auf dich vorbereitet war.« Es gefällt mir, seine Worte zu verwenden.

»Ich war heute in der Drogerie«, sagt Max.

»Du hast das geplant?«, frage ich und lächle ihn an.

»Nicht direkt geplant, aber ich wusste, dass es irgendwann passieren wird.« Er bückt sich, kramt in seiner Hosentasche und deutet mit dem Kopf zum Hochbett. »Und ich muss wirklich zuerst da hoch?«

»Ja«, sage ich. »Und zwar jetzt gleich. Mir wird nämlich kalt.«

Max streicht verführerisch mit dem Zeigefinger über meine Brust. »Und ich dachte, die Gänsehaut hast du meinetwegen.«

»Am ganzen Körper«, erkläre ich. »Sogar innen.«

»Innen?«

»Ja, innen, in meinem Unterleib. Da kribbelt alles.«

Max legt seine Hand auf meine Wange. »Du bist unbeschreiblich süß, weißt du das?«

»Ich weiß, dass ich jetzt mit dir schlafen will, alles andere vergesse ich gerade.«

Max liegt lang ausgestreckt auf seinem Rücken und hält mich im Arm.

»Wer hätte gedacht, dass in dir eine kleine Wildkatze schlummert«, sagt er.

»Du weckst völlig unentdeckte Seiten in mir«, antworte ich. Das ist nicht gelogen. So leidenschaftlich geliebt habe ich noch nie. Und noch nie habe ich mich nach dem Sex so dermaßen befriedigt gefühlt. »Das war wunderschön.«

»Das finde ich auch.« Max drückt mir einen Kuss auf das Haar. »Ich hoffe, du bist mir nicht böse, wenn ich jetzt trotzdem gehe.«

Ich brauche einen Moment, um zu verarbeiten, was Max da gerade gesagt hat, und rücke von ihm weg. Er streichelt mir noch einmal über das Haar, sagt: »Du gehst echt unter die Haut«, und klettert nur ein paar Sekunden später die Leiter nach unten.

Ich setze mich auf, wickele die Decke um mich und beobachte, wie er in seinen Boxershorts und danach in seine Jeans schlüpft. Das, was jetzt gerade passiert, kenne ich nur aus schlechten Filmen. Dummerweise spiele ich heute die Hauptrolle. Ich beschließe Haltung zu bewahren und klettere auch nach unten, um wenigstens noch mal kurz ins Bad zu gehen.

Da sagt Max: »Wie gesagt, du gehst direkt unter die Haut. Ich habe noch nie so ein intensives Gefühl beim Sex gehabt wie heute. Das muss ich erst einmal verarbeiten. Sei mir nicht böse, ja?«

»Was heißt das, noch nie?«, hake ich nach.

»Noch nie in meinem Leben.«

Ich weiß, was Max mir damit sagen will und dass es ihm wahrscheinlich schwergefallen ist, sich das selbst und mir gegenüber einzugestehen, aber es macht mich unbeschreiblich wütend, dass er jetzt abhauen will.

»Und warum gehst du jetzt?«, frage ich.

»Weil ich erst einmal damit klarkommen muss.«

»Und das kann nicht bis morgen warten? Du verpisst dich mitten in der Nacht, nachdem du gerade den intensivsten Sex deines Lebens hattest, mit einer Frau, die dir unter die Haut geht?«

»Du weißt nicht, wie es ist, wenn man einen Menschen verliert, den man mehr liebt als sich selbst«, erklärt Max, und in meinem Inneren zerreißt etwas. »So etwas möchte ich nie wieder erleben.«

Ich warte, bis er seinen Pullover angezogen hat, und zähle dabei bis fünf. Diese Zeit brauche ich, um mich zu sammeln. »So, das weiß ich also nicht. Und wieso bist du dir da so sicher? Hast du mich schon mal danach gefragt? Wie es mir geht? Was ich alles schon erlebt habe?«

Max sieht mich einen Moment lang an. »Dass dein Mann dich verlassen hat, tut mir leid. Das ist bestimmt eine schlimme Erfahrung gewesen. Aber ich glaube nicht, dass man das miteinander vergleichen kann. Du hast daran keine Schuld. Ich kann mir aber nicht verzeihen, dass ich an dem Abend allein feiern gegangen bin, obwohl Meret den ganzen Tag über schon Kopfschmerzen gehabt hat. Und ich will nie wieder eine Entscheidung treffen müssen, wie ich sie damals treffen musste, als ich Meret habe sterben lassen.«

Das reicht! »Du bist ein Arsch, Max. Du weißt gar nichts von mir. Ich war gerade achtzehn Jahre alt, als meine Großeltern und meine kleine Schwester Julia einen Autounfall hatten. Meine Oma war sofort tot. Meine Schwester ist nach drei Tagen Hoffen und Bangen auf der Intensivstation gestorben. Mein Opa hat überlebt. Er hat sich die Schuld am Unfall gegeben und ist von einer Brücke gesprungen. Meine Mutter ist seitdem eine gebrochene Frau. Sie hat in ihrer Trauer vergessen, dass sie noch eine andere Tochter hat. Mein Vater hat angefangen zu trinken.« Ich atme kurz durch. »Ich kann noch einen draufsetzen. Ein paar Wochen nach der Beerdigung habe ich erfahren, dass Jana, die beste Freundin auf der ganzen Welt, einen Tumor zwischen Lunge und Herz hat, der nicht operiert werden kann. Sie hat sich wochenlang einer Chemo unterzogen, alle Haare verloren und wäre fast gestorben. Aber sie hat gekämpft – und gewonnen. Das blöde Scheißteil in ihrem Brustkorb ist weg und bis heute nicht wiedergekommen. Aber immer dann, wenn sie erkältet ist, nur einen Schnupfen bekommt oder einmal schief hustet, bekomme ich eine Heidenangst. Angst, auch Jana zu verlieren, so wie Julia und meine Großeltern. Und wenn ich ehrlich bin, mit ihnen auch meine Eltern.«

»Das tut mir leid, Caro, ich wusste nicht …«, sagt Max, aber ich unterbreche ihn.

»Nein, ich bin noch nicht fertig. Lass mich bitte ausreden. Ich stehe jeden Morgen auf und nehme mir vor, dass es ein guter Tag wird. Jeden Abend im Bett suche ich nach positiven Gedanken, in der Hoffnung, dass ich dann nicht schlecht träume. Aber es passiert mir immer noch, dass ich mitten in der Nacht schweißgebadet aufwache und mich frage, warum ich meine Schwester nicht abgeholt habe, obwohl meine Mutter mich darum gebeten hat. Denn dann würde sie vielleicht heute noch leben. Zum Glück hat Janas Mutter mich davon überzeugt, eine Therapie zu machen. Ohne Hilfe hätte ich es wahrscheinlich nicht geschafft. Und manchmal denke ich auch heute noch, dass ich es nicht schaffe. Das sind die Momente, in denen ich einfach nur müde bin. Weil es verdammt anstrengend ist, jeden Abend die positiven Erlebnisse zu suchen, auch wenn dein Tag einfach nur beschissen war. Und weißt du, was mich so richtig wütend und auch traurig macht? Das heute Abend war wunderschön, intensiv und auf eine gewisse Weise sogar heilsam – aber du bist ein Feigling, und du drehst dich nur um dich selbst und das Leid, das dir widerfahren ist.« Noch einmal atme ich tief durch. »Im

Übrigen muss niemand für mich Entscheidungen treffen, wenn es um das Beenden meines Lebens geht. Ich habe eine Patientenverfügung, in der ich ganz genau festgelegt habe, wie die Ärzte zu verfahren haben, wenn ich nicht mehr in der Lage bin, selbst zu entscheiden. Erstens, weil ich selbst entscheiden will, und zweitens, weil ich es niemandem zumuten will, das für mich übernehmen zu müssen.«

Max sieht mich einfach nur an.

»Am besten, du gehst jetzt und – wie du gerade so schön gesagt hast – kommst erst mal damit klar«, sage ich.

»Caro …«

Ich schüttele den Kopf. »Nein, Max.« Tränen schießen mal wieder aus meinen Augen. Und ich ärgere mich darüber, dass ich das nicht kontrollieren kann. »Geh jetzt bitte. Sofort.«

»Es tut mir leid, Caro.« Kurz darauf zieht Max die Tür hinter sich zu.

»Arschloch!«, wiederhole ich noch einmal leise. »Verdammter Feigling.«

Ich wische mir die Tränen aus dem Gesicht, hebe meinen Pyjama vom Boden auf, ziehe ihn an und werde dabei von Einstein angestupst und freudig angewedelt.

»Du bist der Beste«, sage ich und zucke zusammen, weil jemand laut gegen die Tür klopft.

»Caro, Merle geht's nicht gut. Kannst du kommen?«, ruft Max.

»Scheiße!«, sage ich und renne zur Tür.

22. Kapitel

»Sie hat gegen das Fenster geklopft und gerufen. Zum Glück habe ich es gehört. Enna hat tief und fest geschlafen und deswegen nichts mitbekommen«, sagt Max.

»Was hat sie?« Barfuß, wie ich bin, schlüpfe ich in meine Schneeboots.

»Keine Ahnung. Wehen? Aber ihr ist auch schwindelig.«

»Habt ihr den Notarzt gerufen?«

»Enna hat ihm Bescheid gesagt. Aber er hat noch einen anderen Notfall.«

»Scheiße«, sage ich noch einmal.

Merle sitzt auf dem Bett und hält sich den Bauch. Sie sieht ganz blass um die Nase aus, ihr Gesicht ist schmerzverzerrt.

»Merle?«

»Mir ist schwindelig. Und mein Bein tut weh.«

»Lass mal sehen.« Ich knie mich auf den Boden und schiebe ihre Schlafanzughose nach oben. Das Bein ist blau und geschwollen.

»Ich glaube, meine Fruchtblase ist geplatzt«, sagt Merle. Erst jetzt bemerke ich den großen Fleck auf dem Bett.

»Enna, Merle muss sofort ins Krankenhaus. Wie kommt sie dorthin?«

»Der Arzt ordert einen Rettungswagen, und ein Hubschrauber bringt sie rüber aufs Festland in die Klinik.«

»Ruf an. Sag ihm, dass Merle wahrscheinlich eine Thrombose im Bein hat und dass die Fruchtblase geplatzt ist.«

Enna geht sofort aus dem Raum, um zu telefonieren.

Ich drehe mich zu Max. »Max, du gehst hoch und holst mir was zum Anziehen aus dem Schrank. Beeil dich bitte.

Merle, schau mich mal an. Ich bin bei dir und pass auf dich auf. Wo ist denn dein Handy? Wir müssen Jannes Bescheid sagen.«

»Ich habe es in der Küche liegen gelassen. Ausgerechnet heute. Die letzten Tage habe ich es immer mit ans Bett genommen.« Sie krümmt sich vor Schmerzen. Ich reiche ihr meine Hände und lasse sie fest zudrücken. »Ich habe Angst, dass ich ohnmächtig werde.«

»Wann hast du das letzte Mal was getrunken?«

»Ich weiß nicht. Schon länger her.«

»Der Rettungswagen ist in drei Minuten da«, sagt Enna. »Jannes habe ich auch Bescheid gesagt. Er kommt direkt zum Landeplatz. Deine Tasche steht gepackt vor der Tür, Merle. Alles wird gut.« Sie wendet sich an mich. »Es wird kein Arzt im Wagen sein. Vielleicht fährst du besser mit.«

»Na klar«, sage ich. »Ich habe doch gesagt, dass ich auf Merle aufpasse. Und die sollte jetzt erst mal was trinken. Kannst du Merle ein Glas Wasser bringen?«

Enna verschwindet sofort wieder.

Und dann geht alles ganz schnell. Max kommt mit meinen Klamotten zurück. Ich ziehe meine Hose und den Pulli einfach über meinen Pyjama, und da steht auch schon der Rettungswagen vor der Tür. Ich erkläre kurz die Lage, sage: »Ich begleite die Patientin«, und steige, ohne eine Antwort abzuwarten, mit ein.

Der Sanitäter nickt, wahrscheinlich froh darüber, dass er nicht allein mit der Schwangeren im Wagen sitzt.

Enna drückt Merle ein letztes Mal. Ich schaue zu Max. Sein Blick trifft mich mitten ins Herz. Aber da wird die Tür auch schon mit einem Rums zugezogen.

»Wie lange braucht der Hubschrauber, bis er hier ist?«, frage ich.

»Wir haben Glück, der SAR-Helikopter war gerade schon im Einsatz in Emden. Wir werden etwa gleichzeitig am Flugplatz ankommen.«

Ich halte Merles Hand.

»Wie wars mit Max?«, fragt sie.

»Ach, hör bloß auf. Es war wunderschön, aber am Ende hat er es versaut.«

»Wie?«

Ich schaue zum Sanitäter. »Ohren zuhalten«, sage ich, um Merle abzulenken und die Situation etwas aufzulockern.

Er grinst. »Ich höre weg.«

»Der Sex war wunderschön und sehr intensiv«, erzähle ich. »Aber nur kurz danach hat Max sich verabschiedet und ist gegangen.«

»Bettflucht«, sagt Merle.

»Kommen und gehen«, mischt sich der Sanitäter ins Gespräch ein. »Immerhin hat er sich verabschiedet.«

»Habe ich nicht eben gesagt, der Herr Sanitäter möge sich die Ohren zuhalten?«, scherze ich und entlocke Merle tatsächlich ein kleines Lächeln.

»Hast du«, sagt sie. »Aber anscheinend hört Fiete schlecht.«

»Ich brauche meine Hände zum Pulsmessen und so weiter«, kontert er.

»Wie auch immer. Max hat Schiss und ist abgehauen«, erkläre ich noch einmal.

»Das hat Jannes auch schon mal gebracht. Nachdem ich ihm gesagt habe, dass ich ihn liebe und irgendwann ein Kind von ihm will. Aber dann hat er es eingesehen und sich entschuldigt, mit einem Heiratsantrag. Und jetzt liege ich hier im Rettungswagen.« Sie drückt meine Hand. »Ich hab Angst, Caro.«

Ich lege meine Hände auf Merles Bauch. »Jetzt fließt meine ganze positive Energie zu deiner Tochter. Und in dich auch. Versuch dich zu entspannen, auch, wenn es schwerfällt. Erzähl mir von Jannes' Heiratsantrag.«

»Das ist jetzt eineinhalb Jahre her. Der Sommer war ungewöhnlich heiß …«, erzählt Merle. Ich halte ihre Hand und höre zu, während wir über die Insel zum Flugplatz fahren.

Der Sanitäter hatte recht. Wir steigen gerade am Landeplatz aus, da sehen wir den Hubschrauber auch schon gespenstisch am Nachthimmel leuchten und immer näher kommen.

»Gleich hast du es geschafft, Merle.«

Jannes, Conny und Ole kommen auf uns zugerannt.

»Was machst du denn für Sachen?« Jannes greift nach Merles Hand.

»Mutter werden«, antwortet Merle und lächelt schief.

Die Rotorengeräusche des Helikopters werden immer lauter, und schließlich landet er.

»Ich bin die ganze Zeit in Gedanken bei dir, Merle«, sagt Conny und drückt ihr einen Kuss auf die Stirn.

Die beiden Sanitäter heben die Trage mit der werdenden Mutter an.

»Ich fliege mit«, sagt Jannes, doch Fiete schüttelt den Kopf. »Das geht nicht.«

»Ich schaff das schon«, sagt Merle.

Die Sanitäter laufen los, und wir bleiben zurück.

»Gut, dass du da warst, Caro«, sagt Ole.

Wir sehen zu, wie Merle in den Hubschrauber gehoben wird und die beiden Sanitäter zurückgerannt kommen.

»Du sollst mitfliegen«, sagt Fiete mit Blick zu mir.

»Was? Ich …«

»So wie ich mitbekommen habe, hat Merle Wehen. Dem Luftrettungsmeister ist es lieber, wenn du mitfliegst. Es wäre nicht das erste Kind, das in der Luft geboren werden würde.«

»Luftrettungsmeister?«, frage ich.

»Ein Rettungssanitäter der Bundeswehr. Es ist kein Arzt an Bord.«

»Kümmert ihr euch um Einstein?«, frage ich und laufe los, ohne die Antwort abzuwarten.

Nur wenig später sitze ich im Hubschrauber.

»Ich bin wieder da«, sage ich zu Merle.

»Das ist gut.« Sie lächelt erleichtert.

Der Luftrettungsmeister nickt mir zu, erklärt mir kurz, dass ich mich anschnallen muss – und wir schrauben uns nach oben in den dunklen Himmel hinein. Aus dem Fenster kann ich Jannes, Conny und Ole sehen. Sie werden immer kleiner, und schließlich verschwinden sie ganz.

»Gut, dass Sie zufällig vor Ort waren«, sagt er und stellt sich kurz vor. »Mit einer Gynäkologin an Bord ist mir wohler.«

Im ersten Moment weiß ich nicht, was ich antworten soll. Ich räuspere mich, bevor ich sage: »Ich bin keine Ärztin, ich bin Krankenschwester, Intensiv. Mein Name ist Caro Fischer, einen Doktortitel habe ich nicht.«

Er denkt einen Moment nach. »Daran können wir jetzt auch nichts mehr ändern. In knapp zehn Minuten landen wir in Emden.« Er legt seine Hand auf Merles. »Gleich haben Sie es geschafft.«

Zum zweiten Mal in dieser Nacht fühle ich mich wie in einem Film. Zwar bin ich diesmal nur eine Nebenfigur, aber es ist nicht weniger aufregend. Jella schießt mir durch den Kopf und dass sie vermutet hat, Enna habe mir die Wohnung nur vermietet, weil ich Intensivkrankenschwester bin. Das war zwar nicht Ennas Absicht, aber wie so oft im Leben hat mal wieder alles so seinen Sinn, denke ich. Auch Max' Bettflucht bekommt nun eine andere Bedeutung. Wäre er nicht gegangen, hätte er Merles Hilferuf nicht gehört.

Nur wenige Minuten später landen wir. Der Krankentransport ist im wahrsten Sinne des Wortes wie im Flug vergangen. Ich atme erleichtert auf.

Merle wird auf die Station gebracht, und ich bleibe die ganze Zeit an ihrer Seite.

»Du lässt mich jetzt aber nicht allein«, sagt sie. »Oder? Ich brauche gleich jemanden, den ich anschreien kann.«

»Ich bleibe bei dir.«

»Gut, und wir müssen Jannes anrufen und ihm sagen, dass ich heil hier angekommen bin. Er soll dann Oma und den anderen Bescheid sagen.«

»Mein Handy liegt oben in der Ferienwohnung deiner Oma.«

»Meins steckt in der Reisetasche. Guckst du gleich mal?«

»Ja.«

»Mein PIN ist 2410, unser Hochzeitstag.«

Es ist halb zwei, als ich mich im Kreißsaal auf den Stuhl neben Merles Bett setze. Sie sieht bei Weitem nicht mehr so blass um die Nase aus.

Die Hebamme lächelt mich an. »Das Problem ist, dass die Wehen sehr unregelmäßig kommen und die einzelnen Wehen zu kurz sind. Der Muttermund öffnet sich nicht. Der Arzt hat jetzt ein wehenförderndes Mittel gegeben. Kind und Mutter geht es aber so weit gut.«

»Ich soll dir von Jannes ausrichten, dass er versucht, jemanden zu finden, der ihn morgen möglichst früh aufs Festland fliegt. Wenn er niemanden findet, nimmt er den Flieger um acht Uhr fünfundvierzig und wäre allerspätestens um zehn hier. Zumindest sieht es danach aus, wenn das Wetter so bleibt. Ach ja, und er hat auch gesagt, ich soll Ylvie einen Kuss von ihm geben.«

»Und ich hatte mich eben für Meret entschieden«, erwidert Merle.

Die kleine Meret erblickt um sechs Uhr zwölf das Licht der Welt. Sie wiegt 3353 Gramm, ist 51 cm groß, kerngesund – und hat rabenschwarzes, volles Haar.

»Und das, obwohl wir beide blond sind«, sagt Merle, und küsst ihre Tochter sanft auf die Schläfe. »Warte mal, bis dein Papa dich sieht, kleiner Engel.«

Merles Stimme klingt dabei so zärtlich, dass meine Augen sich wieder mal mit Tränen füllen. Ich schniefe einmal, bevor ich mit ihrem Handy ein Foto knipse und es an Jannes schicke. Es dauert nur wenige Sekunden, da klingelt das Telefon. Ich gebe es Merle und gehe aus dem Raum.

Im Gang lasse ich mich auf einen der Stühle sinken. Ich

bin müde, glücklich, total aufgewühlt, mit meinen Nerven am Ende und lasse meinen Tränen freien Lauf.

Als jemand seine Hand auf mein Knie legt, schaue ich auf. Es ist die Hebamme.

»Ich bin Intensivkrankenschwester«, sage ich und schluchze auf. »Ich weiß nicht, wie viele Menschen ich schon habe sterben sehen. Aber heute habe ich das erste Mal hautnah miterlebt, wie es ist, wenn ein Kind geboren wird.« Ich schniefe. »Das war so unbeschreiblich schön.«

»Kinder sind Hoffnungen«, sagt die Hebamme. Sie wartet, bis ich mich beruhigt habe. »Was halten Sie von einer Mütze Schlaf? Wenigstens für zwei, drei Stunden. Und danach eine Dusche und eine Tasse Kaffee. Ich kann Ihnen ein Gästebett organisieren.«

»Ja, das ist eine gute Idee.« Ich atme tief durch. »Meinen Pyjama habe ich sowieso noch unter meinen Klamotten an.«

Ich schlafe sofort ein und wache vier Stunden später auf. Es ist halb elf. Durch das Fenster fällt Sonnenlicht. Einen Moment bleibe ich noch liegen, die Arme hinter meinen Kopf gelegt, und lasse die letzten Stunden Revue passieren. Ich fühle, dass sich in mir etwas grundlegend geändert hat. Das Miterleben der Geburt war ein elementares und einschneidendes Erlebnis, das ich niemals vergessen werde. Ich strecke mich und setze mich auf, da klopft jemand leise gegen meine Tür.

»Ja, bitte«, sage ich.

Es ist eine Krankenschwester. Sie bringt mir einen Kaffee, zwei Brötchen, Käse und Marmelade.

»Ich dachte, es wäre an der Zeit, Sie zu wecken. Wie geht es Ihnen denn?«

Ich fühle kurz in mich hinein. »Gut«, sage ich. Trotz der aufregenden Nacht fühle ich mich jetzt innerlich aufgeräumt.

Sie stellt das Tablett auf den Ablagetisch. »Ich hoffe, es schmeckt einigermaßen. Das war alles, was ich um die Uhrzeit hier noch organisieren konnte.«

»Das ist sehr lieb. Vielen Dank«, sage ich.

Der Kaffee schmeckt erbärmlich. Aber ich trinke ihn und esse auch eine Hälfte von einem der Brötchen. Danach stelle ich mich kurz unter die heiße Dusche, ziehe mich an und bitte im Schwesternzimmer um einen Föhn, damit ich mir keine Erkältung einfange. Dabei fällt mir die Ärztin auf, die heute Morgen die Schicht übernommen hat und nach Merle und Meret gesehen hat. Sie sieht sich eine Akte an und bespricht mit einer Krankenschwester die weitere Behandlung einer Patientin.

Ich hätte doch Medizin studieren sollen, denke ich. Dann wäre ich jetzt vielleicht Gynäkologin, Notärztin – oder Landärztin, wie Jana vorgeschlagen hat.

Wieder zurück in meinem Zimmer, föhne ich mir im Bad meine honigblonden Cognac-Haare trocken. Danach betrachte ich mich einen Moment im Spiegel. Gestern Nacht habe ich Max vorgeworfen, er sei ein Feigling. Zumindest in beruflicher Hinsicht gesehen, war ich das die letzten Jahre auch. Ich hätte längst eine Entscheidung treffen müssen. Ich lächle mich an und sage zu meinem Spiegelbild: »Guten Tag, Frau Dr. Fischer.«

Auf dem Weg zu Merles Zimmer straffe ich die Schultern, meine Haltung ist aufrecht. Ich habe nicht nur einmal beobachtet, dass Ärzte und Ärztinnen ihre Gangart ändern, sobald sie ihre Alltagskleidung gegen ihren Ärztekittel tauschen.

Merle und Meret haben mittlerweile Besuch bekommen. Jannes springt auf, als ich das Zimmer betrete, und drückt mich fest. »Danke«, sagt er. Seine Stimme klingt dunkel und sehr warm.

Auch Conny umarmt mich herzlich. »Du kannst dir gar nicht vorstellen, wie froh ich war, dass du mit in diesen Hubschrauber gestiegen bist. Hattest du keine Angst?«

»Nein, kein bisschen. Irgendwie fand ich es sogar cool. Vielleicht werde ich ja doch noch Notärztin«, teile ich mit.

»Oder Inselärztin«, schlägt Conny vor.

Da höre ich ein leises Babywimmern. Ich schaue zu Merle, die aufrecht im Bett sitzt und ihre Tochter in ihren Armen hält.

»Magst du sie mal halten, Caro?«, fragt sie.

»Ja, unheimlich gern.«

Die Gefühle in mir sind unbeschreiblich. Liebe, Fürsorge – und die Hebamme hat recht – Hoffnung. Wie sagte Enna? Am Ende wird alles gut. Und wenn es noch nicht gut ist, dann war es noch nicht das Ende.

»Wie geht es jetzt weiter?«, frage ich, nachdem ich das kleine Menschenkind wieder in die Arme seiner Mutter gelegt habe. »Wie lange bleibt ihr im Krankenhaus?«

»Drei bis vier Tage«, erklärt Jannes. »Ich habe eine Wohnung ganz in der Nähe gemietet. Ich bleibe auf jeden Fall hier. Die Besuche haben wir auf die nächsten Tage verteilt, damit es nicht zu viel für Merle und Meret wird. Morgen kommt die Juister Verwandtschaft, übermorgen kommen Freunde. Und mein Sohn möchte seine kleine Schwester auch gerne kennenlernen. Merles Eltern kommen später, wenn wir wieder auf der Insel sind. Sie bleiben dann für einen ganzen Monat.«

»Da freuen sie sich bestimmt«, sage ich. Dass Jannes einen Sohn hat, ist mir neu, über den wurde noch gar nicht gesprochen, aber das ist in diesem Moment nicht wichtig.

»Sie sind ganz aus dem Häuschen«, erklärt Merle.

»Wie heißt denn dein Sohn, Jannes?«, frage ich jetzt trotzdem.

»Finn. Er ist sieben Jahre alt und lebt bei seiner Mutter auf dem Festland, in Leer. In den Ferien ist er die meiste Zeit bei uns. Und hin und wieder an den Wochenenden. Das ist nicht die beste Lösung, aber wir haben uns alle ganz gut damit arrangiert.«

»Finn ist ein sehr schöner Name«, sage ich. »Er gefällt mir.«

Conny seufzt neben mir auf. »Finde ich auch. Und wisst ihr was? Ich möchte jetzt auch ein Kind, und zwar möglichst bald. Die kleine Meret ist verdammt ansteckend. Wie war das noch, Caro? Draufsetzen und nie wieder aufstehen, hast du gesagt. Und sofort damit anfangen, den Rest des Lebens miteinander zu verbringen. Ole kann sich auf was gefasst machen!«

»Ich bin mir sicher, er wird schwer begeistert sein«, sage ich.

»Das hoffe ich doch! Aber bei Kerlen weiß man schließlich nie.« Conny sieht zu Jannes. »Wolltest du nicht gerade Kaffee holen?«

»Verstanden. Bin schon weg.«

»Merle hat mir von Max' Bettflucht erzählt«, sagt Conny, nachdem Jannes sich verkrümelt hat.

»Bestimmt weiß es mittlerweile die ganze Insel«, feixe ich. »Der Sanitäter, Fiete, hat es auch mitbekommen.«

»Ich weiß«, bestätigt Conny. »Er kennt Paul gut und hat's ihm erzählt. Der hat es Jannes gesagt, Jannes Ole und der mir. Und ich habe es Agata erzählt. Da war Adam gerade dabei. Von ihm soll ich dir übrigens ausrichten, dass er gar nicht damit gerechnet hat, dass Max überhaupt den Mumm hat, dich zu verführen – und dass er deswegen noch Hoffnung sieht.«

»Na, das beruhigt mich aber jetzt ungemein«, sage ich.

»Was ich dir eigentlich sagen wollte, ist aber, dass es bei Ole und mir auch ständig auf und ab ging. Und dass man manchmal seine Zeit braucht, bis man bereit ist, sich auf den anderen einzulassen.«

Ich schüttele den Kopf. »Ein Auf und Ab kommt für mich nicht in Frage. Kennst du das Lied von Silbermond, *Irgendwas bleibt*?«

Es ist Merle, die antwortet. »Gib mir'n kleines bisschen Sicherheit. In einer Welt, in der nichts sicher scheint ... Das war unser Hochzeitslied bei der standesamtlichen Trauung.«

»Wenn ich musikalisch wäre, wäre das das Lied, das ich Max vorsingen würde. Für ein Auf und Ab fehlt mir die Energie, Conny. Ich brauche Beständigkeit.«

»Kann ich verstehen«, sagt Merle. »Aber mal was anderes.« Sie betrachtet ihre Tochter ganz genau. »Findet ihr nicht auch, Meret sieht irgendwie aus wie meine Oma?«

»Quatsch!«, sagt Conny, und wir schauen uns die Kleine noch mal genauer an. »Sie hat Ennas helle graue Augen«, stelle ich fest.

»Die hat Jannes auch«, sagt Conny. »Ich frage mich nur, woher Meret die vielen schwarzen Haare hat. Deine Oma war doch auch blond, bevor sie ergraut ist. Oder?«

»Die Hebamme meint, die Farbe ändert sich noch«, erklärt Merle. »Vielleicht fallen sie auch alle aus und wachsen blond nach.«

»Und warum ist das so?«, fragt Conny. Sie sieht dabei mich an.

»Keine Ahnung. Darüber habe ich mir noch nie Gedanken gemacht. Du bist die Friseurin, finde es raus.«

»Mach ich«, sagt Conny. Sie beugt sich noch einmal über Meret. »Auf jeden Fall ist sie wunderschön, egal, wem sie ähnlich sieht.«

Ich bin froh, dass ich nicht mehr Thema der Unterhaltung bin, und höre den beiden zu. Dabei merke ich, dass ich doch ganz schön kaputt bin.

»Bleibst du eigentlich auch hier, Conny, oder fährst du wieder zurück?«

»Ich fahre wieder und nehme dich mit. Wir nehmen den Flieger um Viertel vor drei, wenn dir das recht ist.«

»Finde ich gut. Ich bin doch ganz schön platt.«

»Ich habe uns vorsichtshalber zwei Plätze reserviert«, erklärt Conny. »Die sind begehrt, weil die Fähre immer noch nicht zwischen Norddeich und Juist verkehrt und die ganzen Silvesterurlauber versuchen, trotzdem noch rechtzeitig auf die Insel zu kommen.«

»Stimmt ja, morgen ist Silvester«, sage ich. »Daran habe ich gar nicht mehr gedacht.«

»Willst du mit Ole und mir feiern?«, fragt Conny.

»Lieb von dir, aber ich werde den letzten Tag des Jahres ganz für mich allein genießen. Einsteins Gesellschaft reicht mir.«

23. Kapitel

Nach dem Hubschrauber kann mich so schnell nichts mehr schocken. Als wäre es das Normalste der Welt, setze ich mich neben Conny in das kleine zweimotorige Flugzeug.

Mit uns sitzen noch sieben weitere Personen in der Maschine, mit der Pilotin sind wir also zehn.

»Dann starten wir mal«, sagt die Pilotin und dreht sich kurz zu uns um. »Auf nach Juist, das Zauberland wartet auf Sie.«

Wir rollen langsam die Startbahn entlang, die Pilotin gibt Gas, und wir heben ab. Jetzt wird mir doch ein wenig mulmig zumute. Mein Bauch grummelt. Im Hubschrauber war ich so voll Adrenalin, dass ich gar nicht weiter nachgedacht habe. Und die kleine Maschine, in der wir gerade sitzen, ruckelt auch wesentlich mehr.

»Den Anblick finde ich immer wieder überwältigend«, sagt Conny neben mir plötzlich.

Ich schaue aus dem Fenster und sehe unter mir das Watt, Wasser und Sand. Die Sonne lässt kleine Eisschollen wie Diamanten aufblitzen. »Das ist wunderschön.«

»Zauberhaft«, sagt eine Dame, die vor mir sitzt.

Und schon sind wir da. Wir waren nur wenige Minuten in der Luft, es kommt mir so vor, als wären wir gerade erst gestartet, und doch befinden wir uns schon wieder im Landeanflug auf das Töwerland, das schneeweiß glitzernd vor uns liegt. Nur kurz darauf setzen die Räder auf dem Boden auf, wir werden dabei ordentlich durchgerüttelt, rollen noch ein paar Meter und kommen vor dem kleinen Flughafengebäude zum Stehen

»Ole hat uns zwei E-Bikes hier deponiert«, sagt Conny, als wir aussteigen. »Der Pferdebus braucht Ewigkeiten, wenn er die ganzen Touristen überall absetzt. Aber wenn du lieber kutschiert werden möchtest, können wir die Bikes auch einfach stehen lassen.«

»Ich fahre lieber Rad.«

Die frische Luft tut gut. Jella fällt mir wieder ein. Und dass mein Glück nach Pferdeäpfeln gerochen hat.

»Was machst du heute noch?«, fragt Conny.

»Nichts!«

An der *Strandrose* verabschieden wir uns. Ich beschließe spontan, heute schon für den Silvesterabend einzukaufen, und fahre schließlich mit dem Korb voller Leckereien zum Loog.

Vor der Tür warten Enna und Einstein auf mich. Enna hat Tränen in den Augen, als sie mich drückt.

Ich habe keine Chance auf ein bisschen Ruhe. Sie hat Kaffee gekocht und eine Apfelrosentorte nach einem alten Familienrezept gebacken. Eigentlich hatte ich gehofft, dass ich sofort nach oben gehen kann. Merle hat ihrer Großmutter schließlich am Telefon schon alles ganz haarklein berichtet.

»Hat es eine Bedeutung, dass eine Apfelrose mittendrin fehlt, oder hattest du einfach nur zu wenig Äpfel?«, frage ich, als ich mit Enna am gedeckten Tisch sitze.

»In unserer Familie backen wir seit jeher zu jedem Geburtstag diese Torte«, erklärt Enna. »Und heute feiern wir den von Meret. Mit der fehlenden Rose wird an bereits verstorbene Familienmitglieder gedacht. Mein erster Mann ist ertrunken. Das ist aber jetzt schon über vierzig Jahre her.«

»Das tut mir leid«, sage ich. »Teeske hat so was in der Art schon angedeutet. Das muss schlimm gewesen sein.«

»Das war es.« Sie mustert mich. »Dann hast du bestimmt auch schon von Undine gehört.«

»Auch nur Andeutungen.«

»Na gut«, sagt Enna. »Dann erzähle ich dir jetzt mal eine Geschichte …«

Ich höre gespannt zu, bis Enna fertig ist, und genieße dabei das leckere Stück Apfelrosentorte.

»Das war eine schaurige, aber auch schöne Geschichte«, sage ich. »Und der Kuchen ist einmalig lecker. Ist das Rezept immer noch geheim?«

Enna nickt – und sieht mich ernst an. »Ich hatte gestern Nacht noch ein langes Gespräch mit Max. Er gibt sich die Schuld am Tod seiner Frau und kann sich selbst nicht verzeihen, dass er nicht rechtzeitig zu Hause war.«

»Ja, ich weiß. Ich kann das auch gut verstehen. Ich habe Ähnliches erlebt«, erkläre ich. »Aber ich glaube nicht, dass ich Max da helfen kann. Er muss sich selbst vergeben, sonst verbittert er irgendwann.«

»Auch ich habe mir jahrelang nicht verzeihen können, dass ich Undine damals in ihrer größten Not wegeschickt habe«, erklärt Enna. »Doch dann habe ich noch einmal den Schritt gewagt und habe ein zweites Mal geheiratet. Es ist nicht nur die Zeit, die die Wunden heilt. Die Liebe vermag es auch. Und du trägst sehr viel Liebe in dir.«

»Ich hätte Max liebend gerne mit Liebe überhäuft, wenn er sich nicht sofort vom Acker gemacht hätte«, sage ich.

Enna fängt schallend laut an zu lachen. »Sei nicht zu hart.

Es ist nicht jeder so stark wie du«, sagt sie, nachdem sie sich wieder beruhigt hat.

»Ich war echt ganz schön hart zu ihm«, gebe ich zu. »Aber in diesem Moment ist etwas in mir zerrissen. Ich bin eben auch nicht immer nur der Engel, für den mich alle halten.«

»Und das ist auch gut so«, sagt Enna.

Sie schmunzelt. »Ach, ich soll dir übrigens von Teeske schöne Grüße ausrichten. Morgen um drei Uhr sollst du zum Kaffeetrinken kommen. Bentje wird auch da sein. Sie ist seit heute wieder zurück.«

»Ach was, das ist ja toll! Da freue ich mich!«

»Du kannst für jeden ein Stück Apfelrosentorte mitnehmen, wenn du magst. Ich bin mir sicher, Teeske wird große Augen machen.«

»Sehr gerne.« Ich atme tief durch. »Sei mir nicht böse, aber ich würde mich gerne ein bisschen ausruhen. Die letzte Nacht war echt heftig. Und der Morgen war auch nicht besser. Oder soll ich dir noch etwas über die Geburt erzählen?«

»Merle und Meret geht es gut, das ist die Hauptsache«, sagt Enna. »Und das meiste hat Merle mir schon erzählt.«

»Gut!« Ich stehe auf. Es ist mittlerweile fünf Uhr.

»Ganz kurze Pipirunde«, sage ich zu Einstein.

Doch Enna winkt ab. »Lass mal, ich geh eine lange Runde mit ihm und bring ihn dann hoch. Was hältst du davon? So gegen sieben?«

»Sehr gerne«, antworte ich, schenke ihr ein dankbares Lächeln und husche hinüber in meine Wohnung.

Als Erstes fällt mir sofort mein blinkendes Handy ins Auge. Jana hat ein paar Mal versucht, mich zu erreichen. Und geschrieben hat sie mir auch.

Ich lasse Wasser in die Wanne laufen und rufe meine Freundin an.

»Boah, endlich! Ich habe mir schon Sorgen gemacht. Was war denn los? Du hast dich den ganzen Tag nicht gemeldet und meine Nachrichten nicht gelesen. Ist alles okay? Geht es dir gut?«

»Ich bin gestern Nacht mit einem Bundeswehrhubschrauber nach Emden geflogen und war dabei, als Merle ihre Tochter zur Welt gebracht hat. Dann bin ich wieder mit einer zweimotorigen Maschine zurück auf die Insel. Merle und Meret geht es gut. Ich hatte den Sex meines Lebens, aber Max ist danach direkt aus dem Bett vor mir geflüchtet. Ach ja, heute Morgen habe ich im Krankenhaus beschlossen, Medizin zu studieren. Ich will Entscheidungen treffen. In welchen Bereich ich letztendlich gehe, weiß ich noch nicht. Momentan tendiere ich aber zu Notfallmedizin.«

»Shit!«, sagt Jana. »Und jetzt noch mal von Anfang an, bitte.«

»Es tut so gut, deine Stimme zu hören«, sage ich.

»Dito«, sagt Jana. »Erzähl …«

»Warte, ich hol mir was zu trinken und nehme dich mit in die Wanne.«

Jana kichert. »Für unsere Alten-WG sollten wir uns einen großen Whirlpool leisten, in den wir bequem zu zweit reinpassen.«

»Unbedingt.«

Fünf Minuten später liege ich mit meiner Freundin in der Badewanne.

»Also, es fing damit an, dass Max abends plötzlich bei mir vor der Tür stand …«

Meine Freundin hört einfach nur zu. Sie unterbricht mich kein einziges Mal.

»Willst du meine Meinung als Hobbypsychologin und Freundin hören?«

»Sag schon!«

»Max tut dir gut. Er hat ein Licht in dir angeknipst. Ich kenn dich jetzt schon so lange. Und bisher hat es kein Mann geschafft, dich so dermaßen aus der Reserve zu locken. Du bist wütend. Das ist gut.«

»Super, dass ihr alle plötzlich auf Max' Seite seid. Ich weiß noch nicht mal, ob er überhaupt noch auf der Insel ist. Die Flieger gehen ja wieder.«

»Er wohnt in Essen, also nicht weit weg von Oberhausen«, sagt Jana. »Und ich hoffe doch schwer, dass du zurückkommst.«

»Auf jeden Fall. Ich spekuliere darauf, dass ich einen Studienplatz in Essen bekomme.«

»Du meinst das echt ernst?«

»Ja.«

»Find ich gut. Und, Caro?«

»Ja?«

»Ich hab dich lieb.«

»Ich dich auch.«

Pünktlich um sieben steht Enna vor der Tür. Sie bringt mir nicht nur Einstein, sie hat auch vier Stücke Apfelrosentorte, frisch gebackenes Brot und Frikadellen dabei.

»Danke, das ist aber lieb von dir. Magst du einen Moment reinkommen?«

»Nein, genieß du mal deine Ruhe. Ich wollte dich nur

fragen, ob du eventuell Lust hast, morgen mit Jella, mir und ein paar anderen Insulanern ins neue Jahr zu feiern. Wir treffen uns bei Jella.«

»Danke für das Angebot. Aber ehrlich gesagt freue ich mich darauf, mal ganz allein ins neue Jahr zu rutschen.«

Enna nickt. »Aber wenn dir die Decke auf den Kopf fällt, weißt du, wo du uns findest.«

»Ja, dann komme ich vorbei.« Ich schnuppere am Brot. »Das riecht wieder sehr lecker.«

»Ein neues Rezept, mit Buttermilch. Ich glaube, im Frühjahr werde ich einen Steinofen in meinem Garten bauen lassen.«

»Das ist eine tolle Idee.«

»Du bist übrigens jederzeit eingeladen. Im Sommer ist die Insel auch sehr schön.«

»Das Angebot nehme ich gerne an. Aber willst du nicht doch reinkommen?«

»Nein.« Enna lächelt mich an. »Ich bin auch ziemlich kaputt. Ich habe die ganze Nacht kein Auge zugemacht, nachdem ihr in den Krankenwagen gestiegen seid.«

»Na gut, dann bis morgen.«

Den restlichen Abend lasse ich langsam angehen. Ich esse und mache es mir ganz banal vor dem Fernseher gemütlich. Es läuft *Liebe braucht keine Ferien.* Den Film habe ich bestimmt schon dreimal gesehen, aber er ist trotzdem immer wieder gut und genau das Richtige für einen Abend, an dem man einfach mal abschalten will. Hin und wieder schicken Jana und ich uns Nachrichten. Ich bin froh, dass Max sein Handy nicht mitgenommen hat, denke ich. Sonst würde ich jetzt wahrscheinlich darauf warten, dass er sich meldet und doch mal fragt, wie es mir geht. Insgeheim hoffe ich trotzdem, dass es klopft und er vor der Tür steht.

Aber das passiert nicht.

Abends liege ich im Bett. Ich stelle fest, dass ich auch heute jede Menge positive Gedanken finde und mir die Auswahl nicht schwerfällt. Ganz oben steht natürlich Meret. Ob Max schon weiß, dass die Kleine den Namen seiner Frau trägt?

Ich kuschele mich in mein Kissen und nehme einen ganz leichten, würzigen Geruch von Zimt, Nelke und Holz wahr. Aber vielleicht bilde ich mir das auch ein, weil ich mir wünsche, Max wäre jetzt bei mir.

Auch den nächsten Morgen lasse ich ganz langsam angehen. Ich unternehme tatsächlich einen Spaziergang zum Billriff. Enna hat recht, die Weite, die hier vor mir liegt, ist beeindruckend – und wunderschön. Auf dem Rückweg kehre ich in der Domäne Bill ein und bin schier schockverliebt, als ich von der dicken Scheibe Rosinenstuten abbeiße, die ich vorher mit Butter beschmiert habe.

Diesmal gehen wir an der anderen Seite des Hammersees zurück. Auch heute sind darauf wieder Schlittschuhläufer unterwegs. Was wohl aus Damian geworden ist, überlege ich, und dass ich gerne einmal mit Adam eine Kutschfahrt über die Insel unternehmen würde. Hier gibt es noch so viel zu entdecken.

Als ich zurückkomme, steht vor meiner Tür eine Flasche Sekt und eine kleinere mit Holunderblütensirup. Ein Briefumschlag liegt bei. Ich öffne ihn und finde darin ein Foto von Meret und eine kurze Nachricht von Jella. Sie bedankt sich dafür, dass ich Merle so toll unterstützt habe, und lädt mich noch einmal zur heutigen Silvesterfeier ein.

Aber in mir ist immer noch dieses wahnsinnige Bedürfnis nach Ruhe.

Ich habe den Sitzsack vor die Fensterfront gerückt, trinke Tee, beobachte, wie die Möwen über die Dünen fliegen, und es geht mir gut.

Als es an der Tür klopft, fängt mein Herz ein bisschen schneller an zu schlagen. Ich rechne zwar mit Enna, hoffe aber auf Max.

Doch es ist Ole.

»Das ist ja eine schöne Überraschung.« Ich strahle ihn an.

Er nimmt mich in seine Arme und hebt mich dabei ein Stück hoch.

»Ich wollte dich einfach nur noch mal drücken.«

Ich lache und stelle dabei fest, dass es sich verdammt gut anfühlt. »Willst du einen Tee?«

»Sehr gerne.«

Kurz darauf sitzen wir beide vor der Fensterfront auf dem Fußboden. Den Sitzsack haben wir zur Rückenlehne umfunktioniert.

»Ich hoffe, dass du das jetzt nicht falsch verstehst, Caro«, sagt Ole. »Das ist absolut nicht als Anmache, sondern einfach nur als Kompliment gemeint. Aber wenn das mit Conny und mir aus irgendeinem Grund doch schiefgehen sollte – und wenn Max es tatsächlich nicht auf die Reihe bekommt, dich glücklich zu machen, dann wünsche ich mir, dass wir uns wiedersehen.«

Ich lasse meinen Kopf auf Oles Schulter sinken. »Dann werde ich vielleicht doch noch Inselärztin«, sage ich.

Ole legt seinen Arm um meine Schultern. »Das ist ein schöner Gedanke.«

»Ja, das finde ich auch.«

»Und du warst tatsächlich die ganze Zeit bei der Geburt dabei?«

»Ja.«

»Ich weiß, dass ich mich jetzt wiederhole, aber du bist der Hammer«, sagt Ole. »Wie konnte Max nur so doof sein, sich direkt zu verpissen, nachdem er die Chance hatte, eine Nacht mit dir zu verbringen. Paul hat ihn deswegen auch ziemlich rundgemacht.«

Ich seufze auf. »Meinst du, es könnte passieren, dass ich hier auf der Insel eine mir wildfremde Person treffe, die mich anlächelt, wenn sie erfährt, wer ich bin, und dann sagt: ›Ach, du bist die Frau mit dem bettflüchtigen Kerl?‹«

Ole lacht leise. »Nein, derjenige oder diejenige würde sich einfach nur freuen, dich kennenlernen zu dürfen. Ich mag dich wirklich sehr, Caro.«

»Ich dich auch.«

Ole rückt ein bisschen von mir weg. Er grinst, als er mich ansieht. »Vielleicht wäre jetzt ein bisschen Sicherheitsabstand angebracht.«

»Das finde ich sehr vernünftig.«

24. Kapitel

»Da bist du ja.« Teeske strahlt mich an. »Ich habe schon gehört, was passiert ist.« Sie packt mich mit einem erstaunlich festen Handgriff am Arm und zieht mich in den Flur. »Bentje ist schon im Wohnzimmer.«

»Hallo, Teeske.« Ich lache. »Pass auf, sonst fällt uns die Apfelrosentorte vom Teller.«

»Du hast Apfelrosentorte dabei? Hat Enna die gebacken?«

»Ja, ich soll dir liebe Grüße ausrichten.«

»Da wird Bentje aber Augen machen. Komm, sie wartet schon.«

»Guten Tag, ich bin Caro, Caro Fischer.« Bentje sitzt am gedeckten Tisch. Ich reiche ihr die Hand und begrüße sie. Dabei suche ich automatisch nach Ähnlichkeiten zu mir in ihren Gesichtszügen, die Elfriede Fischermann gesehen haben könnte. Aber die alte Dame ist siebenundachtzig und ebenso faltig wie Teeske. Aber anders als bei Teeske ist ihr Haar nicht grau, sondern braun, Bentje färbt. Auch ihr Erscheinungsbild ist eleganter. Sie trägt eine schwarze, enge Hose und darüber einen weiten dunkelgrauen Pullover, der mir ganz nach Kaschmir aussieht. Ihre Ohrläppchen sind mit kleinen Perlen geschmückt. Und um ihren Hals liegt eine schlichte Perlenkette.

»Du bist also die junge Frau, die Elli zu mir auf die Insel geschickt hat.« Sie mustert mich, und ich fühle mich in meine

Grundschulzeit versetzt. Sie erinnert mich ein bisschen an meine damalige Klassenlehrerin, die auch immer solch eine natürliche Autorität ausgestrahlt hat.

Ich setze mich an den Tisch. »Dann kannten Sie sie also?«

»Ja.«

Auch Teeske setzt sich zu uns. »Caro hat Apfelrosentorte mitgebracht.«

»Zu Ehren von Merets Geburt, wie schön«, sagt Bentje. »Ist es richtig, dass du dich als Ärztin ausgegeben hast, damit du Merle im Helikopter begleiten durftest?«

»Was? Nein! Das war ein Missverständnis. Da hat der Sanitäter etwas falsch verstanden.«

Bentje sieht zu Teeske. »Siehst du, habe ich dir doch gleich gesagt. Es würde mich nicht wundern, wenn irgendwann erzählt werden würde, sie hätte die Kleine noch in der Luft rausgeholt.«

»Dann würde allerdings Berlin auf der Geburtsurkunde stehen und nicht Emden«, erwidert Teeske. »So wie bei Benjamin. Der wurde auf dem Wasser geboren. Alle, die in der Luft oder auf dem Wasser geboren werden, haben den Geburtsort Berlin.«

»Das stimmt allerdings.« Bentje zeigt auf einen Kuchenteller. »Auch bei uns in der Familie haben wir ein Rezept für einen ganz speziellen Apfelkuchen. Er wird mit einem leckeren Karamellguss gebacken. Greif zu.«

»Da kann ich nicht widerstehen. Ich liebe Karamell«, sage ich. »Und die Kombination mit Apfel hört sich lecker an.«

»Also, ich für meinen Fall esse von beiden Torten ein Stück«, antwortet Bentje. »Ich kann mich im Moment nur nicht für die Reihenfolge entscheiden.«

Die alte Dame gefällt mir. Es würde mich nicht wundern, wenn sie wirklich Grundschullehrerin gewesen ist.

Ich wähle die Apfel-Karamelltorte und werde von Bentje beobachtet, als ich hineinbeiße. »Mh«, mache ich. »Lecker – schön fluffig, saftig und herrlich zimtig.«

Bentje nickt zufrieden. Dann fragt sie: »Hast du die Kette dabei?«

»Ja.« Ich reiche ihr das Samtsäckchen.

Bentjes Blick wird weich, als sie die Kette in ihren Händen hält. »Wann ist sie gestorben?«

»Einen Tag vor Heiligabend.«

»Das passt. Elli hat den Trubel immer gehasst. Erzähl …«

Noch einmal berichte ich, wie ich in den Besitz der Kette gekommen bin. Bentje hört zu. Ein sanftes Lächeln umspielt ihre Lippen.

»Mein Zweitname ist Georgina«, erklärt sie. »Ein ungewöhnlicher Name in der Zeit, als meine Eltern ihn ausgesucht haben. Mein Vater hat ihn damals ausgesucht, angelehnt an die Geschichte der Brüder Grimm, *Jorinde und Joringel.* Das Stück hat ihm viel bedeutet. Es wurde während seiner Kindheit hier auf Juist in der Schule aufgeführt. Jorinde ist die weibliche friesische Form von Georg. Da meine Mutter den Namen Jorinde nicht mochte, wurde eine Georgina daraus. Aber Elli hat mich immer Jorinde genannt. Sie mochte das Märchen. Und ihr gefiel der Gedanke, eine Blume mit einer Perle in der Mitte könne uns vor bösem Zauber schützen.«

»Das ist wirklich ein schöner Gedanke«, sage ich.

»Ja, aber geholfen hat es nicht. Unsere Männer kamen mit unserer Liebe füreinander nicht zurecht. Und letztendlich haben wir entschieden, uns nicht mehr wiederzusehen, um unsere Familien nicht zu zerrütten. Aber wir haben immer davon geträumt, irgendwann mal im Alter wieder zueinander zu finden, wenn unsere Männer nicht mehr sind.«

»Das ist ja verrückt. Das planen meine Freundin und ich auch immer. Irgendwann ziehen wir gemeinsam in eine Alten-WG und lassen es noch mal richtig krachen.«

Bentje lacht herzhaft. »Dann rate ich euch, das gut zu planen. Jetzt ist Elli tot, aber mein Mann lebt immer noch.«

»Der ist zäh«, sagt Teeske trocken.

»Und außerdem ein guter Mann. Er kam nur nicht damit klar, dass ich auch Gefühle für meine beste Freundin entwickelt habe. Wir haben mehr füreinander empfunden als nur Freundschaft.« Sie nimmt die Handtasche, die sie über die Stuhllehne gelegt hat, holt ein längliches Kästchen daraus hervor und klappt es auf.

»Die sieht wirklich fast identisch aus«, stelle ich fest. »Sie ist wunderschön, beide Ketten sind wunderschön.« Ich lächle. »Ich bin froh, dass ich Frau Fischermanns Wunsch erfüllen konnte und die Kette am Ende doch noch den Weg zu ihrer großen Liebe nach Juist gefunden hat.«

»Hast du Ellis Vermächtnis dabei?«, fragt Bentje.

Diesmal habe ich an alles gedacht. Ich reiche es ihr, sie liest und schaut zu mir rüber. »Hier steht nichts davon, dass du sie mir geben sollst.«

»Aber sie hat es gesagt«, erkläre ich.

Bentje schüttelt den Kopf. »Ich bin mir sicher, dass sie wollte, dass du die Kette bekommst. Elli war gründlich.« Sie hebt das Schreiben hoch. »Wenn sie gewollt hätte, dass du die Kette wieder hergibst, hätte sie es hier vermerkt. Aber sie schreibt nur, dass du sie erhalten sollst.« Sie sieht mich nachdenklich an. »Sieht sie mir wirklich ähnlich, Teeske?«

»Ja, ganz du, in jungen Jahren«, antwortet Teeske. Und dann sagt sie: »Ich wusste gar nicht, dass du bisexuell bist.«

Ich verschlucke mich beinahe an meinem Tee. Die sechsundneunzigjährige Frau hat mich schon wieder mit ihrer herrlich direkten Art überrascht.

Auch Bentje schmunzelt. »Ich weiß nicht, ob man das so nennen kann. Ich habe nie wieder eine Frau geliebt wie Elli. Sie war etwas ganz Besonderes.«

»Das ist meine Jana auch«, sage ich.

Bentje hält mir das Kästchen mit dem Schmuckstück hin. »Dann soll sie *meine* Kette bekommen.«

»Das kann ich unmöglich annehmen«, sage ich.

»Warum nicht?«, fragt Bentje.

Darauf fällt mir keine Antwort ein. Wieder einmal sammeln sich Tränen in meinen Augen. »Sie können sich nicht vorstellen, wie viel mir das bedeutet.«

»Hast du einen Stift für mich, Teeske?«, fragt Bentje.

Caro Fischer soll auch meine Kette mit dem Blütenfiligran erhalten. Teeske Frerich ist unsere Zeugin.
Juist, den 31.12.2019
Bentje Ottensen

Es ist schon kurz vor sechs Uhr, als ich mich von den beiden Damen verabschiede und verspreche, spätestens im Sommer wiederzukommen und Jana mitzubringen.

Ich mache noch einen kurzen Abstecher zu Enna, versichere ihr, dass ich heute Abend wirklich für mich sein möchte, und zeige ihr gerührt die beiden Ketten.

»Da wird sich aber jemand ganz besonders freuen«, sagt sie lächelnd.

»Ja!« Ich gehe nach oben in meine Wohnung, fotografiere beide Ketten nebeneinander und schicke das Foto ab. Sofort kommt Janas Antwort:

Zwei???

Eine ist für dich! antworte ich.

Gute Neuigkeiten konnte ich noch nie für mich behalten. Nur Sekunden später klingelt mein Telefon, und ich erzähle der besten Freundin auf der ganzen Welt, was ich heute Wundervolles erlebt habe.

Kaum habe ich aufgelegt, ruft mich Merle an. So viel zum Thema in Ruhe ins neue Jahr rutschen.

Doch als ich höre, was sie zu sagen hat, bin ich völlig überwältigt von so viel Herzenswärme. Sie fragt mich, ob ich mir vorstellen könne, Merets Patentante zu werden. Natürlich sage ich sofort Ja. Ich bin kaum eine Woche hier und fühle mich vollkommen geborgen zwischen all diesen lieben Menschen. Ich stelle fest, dass ich den Abend trotz – oder vielleicht gerade wegen – der ungeplanten Unterbrechungen genieße. Ich bin einfach glücklich darüber, hier auf Juist neue Freunde gefunden zu haben. Zwar kann ich mir noch immer nicht vorstellen, hier eines Tages zu leben, aber ich bin mir sicher, dass ich noch häufiger in den Flieger oder auf die Fähre steigen werde, um das Zauberland zu besuchen.

Da ich meinen Pyjama erst waschen muss, habe ich kuschelige Angora-Unterwäsche zum Schlafanzug umfunktioniert. Ich mache es mir in Pyjama und Stoppersocken auf der Couch gemütlich, die ich ausgezogen habe, damit ich mich so richtig schön lang ausstrecken kann. Ich sehe mir »Dinner for one« an, im Anschluss »Harry und Sally« und trinke dabei ein Glas Sekt und lasse es mir einfach gut gehen.

Um zehn Uhr gehen im Garten die Lichter aus. »Bis morgen, meine lieben Alienfreunde«, sage ich.

Doch ich habe mich getäuscht. Meine Freunde kommen an diesem Abend noch einmal zurück. Es ist halb zwölf, als der Garten plötzlich wieder beleuchtet ist.

Ich stehe auf und gehe zum Fenster.

Unten im Garten steht Max. Er sieht nicht zu mir hoch, weil er gerade damit beschäftigt ist, seine Gitarre zu stimmen. Mein Herz macht einen kleinen Hüpfer, und ich öffne das Fenster.

Max muss es gehört haben, denn ohne aufzusehen sagt er: »Ich habe ein Lied für dich geschrieben. Willst du es hören?« Jetzt blickt er zu mir hoch und sieht, wie Einsteins Wuschelkopf neben mir auftaucht, als dieser sich zu mir gesellt und sich schwanzwedelnd über Max freut. Der lacht. »Wollt ihr es hören?«

Ich nicke, mit einem Kloß im Hals.

ÜBER DICH

Wenn du wüsstest, dass ich manchmal an dich denke
Dass ich heimlich Lieder schreibe über dich
Dass ich manche meiner Träume zu dir lenke
Um zu sehen, wie es wär, wenn du bei mir bist

Deine unglaubliche Art, dein Verstand
Halten mich und mein Herz in der Hand

Für dich würd ich lügen, für dich würd ich schreien
Mich drehen und verbiegen, alle Fehler verzeihen
Für dich würd ich laufen, so unendlich weit
Und was ich eigentlich brauche, ist ein bisschen mehr Zeit

Wenn du wüsstest, wie viel Worte mir noch fehlen
Wie viel Mut, um dich einfach zu fragen, wo ich stehe
Du weißt bestimmt nicht, was in mir los ist, wenn ich nur mit dir rede
Ich würd dir gern noch so viel davon zeigen, wenn das geht

Deine unglaubliche Art, dein Verstand
Halten mich und mein Herz in der Hand

Für dich würd ich lügen, für dich würd ich schreien
Mich drehen und verbiegen, alle Fehler verzeihen
Für dich würd ich laufen, so unendlich weit
Und was ich eigentlich brauche, ist ein bisschen mehr Zeit

Und vielleicht braucht es ewig
Bis du siehst und verstehst, was ich gebe
Ich werd lauter und stell mich ins Licht
Und ich singe, ich singe für dich

Für dich würd ich lügen, für dich würd ich schreien
Mich drehen und verbiegen, alle Fehler verzeihen
Für dich würd ich laufen, so unendlich weit
Und was ich eigentlich brauche, ist ein bisschen mehr Zeit

Für dich würd ich lügen, für dich würd ich schreien
Mich drehen und verbiegen, alle Fehler verzeihen
Für dich würd ich laufen, so unendlich weit
Und was ich eigentlich brauche, ist ein bisschen mehr Zeit

»Lässt du mich rein, wenn ich zu dir hochkomme?«, fragt Max.

Immer noch völlig ergriffen, nicke ich und gehe zur Tür. Auch heute trage ich wieder ein verdammt sexy Outfit, denke ich. Wollweiße lange Unterhosen und ein langarmiges passendes Shirt. Und dazu pinke Stoppersocken. »Du hast es echt drauf, Caro«, murmele ich. Und dann steht auch schon Max vor der Tür. Er hat seine Gitarre und auch sein restliches Gepäck dabei. Ich trete zur Seite und lasse ihn rein.

»Das war ein schönes Lied. Danke«, sage ich. »Aber was meinst du damit, du brauchst etwas mehr Zeit?«

Max lacht, zieht seine Jacke aus, lässt sie auf den Boden fallen und zieht mich in seine Arme.

»Das ist unfair, ich werde schwach, wenn ich deinen Körper spüre.«

»Das ist gut«, sagt Max. »Das geht mir auch so. Und ich brauche mehr Zeit, weil ich dich kennenlernen will. Ich möchte wissen, wer du bist. Ich möchte deine sanften Seiten kennenlernen, deine wilden, deine zickigen.«

»Zickig bin ich nicht«, nuschele ich. »Aber jetzt bin ich diejenige, die Schiss hat. Ein Auf und Ab verkrafte ich nicht. Und ich habe keine Lust, dir wieder beim Bettflüchten zuzusehen.«

»Ich habe mein Gepäck dabei«, sagt Max. »Ich würde gerne die ersten Tage des neuen Jahres mit dir gemeinsam verbringen – wenn du das auch möchtest.«

Ich schaue ihm tief in die Augen und seufze. »Ja, das möchte ich sehr gerne.«

Er atmet auf. »Gut!«

Wir stehen immer noch im Flur. Ich nehme Max an der Hand und gehe mit ihm ins Wohnzimmer. »Ich habe mir ein Couchlager gemacht.« Ich mustere ihn. »Hast du was Gemütliches zum Anziehen dabei?«

Er grinst. »Ja.« Dann geht er mit seiner Tasche ins Bad.

»Ist nicht dein Ernst«, sage ich und lache, als Max wieder zurückkommt. »Du hast einen Schlafoverall?«

»Damit hast du wohl nicht gerechnet.«

»Nein.« Ich wische mir eine Träne aus den Augen. Diesmal ist es eine, für die meine Freude verantwortlich ist.

»Ich mag es, wenn du lachst«, sagt Max, greift nach meiner Hand und zieht mich zur Couch.

Ich knipse den Fernseher aus. Wir legen uns nebeneinander und schauen uns dabei an. Da melden sich plötzlich Fanta Vier und Clueso von meinem Telefon.

Es ist fünf vor zwölf. »Ich muss da kurz rangehen, sonst macht Jana sich Sorgen«, erkläre ich und tippe auf den grünen Telefonhörer auf dem Display.

»Hi«, sage ich.

»Schöne Grüße«, sagt Max neben mir.

»Wer war das?«, fragt Jana.

»Max«, antworte ich.

»Okay, dann hat sich das mit dir ins neue Jahr telefonieren ja erledigt.« Sie schweigt einen Moment, bevor sie laut fragt: »Hast du Handschellen besorgt, damit er nicht wieder flüchtet?«

Ich muss lachen.

»Braucht sie nicht«, ruft Max.

»Na, dann ist ja alles gut«, sagt Jana. »Feiert schön. Wir sprechen uns dann morgen.«

»Ja, das machen wir auf jeden Fall!«, bestätige ich. »Kommt gut rüber, ihr beiden. Grüß deinen Mann von mir.«

»Schön, dass du eine so gute Freundin hast«, sagt Max, als ich aufgelegt habe. Wir liegen uns wieder gegenüber, er hält meine Hand und sieht mir in die Augen.

»Gleich beginnt das neue Jahr. Schön, dass du bei mir bist.«

Max zieht mich ganz nah an sich heran. »Erzähl mir von deiner Schwester«, sagt er.

Caros Liste unwichtiger Fragen:

- Wo schlafen die Möwen im Winter?
- Bekommen sie kalte Füße, wenn sie auf Eis stehen?
  → Nein, ihre Füße sind schon kalt.
- Warum frieren sie darauf nicht fest?
  → Weil kalt auf kalt nicht festfriert.
- Kann Schnee salzig schmecken?
  → Auf Juist nicht.
- Wie schmeckt oder riecht das Glück?
  → Pferdeäpfel zählen nicht.
- Gibt es Rehe auf Juist?
  → Ja – und sie sind mittlerweile fast eine Plage.
- Aber wo kommen sie her? Sind sie durchs Meer geschwommen?
- Heißt es ausgenoggt oder ausgenockt?
  → Ausgeknockt!
- Fressen Katzenhaie Möwen?
- Und legen sie wirklich Eier?
- Regt Meeresluft wirklich den Appetit an? Und warum?
- Wo käme ich hin, wenn ich über das Meer gehen könnte, immer weiter geradeaus?
- Was ist eine Bratze?
- Warum ändert sich bei Babys die Haarfarbe?

Caros Stollen

Teig:
500 g Mehl
1 Pck Backpulver
1 Prise Salz
150 g gemahlene Mandeln ohne Haut (oder Haselnüsse)
150 g Zucker
175 g Butter
1 Pck Vanillezucker
1 TL Zimt, 1 Prise Muskat
250 g Magerquark
250 g Datteln, in kleine Stücke geschnitten
100 g Zitronat oder Orangeat
2 Eier

Topping:
40 g Butter
Puderzucker

Ofen auf 160 Grad Umluft vorheizen.

Eier in eine Schüssel schlagen und das Zitronat hinzugeben. Anschließend mit dem Pürierstab zerkleinern.
Alle Zutaten, bis auf die Datteln, zu einem Teig verarbeiten.
Am Ende die Datteln vorsichtig unterkneten.

Den Teig in eine Stollenform geben. (Eine Kastenform tut es notfalls auch.)

Den Stollen für eine Stunde backen.

Noch heiß mit der Butter bestreichen und mehrmals mit Puderzucker bestäuben.

Die Datteln kann man auch durch Rosinen ersetzen. Die Mandeln durch andere Nüsse. Lecker ist zum Beispiel auch eine Variante mit getrockneten Aprikosen und Mandeln oder Haselnüssen und Cranberrys.

Caros Lebkuchen

Die Lebkuchen kann man nach dem Grundrezept in verschiedenen Varianten herstellen, so wie Caro das macht. Hierfür einfach die Nusssorten verändern oder den Schokoüberzug. Caros Lieblingsvariante: gemahlene Fenchelsamen statt Zimt – und weiße Schokolade.

6 Eier
150 g brauner Zucker
50 g Honig
1 Prise Salz
2 TL Zimt (oder andere Gewürze)
500 g Nüsse (400 g gemahlen, 100 g gehackt)
400 g Zitronat, Orangeat oder Belegkirschen
Oblaten
200 g Schokolade

Backofen auf 150 Grad Ober-/Unterhitze vorheizen.

4 Eier mit dem Zucker hell schaumig schlagen. Zum Schluss den Honig dazugeben und gut unterrühren.
Das Zitronat mit den anderen beiden Eiern in einem hohen Gefäß pürieren.
Nun die beiden Eiermassen, die Nüsse, Salz und Gewürze gut vermengen.

Den Teig flach auf Oblaten streichen. (Nicht zu groß.)
Auf ein Blech mit Backpapier setzen.
Bei 150 Grad Ober-/Unterhitze für 20 Minuten backen.
Nach dem Abkühlen mit Schokolade überziehen.
Als Verzierung auf die Mitte des Lebkuchens eine Nuss oder Mandel setzen.

Pias Winter-Fudge

300 g Zucker
350 ml Sahne
100 g heller Sirup (Grafschafter hell)
50 g Butter
100 g weiße Schokolade
½ TL gemahlene Vanille
½ TL Zimt oder andere winterliche Gewürze nach Geschmack
Meersalz

Für die Zubereitung von Fudge ist ein Zuckerthermometer das wichtigste Hilfsmittel, am besten funktioniert ein digitales. Die Anschaffung ist nicht teuer und lohnt sich, wenn man häufiger Karamell und Fudge zubereiten möchte.
Eine Backform oder Auflaufform, etwa 20 x 20 cm groß, mit Backpapier auslegen und dünn mit Öl bepinseln.
Zucker, Sahne, Sirup, Butter in einem großen Topf erhitzen. Die Zutaten einmal gut durchrühren. Dann einkochen lassen, bis eine Temperatur von 118 Grad erreicht ist. Währenddessen nicht mehr rühren!
Den Topf vom Herd nehmen und die Masse etwa eine Minute abkühlen lassen.
Die Schokolade in kleine Stücke brechen und behutsam unter

die Zuckermasse rühren, bis sie sich vollständig aufgelöst hat. Dabei dickt die Masse ein.
In die vorbereitete Form gießen und mit Meersalz bestreuen.
Bei Zimmertemperatur erstarren lassen – hier ist Geduld gefragt, der Vorgang dauert einige Zeit, doch das Ergebnis lohnt sich.
Zum Schluss die Karamell-Platte in Stücke schneiden und die Köstlichkeit genießen.
Die weiße Schokolade könnt ihr auch durch Zartbitterschokolade ersetzen.
Lecker sind auch ganze geröstete Haselnüsse, die zum Schluss in die Masse gerührt werden.

Merles Bratapfel à la crumble

Für 4 Portionen

Crumble:
100 g Dinkelmehl
50 g Haferflocken
70 g Rohrzucker
1 TL Zimt
1 Prise Salz
75 g kalte Butter

Bratäpfel:
6 Äpfel
2 EL Butter
50 g brauner Zucker
½ TL Zimt

Backofen auf 180 Grad Umluft vorheizen.

Für die Füllung zwei der sechs Äpfel schälen, entkernen und in kleine Würfel schneiden.
Butter in einer Pfanne schmelzen. Äpfel darin etwa fünf Minuten braten. Den Zucker hinzufügen und karamellisieren.
Jetzt den Crumble zubereiten.

Dafür alle Zutaten mit den Händen verkneten, bis eine krümelige Masse entsteht.
Das obere Viertel der vier anderen Äpfel abschneiden und zur Seite legen.
Die Äpfel aushöhlen, sodass ein etwa einen Zentimeter breiter Rand bleibt. Das Kerngehäuse entfernen und das restliche Fruchtfleisch in kleinen Stücken unter den Crumble mischen.
Die ausgehöhlten Äpfel etwa zu 2/3 mit den karamellisierten Apfelstückchen aus der Pfanne füllen, die Crumble-Masse hinzufügen und die Deckel wieder daraufsetzen.
Die Äpfel in eine gefettete Auflaufform setzen.
Wenn Crumble übriggeblieben ist, einfach in die Auflaufform streuen. Im heißen Ofen etwa 25 Minuten bei 180 Grad backen.

Dazu schmeckt eine Kugel Vanilleeis.

Frau Matuschyks Vanillekipferl

Teig:
250 g Dinkelmehl
100 g gemahlene Mandeln ohne Haut
100 g Zucker
1 Prise Salz
2 Pck Bourbon-Vanillezucker
200 g Butter

Topping:
100 g Puderzucker
1 Pck Bourbon-Vanillezucker

Backofen auf 175 Grad Umluft vorheizen.

Die Zutaten für den Teig verkneten und im Kühlschrank eine Stunde kalt stellen.
Kleine Kipferl aus dem Teig formen und auf ein Blech mit Backpapier setzen.
10 Minuten backen.
Puderzucker mit Vanillezucker mischen. Kipferl noch heiß darin wenden.

DANKE an SCHEER für die Songtexte im Buch, die Max haben lebendig werden lassen.

Was ist SCHEER?
Die kürzeste Antwort auf diese Frage ist:
Ein Musik-Duo.

Aber warum ein Duo?
Gemeinsam zu musizieren ist für die beiden die natürlichste Sache der Welt. Sie ergänzen sich menschlich wie musikalisch und genau davon lebt ihre Musik.
Es gibt ihr ihren Charakter.

Wer sind SCHEER?
Es sind Chris und Michel.
Sie lieben es, aus Geschichten und Melodien ihre Lieder zu bauen.
Sie tragen das Herz auf der Zunge und genau so machen sie Musik.

Welche Musik?
Das ist einfach: POP!
Eingängig und geradlinig. Aber auf keinen Fall oberflächlich!

SCHEER

Hier erfährt man noch mehr über SCHEER und kann in die Songs hineinhören.

www.scheermusik.de

Danke auch an Beate van de Leest und Claudia Wegner für die Gespräche über die Arbeit auf einer Intensivstation, das ambulante Hospiz in Oberhausen – über das Sterben und Sterbenlassen. Und darüber, dass man der Zeit mehr Leben geben sollte.

Danke an Thekla Fisser für die Infos über Juist. Ich komme bald wieder! Und vielen Dank auch an Theklas Schwester Dorothea Rohmeyer fürs Testlesen.

Danke an das fantastische Team von HarperCollins (MIRA) für die intensive Unterstützung.

Ganz besonders an meine Lektorin Christiane Branscheid, die meinen Büchern den letzten Schliff gibt und mich schon beim Plotten des Textes unterstützt.

Und an Jana Wurdel (Fancy), die immer auf alle meine anderen Fragen eine Antwort weiß.

Danke auch an meinen Literaturagenten Bastian Schlück. Ohne ihn würde es dieses Buch nicht geben.

1. Kapitel

Der Duft von Erdbeeren steigt in meine Nase. Einen Augenblick beobachte ich die leise vor sich hin blubbernde Masse im Topf, bevor ich zum Kochlöffel greife und sie umrühre. Heute habe ich mich für die klassische Variante entschieden, Marmelade pur – aus prallen Früchten und Zucker.

In den letzten Tagen haben die Erdbeeren noch mal ordentlich Sonne getankt und ihr wundervolles Aroma entfaltet. Auf der Arbeitsplatte steht noch eine weitere volle Schüssel. Die Ernte war reichlich. Ich greife nach einer besonders dunkelroten Frucht, stecke sie in den Mund und schließe genussvoll die Augen. An irgendwas erinnert mich der intensiv süße Geschmack. Er hat eine besondere Note. Ich nasche noch eine zweite, komme aber nicht darauf.

Die Sommermonate waren mir schon immer die liebsten. Es ist die Zeit für Johannisbeeren, Himbeeren, Stachelbeeren, Erdbeeren – und es ist Zeit mit Oma. Ich werfe einen Blick aus dem Küchenfenster in den Garten, wo Oma die Pflanzen nach den letzten versteckten Früchten absucht. Ein Lächeln huscht über mein Gesicht, als ich sehe, wie sie ein kleines Steinchen quer über die Beete schmeißt, um eine freche Dohle zu verscheuchen, die auf dem Gartenzaun sitzt und sie von dort beobachtet.

Die Vögel haben beim Graben nach fetten Maden den Rasen verwüstet. Seitdem befindet sich Oma mit den frechen

Biestern auf Kriegspfad. Aber bisher sind alle Versuche fehlgeschlagen, sie loszuwerden. Sie haben sich durch Vogelscheuchen und Flatterband nicht vertreiben lassen. Also hat Oma neuen Rasen gepflanzt und ihn mit einem Netz abgedeckt. Dohlen sind intelligent, sagt Oma. Sie hofft, dass die Vögel bald einsehen, dass bei ihr nichts mehr zu holen ist und weiterziehen. Doch noch sieht es mir nicht danach aus.

Die Titelmelodie von »Drei Nüsse für Aschenbrödel« reißt mich aus meinen Gedanken, meine Schwester ruft an. Das Smartphone liegt auf dem Küchentisch, nur ein paar Schritte entfernt. Ich laufe schnell rüber, nehme das Gespräch an und sage: »Hi, ich koche gerade Marmelade, ich habe nur zwei Minuten«, während ich wieder zurück zum Herd gehe.

»Dauert nicht lang«, sagt Lena. »Kannst du Oma bitte mal fragen, wie der Ort hieß, in den sie mit ihrer Mutter und den Geschwistern geflüchtet ist, nachdem sie aus dem Sudetenland vertrieben wurden? Ihr könnt ja gleich mal zurückrufen.«

»Troppau!«

»Nein, dort wurde Oma geboren«, erklärt Lena. »Und nach dem Krieg mussten sie die Stadt verlassen, wie alle Deutschen.«

Seit Lena schwanger ist, interessiert sie sich brennend für unsere Familiengeschichte. Bisher habe ich mir darüber ehrlich gesagt nicht sehr viele Gedanken gemacht, aber ich finde es schön, dass Lena sich nun damit auseinandersetzt und ich dadurch interessante Details aus der Vergangenheit erfahre.

»Okay, ich frag nach«, sage ich. Genau in dem Moment piept die Zeitschaltuhr, die vier Minuten Kochzeit sind um. »Aber erst mal muss ich mich um die Marmelade kümmern.

Tschüss, bis dann«, verabschiede ich mich und lege auf, ohne auf eine Antwort zu warten.

Ich schalte die Herdplatte aus, fülle die heiße Masse durch einen Trichter in die vorbereiteten Gläser und schraube die Deckel darauf.

Gerade als ich dabei bin, die letzten Marmeladenreste zum Sofortnaschen aus dem Topf zu kratzen und in ein kleines Schüsselchen zu füllen, kommt Oma in die Küche.

»Ich habe noch jede Menge Erdbeeren gefunden, zumeist kleine, aber die sind ja häufig am besten.« Oma holt tief Luft. »Das riecht herrlich.«

»Finde ich auch!« Ich halte Oma den Löffel hin.

»Sehr gut!«, sagt Oma, nachdem sie probiert hat. »Ich mag den leichten Karamellgeschmack.«

»Karamell?« Ich mopse mir eine Erdbeere aus Omas Korb, nasche sie und sage: »Du hast recht, da wäre ich von selbst nicht draufgekommen.«

Oma lächelt schelmisch und stellt ihre Ausbeute auf die Arbeitsplatte neben die Schüssel mit den restlichen Erdbeeren. »Stand in der Sortenbeschreibung. Die alten waren mir nicht aromatisch genug. Deswegen habe ich dieses Jahr mal neue gepflanzt. Wenn man es weiß, schmeckt man es heraus.« Sie zeigt auf meine Gläser. »Drehst du sie nicht um?«

»Ich habe sauber gearbeitet und sie kochend heiß abgefüllt. Außerdem habe ich 3:1-Gelierzucker benutzt, da ist so viel Konservierungszeug drin, da passiert nichts.«

»Hm«, macht Oma. Sie kocht Marmelade immer schon 1:1 mit ganz normalem Zucker. Konservierung braucht sie nicht, aber mir ist das Ergebnis einfach zu süß. Sie stellt den Korb auf den Tisch, wäscht sich die Hände und holt zwei Teller aus dem Schrank. »Der Striezel steht im Schlafzimmer auf der Kommode. Ich koche Kaffee.«

Das lasse ich mir nicht zweimal sagen. Ich gehe los und bestaune kurz darauf den perfekt geformten Hefezopf. Wie immer hat Oma ihn mit einer glänzenden Schicht Puderzuckerglasur überzogen und viele kleine Mandelblättchen darauf gestreut.

Als ich zurück in die Küche komme, füllt Oma gerade das Kaffeepulver in den Porzellanfilter. Eine Maschine hat sie nicht. Sie brüht von Hand. Ich hole Frischkäse aus dem Kühlschrank und sitze nur Sekunden später erwartungsvoll am Tisch.

»Mach schon, schneid an«, sagt Oma und gießt heißes Wasser auf das Pulver. Sofort erfüllt der Duft von Kaffee den Raum und vermischt sich mit dem der süßen Erdbeeren.

»Eine dicke Scheibe Hefezopf, darauf eine Schicht Frischkäse, die von selbst gekochter Marmelade getoppt wird. Es gibt wohl kaum was Besseres!« Ich seufze wohlig auf, bevor ich mir genussvoll den ersten Bissen genehmige.

Oma lächelt mich an. Dass sie vor zwei Wochen siebenundsiebzig geworden ist, sieht man ihr nicht an. Vor ein paar Monaten hat sie sich die Haare richtig kurz schneiden und färben lassen. Aber nicht etwa in einem Ton, der ihrem früheren Naturhaar entsprechen würde. Nein, Oma hat uns alle mit ihrem neuen Look überrascht. Ihr gepflegter dunkelblond gefärbter Bob ist einem frechen Kurzhaarschnitt in einem strahlenden Weiß gewichen. Der passt super zu ihrem leicht gebräunten Teint und den blauen ausdrucksvollen Augen. Falls für den nächsten Bond-Film eine neue *M* gesucht werden würde, könnte Oma sich glatt dafür bewerben. Ein bisschen erinnert sie mich immer an Judy Dench. Auch im echten Leben wäre Oma eine gute Geheimagentin. Sie mustert mich durchdringend und fragt schließlich: »Was machen eigentlich deine Weiterbildungspläne?«

»Erst mal auf Eis gelegt«, antworte ich. »Das passt momentan zeitlich einfach nicht.« Ich nippe an meinem Kaffee. »Ach ja, Lena hat gerade angerufen. Sie hat gefragt, wohin ihr nach dem Krieg von Troppau aus geflüchtet seid.«

Oma geht auf den Themenwechsel ein. »Nach Urbach, bei Menteroda«, erzählt sie, »in Thüringen. Wir saßen mehrere Tage lang in einem Zug mit zweiundfünfzig Waggons. Er hat auf der Strecke an verschiedenen Bahnhöfen angehalten und immer sind Leute ausgestiegen.« Sie schüttelt unwillkürlich den Kopf. »Ich war damals drei Jahre alt und kann mich nicht mehr erinnern. Aber meine Schwester hat viel mit mir über die Zeit gesprochen. Wir haben die erste Nacht in einem Tanzsaal geschlafen, der mit Stroh ausgelegt war. Danach sind wir in einem Zimmer auf einem Bauernhof untergekommen. Meine Mutter hat die Nächte mit einer Decke auf dem Boden verbracht, wir drei Kinder haben uns das Bett geteilt. Meine Schwester war damals zehn Jahre alt, mein Bruder war sieben.«

»Davon hast du noch nie erzählt«, sage ich. »Wie lange habt ihr dort gelebt?«

»Ein paar Monate. Von dort aus sind wir weitergezogen in die nächste größere Stadt, nach Mühlhausen. Und als ich dann erwachsen war, bin ich mit deinem Opa rüber in den Westen.«

»Dann bist du sozusagen zweimal geflüchtet«, stelle ich fest.

Oma nickt. Ihr Blick schweift zum Fenster und hinaus in den Garten. »Aber am Ende habe ich mein Zuhause doch noch gefunden.«

»Das ist schön.«

»Ja«, sagt Oma. »Es ist wichtig zu wissen, wo man hingehört.«

Da meldet sich Aschenbrödel wieder. »Du bist aber ungeduldig. Ich habe Oma gerade gefragt. Der Ort heißt Urbach.«

»Ist Oma jetzt gerade in der Nähe?«, fragt meine Schwester. An ihrer Stimme erkenne ich sofort, dass irgendwas nicht stimmt. »Sie sitzt mir gegenüber, was ist los?«

»Papa ist gestorben, vor zwei Tagen. Ilonka hat mich gerade angerufen und hat es mir gesagt.«

»Was? Wie?«, bringe ich mühsam hervor.

»Es ist wohl während des Abendessens passiert. Er hat sich verschluckt, hat gehustet und ist plötzlich in sich zusammengesackt. Sein Herz hat versagt. Es hat einfach aufgehört zu schlagen.«

Meins klopft gerade laut von innen gegen meine Brust, als wollte es ausbrechen. Damit habe ich nicht gerechnet. Wie könnte ich auch? Unser Vater wäre in drei Wochen sechzig geworden. Da stirbt man doch nicht einfach so.

Unfähig noch ein weiteres Wort zu sagen, drücke ich Oma mein Handy in die Hand, stehe auf, gehe rüber ins Wohnzimmer, rolle mich auf der Couch zusammen und schluchze in das Kissen, das ich mir vor das Gesicht halte.

Es dauert nicht lange, bis Oma sich zu mir setzt. »Komm her, Schatz. Es tut mir so unendlich leid.« Sie zieht mich in ihre Arme.

Oma fühlt sich weich und sehr vertraut an. Sie riecht nach warmer Vanille, wie das Parfum, das sie schon seit Ewigkeiten benutzt und sich jedes Jahr wieder zum Geburtstag schenken lässt. Lange hält sie mich einfach nur fest, bis ich mich einigermaßen gefangen habe.

»Ich hätte nie gedacht, dass mich das so treffen würde«, sage ich. In den letzten Jahren bestand der Kontakt zwischen meinem Vater und mir aus genau zwei Telefonaten im Jahr, an seinem und an meinem Geburtstag. Und ich habe ihm auch nur gratuliert, weil Lena deswegen jedes Jahr extra dafür bei mir vorbeigekommen ist, damit wir das gemeinsam durchziehen.

»Er ist dein Vater, es ist ganz normal, dass du da traurig bist«, erklärt Oma.

»Ich bin nicht traurig.« Ich schnaufe kurz durch und richte mich auf. »Die Nachricht hat mich einfach überrumpelt.«

Oma lächelt sanft und reicht mir ein Stofftaschentuch.

»Wo hast du das denn so schnell hergezaubert?«, frage ich und greife zu.

»Aus der Schublade neben den Geschirrhandtüchern«, erklärt Oma und streicht mir eine Haarsträhne, die sich aus meinem Zopf gelöst hat, aus dem Gesicht.

»Was hat Lena noch gesagt?«

»Dass die Beisetzung in drei Tagen und wohl auf See stattfinden wird. Du sollst sie anrufen, wenn es dir besser geht.«

Auf See? Ohne Vorwarnung schießen mir wieder Tränen in die Augen. Ich habe meinen Vater drei Jahre lang nicht gesehen. Und jetzt soll ich mich auf einem Schiff von seiner Asche verabschieden?

»Ilonka will uns da doch bestimmt nicht dabeihaben«, erkläre ich und schnäuze in das Taschentuch. »Was sagt denn Lena dazu? Und was soll das mit der Seebestattung? Wie ist Ilonka denn auf so eine Idee gekommen?« Ich schniefe noch einmal in das Tuch. »Und überhaupt … Wenn Papa schon vor zwei Tagen gestorben ist, warum informiert sie uns dann erst heute? Also, ich geh da auf keinen Fall hin. Lena darf mit ihren Vorwehen doch auch überhaupt keine längeren Strecken Auto fahren. Auf ein Schiff darf sie erst recht nicht. Und allein steh ich das nicht durch. Erstens werde ich sehr schnell seekrank und zweitens wird mir schon schlecht bei dem Gedanken, die olle Hexe wiederzusehen.«

»Na!«, sagt Oma streng.

»Ist aber wahr«, maule ich. »Du weißt doch, wie sie ist. Die böse Stiefmutter in Aschenbrödel wäre die Paraderolle für sie gewesen.« Lena und ich waren schon als Kinder überzeugt davon, dass die neue Frau unseres Vaters einst Patin für die Figur im Film gestanden hatte. »Was mach ich denn jetzt?«

»Mit deiner Schwester sprechen«, schlägt Oma vor. »Sie hat gesagt, du sollst dich melden, wenn du dich einigermaßen gefangen hast.«

Ich atme tief durch. »Die Arme, ausgerechnet jetzt. Die Aufregung ist gar nicht gut für sie. Und erst recht nicht für die Kleine im Bauch.«

Oma streichelt mir über den Arm. »Das wird schon. Lena ist stark, das weißt du doch.«

»Ja, da hast du recht, aber auf Dauer geht das auch nicht gut.« Meine Schwester war schon immer der Fels in der Brandung für alle. Und genau deswegen sorge ich mich um sie. Sie will es nicht wahrhaben, aber ich bin überzeugt davon, dass die Vorwehen ein Zeichen dafür sind, dass auch sie einfach mal überfordert ist.

»Ich fahre zu ihr«, erkläre ich mit fester Stimme.

»Bist du denn dazu in der Lage?«, fragt Oma.

»Ja.« Von Oberhausen bis nach Duisburg ist es nicht sehr weit. Und um die Mittagszeit ist nicht viel Verkehr. Ich stehe auf. »Eine knappe halbe Stunde, länger brauche ich doch nicht. Das bekomme ich hin.«

»Dann begleite ich dich.«

Ich überlege einen Moment. »Das ist lieb von dir, Oma, aber ehrlich gesagt glaube ich, dass es ganz gut ist, wenn Lena und ich erst mal allein sind. Außerdem hast du doch genug zu tun. Wir sind noch gar nicht mit der Marmelade fertig.«

»In Ordnung«, sagt Oma. »Aber den Wagen lässt du stehen. Ich zahl dir ein Taxi.«

»Quatsch! Das ist doch viel zu teuer«, entgegne ich. »Ich fahre vorsichtig.«

Doch Oma lässt sich nicht beirren. Sie holt ihre Geldbörse und hält mir kurz darauf einen Fünfzig-Euro-Schein hin.

Da ich weiß, dass Widerspruch zwecklos ist, Oma im Grunde genommen recht hat und ich nicht genügend Bargeld bei mir habe, greife ich zu. »Das Geld bekommst du aber auf jeden Fall zurück.«

»Papperlapp«, sagt Oma.

»Was ist mit Mama? Weiß sie es schon?«

Oma schüttelt den Kopf. »Lena wollte damit warten, bis eure Mutter Feierabend hat. Sie arbeitet heute bis um vier. Ich geh dann gleich rüber und sag es ihr.«

»Das ist gut.« Meine Mutter wohnt nur zwei Straßen von Oma entfernt, gemeinsam mit Peter, den sie fünf Jahre nach der Scheidung von meinem Vater geheiratet hat. Anders als Ilonka, hat er Lena und mich sofort ins Herz geschlossen – und wir ihn. Er hat die Rolle des Vaters übernommen, den wir nie hatten.

2. Kapitel

Keine zehn Minuten später sitze ich im Taxi und schreibe eine Nachricht an meinen Freund Marc.

Habe gerade erfahren, dass mein Vater gestorben ist. Bin jetzt auf dem Weg zu Lena. Könntest du mich später bei ihr abholen?

Nur ein paar Sekunden später ruft Marc an, doch ich drücke das Gespräch weg und entscheide mich für eine weitere Nachricht.

Kann gerade nicht reden, sonst fange ich wieder an zu heulen, tippe ich, und blinzele die Tränen weg, die sich prompt ankündigen.

Es tut mir sehr leid, antwortet Marc. Natürlich hole ich dich. Meld dich einfach. Liebe Grüße an deine Schwester. Seid tapfer! Ich liebe dich.

Ich schniefe, ziehe das frische Taschentuch, das Oma mir mitgegeben hat, aus der Hosentasche und tupfe mir die Tränen weg.

Als der Taxifahrer kurz zu mir rüber sieht, lächle ich ihn schief an. »Sorry.«

»Kein Problem, weinen Sie nur, Tränen reinigen das Herz«, sagt er. Seinem Akzent nach scheint er Osteuropäer zu sein. Eigentlich steht mir der Sinn nicht nach einer Unterhaltung, aber ich mag seine Stimme, die dunkel und weich klingt.

»Das ist ein schöner Gedanke.«

»Leider nicht meiner, ich habe ihn von Dostojewski geklaut.«

»Das wusste ich nicht.« Ich betrachte ihn etwas genauer. Sein dunkles volles Haar ist mit vielen grauen Strähnen durchzogen, sein Gesicht markant, unter den buschigen Augenbrauen blitzen leuchtend graue Augen. In einem Actionfilm wäre er die perfekte Besetzung für einen etwas in die Jahre gekommenen Polizisten, schießt es mir durch den Kopf, und zwar einer von der guten Sorte.

»Kommen Sie aus Russland?«

»Wegen Dostojewski?« Er schüttelt den Kopf. »Aus Ungarn.«

»Da kommt mein Ur-Urgroßvater her«, erzähle ich. »Aber woher genau weiß ich nicht.« Lena hat es mir letztens erzählt, ganz begeistert darüber, dass wir ungarische, aber auch österreichische Wurzeln haben, von denen wir bisher nichts wussten.

Der Taxifahrer lächelt verschmitzt. »Vielleicht sind wir miteinander verwandt.«

»Ja, vielleicht …« Auf einmal fühle ich mich unbeschreiblich müde. Ich lehne meinen Kopf gegen die Autoscheibe. »Tut mir leid, aber heute bin ich nicht sehr gesprächig.«

»Jetzt haben Sie sich schon das zweite Mal entschuldigt, seitdem Sie eingestiegen sind. Meine Frau sollte sich ein Beispiel an Ihnen nehmen«, feixt der Mann und zaubert mir tatsächlich wieder ein kleines Lächeln ins Gesicht. Trotzdem schweige ich den Rest der Fahrt. In den letzten Monaten gab es viele schlechte Nachrichten. Ich hatte so gehofft, dass nun erst mal nichts Schlimmes passiert und wir uns einfach nur auf die Geburt von Lenas Tochter freuen dürfen. Und jetzt das! Ich schaue aus dem Fenster und betrachte die Gegend, die an uns vorüberzieht. Als wir am Landschaftspark in Duisburg vorbeifahren, denke ich an Marc.

Hier hat er letztes Jahr Anfang Dezember bei einem Spaziergang spätabends um meine Hand angehalten. Zu dem Zeitpunkt hat es geschneit. Die Lichtinstallation hat nicht nur das stillgelegte Hüttenwerk, sondern auch die dicken Schneeflocken in bunten Farben leuchten lassen. Der Anblick war einmalig schön.

Ich drehe den Verlobungsring an meinem Finger.

Marc hat meinen Vater nie kennengelernt. Wir haben immer mal wieder darüber gesprochen, ob wir ihn zu unserer Hochzeit einladen oder nicht. Ich habe darüber nachgedacht, vorher persönlich bei ihm vorbeizufahren, um die unausgesprochenen Konflikte zu klären. Dazu ist es jedoch nie gekommen, genauso wenig wie zu unserer Hochzeit, für die wir bisher noch keinen Termin festgelegt haben, obwohl der Antrag jetzt schon über sieben Monate her ist.

Warum muss nur alles immer so kompliziert sein?

Als wir von der Autobahn abfahren, blitzt kurz das Bild

meines Vaters in meiner Erinnerung auf, jung, schlank, mit vollem Haar und einem schelmischen Lächeln im Gesicht. Er hat uns in den ersten Jahren nach der Trennung jedes Mal für die zweite Hälfte der Sommerferien abgeholt. Auf der Fahrt saß ich neben Lena auf dem Doppel-Beifahrersitz seines VW-Busses – knapp dreihundert Kilometer lang, bis wir in Hooksiel angekommen sind, wo unser Vater sich gemeinsam mit Ilonka eine neue Existenz aufgebaut hatte. Den Bus hat er die meiste Zeit nur mit einer Hand gelenkt, denn in der anderen hielt er ununterbrochen eine qualmende Zigarette.

Viel geredet haben wir während dieser Fahrten nicht. Dazu lief die Musik viel zu laut. *A little bit of Monica in my life, a little bit of Erica by my side, a little bit of Rita is all I need*, ertönt es in meinem Kopf.

Lou Begas »Mambo No 5« war mal das absolute Lieblingslied meines Vaters. Er war zwar sehr unmusikalisch, das hat ihn aber nicht daran gehindert, das Lied ständig laut vor sich hin zu trällern.

Wie alt war ich damals?, überlege ich, aber da halten wir auch schon an. Wir stehen vor Lenas Haus. Bei geöffneten Fenstern kann man von hier die Autos hören, die über die Autobahn rasen. Lena behauptet immer, das würde sie an das Rauschen des Meeres erinnern und sie beruhigen. Ich bewundere meine Schwester dafür, dass sie aus allem versucht das Beste zu machen. Bei mir funktioniert das nicht. Es ist die A42, die den Krach verursacht, mal mehr, mal weniger, je nachdem aus welcher Richtung der Wind weht.

»Stimmt so«, sage ich, meine Gedanken unterbrechend und drücke dem Taxifahrer die fünfzig Euro in die Hand. Die acht Euro Trinkgeld hat er sich verdient.

»Danke schön.« Ein letztes Mal lächelt er mich an. »Kein Mann ist es wert, dass eine so schöne Frau wie Sie ihm eine Träne nachweint.«

Unter normalen Umständen würde ich ihm recht geben. »Mein Vater ist gestorben«, erkläre ich mit brüchiger Stimme. Und obwohl ich die letzten Jahre so gut wie keinen Kontakt zu ihm hatte und immer noch unbeschreiblich wütend auf ihn bin, tut es jetzt, wo ich es ausspreche, verdammt weh.

»Das ist natürlich etwas anderes. Dann ist es richtig, dass Sie um ihn weinen«, höre ich den Taxifahrer wie durch Watte sagen.

Mehr als ein Nicken bekomme ich nicht mehr hin, bevor ich aussteige, die Tür zufallen lasse und zum Abschied noch einmal die Hand hebe.

An der frischen Luft atme ich ein paarmal tief durch, bevor ich zum Haus gehe, den Klingelknopf betätige und warte.

Apfelkuchen mit Karamellguss

etwa 12 Stück — etwas Übung erforderlich — **bis 60 Min.** Zubereitungszeit ohne Stand-, Back- und Kühlzeit

Für die Springform (Ø 26 cm):
etwas Fett

Belag:
750 g Äpfel

Rührteig:
125 g weiche Butter oder Margarine
125 g Zucker
1 Pck. Dr. Oetker Bourbon Vanille-Zucker
1 Pck. Dr. Oetker Finesse
Geriebene Zitronenschale
1 Pr. Salz
3 Eier (Größe M)
200 g Weizenmehl
2 gestr. TL Dr. Oetker Original Backin

Karamellguss:
200 g Dr. Oetker gesplitterte Mandeln
200 g Zucker
1 Pck. Dr. Oetker Bourbon Vanille-Zucker
1/2 gestr. TL Salz
200 g Schlagsahne

1. Vorbereiten:
Für den Belag Äpfel schälen, vierteln und in Scheiben schneiden. Boden der Springform fetten. Backofen vorheizen.

Ober-/Unterhitze: etwa 180°C
Heißluft: etwa 160°C

2. Rührteig:
Butter oder Margarine in einer Rührschüssel mit einem Mixer (Rührstäbe) geschmeidig rühren. Nach und nach Zucker, Vanille-Zucker, Zitronenschale und Salz unter Rühren hinzufügen, bis eine gebundene Masse entsteht. Jedes Ei etwa 1/2 Min. auf höchster Stufe unterrühren. Mehl und Backin mischen und in 2 Portionen kurz auf niedrigster Stufe unterrühren. Die Hälfte des Teiges in der Springform glatt streichen. Äpfel kranzförmig auf den Teig legen. Restlichen Teig gleichmäßig auf den Äpfeln verteilen. Form auf dem Rost in den Backofen schieben.

Einschub: unteres Drittel
Backzeit: etwa 45 Min.

Kuchen auf einen Kuchenrost stellen.

3. Karamellguss:
Mandeln in einer beschichteten Pfanne ohne Fett goldbraun rösten. Mandeln auf einen Teller geben. Zucker, Vanille-Zucker und Salz in der gleichen Pfanne bei mittlerer Hitze schmelzen. Die Sahne dazugeben und kochen, bis sich alles gelöst hat und das Karamell etwas dicklich geworden ist. Dann die gerösteten Mandeln unterrühren und die Karamellmasse auf dem Kuchen verteilen. Kuchen in der Springform erkalten lassen.

Sommerromane der SPIEGEL-Bestsellerautorin Anne Barns

Anne Barns
Apfelkuchen am Meer
€ 9,99, Taschenbuch
ISBN 978-3-95649-710-0

Der süße Duft des warmen Kuchens, der sich mit dem salzigen des Meeres vermischt, das ist für Merle das Aroma der Ferien ihrer Kindheit – das Aroma der Apfelrosentorte. Seit Generationen wird das geheime Rezept in Merles Familie weitergereicht. Als eine Freundin ihr erzählt, dass sie genau diese Torte in einem Café auf Juist gegessen hat, macht Merle sich spontan auf die Suche nach der Bäckerin. Unweigerlich führt ihr Weg sie zurück auf die Insel, wo noch mehr Geheimnisse verborgen liegen als nur ein Familienrezept.

Anne Barns
Drei Schwestern am Meer
€ 9,99, Taschenbuch
ISBN 978-3-95649-792-6

Das Weiß der Kreidefelsen und das Grün der Bäume spiegeln sich im Türkis des Meeres – Rügen! Viel zu selten fährt Rina ihre Oma auf der Insel besuchen. Jetzt endlich liegen wieder einmal zwei ruhige Wochen voller Sonne, Strand und Karamellbonbons vor ihr. Doch dann bricht Oma bewusstlos zusammen, und Rina muss sie ins Krankenhaus begleiten. Plötzlich scheint nichts mehr, wie es war, und Rinas ganzes Leben steht auf dem Kopf.

www.harpercollins.de